W0321512

Rizzoli | ARGENTOVIVO

John Green

Maureen Johnson

Lauren Myracle

Let it Snow

Rizzoli

Pubblicato per

Rizzoli

da Mondadori Libri S.p.A.

Pubblicato per la prima volta nel 2008 negli Stati Uniti d'America
da Speak, un marchio Penguin Group (USA), Inc.

ISBN 978-88-17-14387-5

Titolo originale: Let it Snow

Traduzione di Giulia De Biase; Stefania Di Mella; Francesco Gulizia

Prima edizione **ARGENTOVIVO**: novembre 2019

Jubilee Express

Maureen Johnson

Traduzione di Francesco Gulizia

Per Hamish, che, da vero maestro della scuola "vai giù dritta
a tutta velocità e se qualcosa si mette in mezzo, curva", mi ha
insegnato come cavarmela su una pista innevata. E per tutti
quelli che faticano dietro la facciata
di un colosso aziendale, per chiunque sia costretto
a ripetere tremila volte al giorno Grande latte,
per chi si è trovato a litigare con un lettore
di carte di credito che non funziona
durante l'ultima corsa ai regali... questo è per voi.

Capitolo 1

Era la sera della vigilia di Natale.

Anzi, per essere più precisi era il pomeriggio della vigilia di Natale. Ma prima che vi conduca nel cuore pulsante dell'azione, chiariamo subito una cosa. So per esperienza che se saltasse fuori più avanti, ne sareste così distratti da non riuscire più a concentrarvi sul resto di ciò che vi dico.

Il mio nome è Jubilee Dougal. Fermatevi un momento per abituarvi all'idea.

Visto? Ad affrontarlo in questo modo, non è poi così tremendo. Ora, immaginate se nel bel mezzo di una lunga storia (come quella che sto per raccontarvi), vi buttassi lì: "Ah, a proposito, io mi chiamo Jubilee". A quel punto, non sapreste più come reagire.

Il nome Jubilee fa un po' spogliarellista, lo so. Forse pensate che abbia anche sentito il richiamo del palo, ma non è così. Se mi vedeste, capireste quasi subito che non sono una spogliarellista (almeno, credo). Ho i capelli neri a caschetto. Per metà del tempo porto gli occhiali e per l'altra metà le lenti a contatto. Ho sedici anni, canto in un coro e partecipo alle Olimpiadi di matematica. E gioco a hockey su prato, attività che non ha niente a che vedere con quella grazia sinuosa e oleata che per le spogliarelliste rappresenta lo strumento del mestiere. (Non ce l'ho con le spogliarelliste, nel caso qualche spogliarellista stesse leggendo. È solo che io non lo sono. In tema di spogliarelli, ho giusto qualche perplessità sul lattice. Penso che il lattice possa danneggiare la pelle perché non le permette di respirare.)

La mia obiezione è che Jubilee *non è un nome*, al massimo è una festa. Nessuno sa di che tipo, però. Avete mai sentito di qualcuno che ne organizzava una? E se anche fosse, voi ci andreste? Io no. Sembra tanto una di quelle occasioni in cui si noleggia un grande gonfiabile, si appendono i festoni e si predispone un piano complicato per la raccolta dei rifiuti.

A pensarci, dev'essere un po' come chiamarsi Quadriglia.

Il mio nome ha molto a che fare con questa storia e, come vi ho detto, era il pomeriggio della vigilia di Natale. Era uno di quei giorni in cui senti... che la vita ti sorride. Gli esami erano finiti, la scuola era chiusa fino a Capodanno. Ero a casa da sola e mi sentivo al caldo e al sicuro. Mi ero messa un completo nuovo per quella sera, comprato con i miei risparmi: gonna nera, collant, una sfavillante maglietta rossa e nuovi stivali neri. Stavo bevendo uno zabaione al latte fatto da me. I regali erano impacchettati e pronti a prendere il volo. Tutto procedeva verso il grande evento: alle sei sarei andata a casa di Noah – Noah Price, il mio ragazzo – per il tradizionale *Smorgasbord*, il buffet della Vigilia organizzato dalla sua famiglia.

Lo *Smorgasbord* annuale della famiglia Price ha una certa importanza nella nostra storia personale. Tanto per cominciare, è lì che ci siamo messi insieme. Fino a quel momento Noah non era che una stella nel mio firmamento... fissa, familiare, scintillante, e molto al di sopra di me. Lo conoscevo fin dalla quarta elementare, ma era un po' come conoscere qualcuno che vedi in televisione. Sapevo il suo nome, ero una sua spettatrice. Certo, Noah era un po' più vicino... ma, per certi versi, quando è la realtà, quando si tratta della tua vita, allora quella persona può sembrarti perfino più lontana e irraggiungibile di una celebrità. La prossimità non genera per forza intimità.

Mi era sempre piaciuto, ma non mi ero mai resa davvero conto che mi piacesse *piacesse*. Non mi sembrava un desiderio ragionevole. Un anno più grande, una spanna più alto, spalle larghe, occhi vivaci e chioma fluente. Noah era il pacchetto completo: atleta, primo della classe, pezzo grosso del consiglio d'istituto, quel tipo di persona che pensi esca solo con modelle, agenti segreti o gente cui hanno intitolato un laboratorio.

Così quando Noah mi ha invitato allo *Smorgasbord* per la vigilia di Natale, l'anno scorso, mi è quasi venuto un colpo per l'emozione e lo smarrimento. Non sono riuscita a camminare diritto per tre giorni dopo aver ricevuto l'invito. Ero messa così male che ho dovuto *letteralmente* esercitarmi nella mia stanza a posare un piede dopo l'altro prima di andare a casa sua. Non sapevo se mi avesse invitato perché gli piacevo, se lo avesse costretto sua madre (i nostri genitori si conoscono), o se avesse perso una scommessa. Anche tutte le mie amiche erano agitate, ma a quanto pare ne sapevano più di me. Assicuravano che mi aveva già adocchiato alle Olimpiadi di matematica, che aveva riso ai miei tentativi di fare battute sulla trigonometria e aveva tirato fuori il mio nome nei vari discorsi.

Era tutto *pazzesco*... assurdo, un po' come scoprire all'improvviso che qualcuno aveva scritto un libro sulla mia vita o qualcosa del genere.

Una volta arrivata a casa sua, avevo passato gran parte della serata al sicuro in un angolo, appoggiata contro il muro, a parlare con sua sorella che, per quanto la adori, non è il massimo della profondità. Non si può dire granché sulle proprie marche preferite di felpe prima che la conversazione si esaurisca. Non per lei, però. Elise ha da fare parecchie Riflessioni al Riguardo.

Alla fine me ne sono liberata, proprio mentre la madre di Noah portava in tavola un altro piatto, tirando fuori la scusa Oh-perdonami-ma-guarda-che-bell'aspetto. Non avevo idea di cosa fosse, salvo scoprire che si trattava di pesce sott'aceto. Stavo per ritirarmi in buon ordine, ma sua madre ha insistito: «Devi assaggiarlo».

E siccome sono un po' una pecora, ho accettato. Ma meglio così, perché a quel punto ho notato che Noah mi stava osservando. «Sono proprio felice che tu l'abbia preso» ha detto. Gli ho chiesto come mai, perché a quel punto sospettavo davvero che fosse solo una scommessa. («Okay, le chiederò di venire, ma voi, ragazzi, mi dovete venti bigliettoni se le faccio mangiare il pesce sott'aceto.»)

E lui ha risposto: «Perché l'ho mangiato anch'io».

Sono rimasta lì, con quella che presumo fosse un'affascinante espressione di totale stupidità stampata sul viso, e a quel punto lui ha aggiunto: «E non avrei potuto baciarti se non lo avessi mangiato anche tu».

Una frase poco elegante, ma anche incredibilmente romantica. Sarebbe potuto andare di sopra a lavarsi i denti, ma era rimasto appostato dalle parti del pesce per me. Siamo sgattaiolati in garage e abbiamo limonato sotto lo scaffale degli attrezzi. E quello è stato l'inizio di tutto.

Quindi quella particolare vigilia di Natale di cui sto per parlarvi non era una vigilia di Natale come tutte le altre: era il nostro *primo anniversario.* Era quasi impossibile pensare che fosse passato un anno. Era andato tutto così in fretta...

Vedete, Noah è sempre molto impegnato. Quando è venuto al mondo, rosa, piccolo e grinzoso, immagino che abbiano dovuto registrarlo e farlo uscire dall'ospedale il prima possibile per permettergli di partecipare a una riunione. In quanto studente dell'ultimo anno, componente della squadra di calcio e presidente del consiglio studentesco, il suo tempo si è ridotto quasi a zero. Penso che nell'anno passato insieme saremo usciti da soli, io e lui, per andare da qualche parte, forse una dozzina di volte. Circa una volta al mese. Ci sono state tante apparizioni in coppia. Noah e Jubilee alla vendita delle torte del consiglio studentesco! Noah e Jubilee al tavolo della lotteria della squadra di calcio! Noah e Jubilee alla colletta alimentare, nell'aula ripetizioni, alla riunione organizzativa del grande raduno studentesco...

Noah ne era consapevole. E sebbene quello della sera in questione fosse un evento familiare con tanti invitati, mi aveva promesso che avremmo avuto un po' di tempo per noi. Si era organizzato dando una mano prima. Mi aveva promesso che dopo un paio d'ore alla festa saremmo potuti scappare nella stanza sul retro a scambiarci i regali e guardare insieme *Il Grinch.* Mi avrebbe accompagnato a casa in macchina e si sarebbe fermato un po'...

E poi, ovviamente, i miei genitori si sono fatti arrestare e tutto è andato al diavolo.

Sapete cos'è il Villaggio di Natale di Flobie? Il Villaggio di Natale di Flobie è una parte così importante della mia vita che do per scontato che tutti lo conoscano, ma di recente qualcuno mi ha detto che do troppe cose per scontate, e allora ve lo spiego.

Il Villaggio di Natale di Flobie è una raccolta di pezzi di ceramica da collezione che servono a formare una città. I miei genitori li collezionano dal tempo in cui sono nata. È da quando ho imparato a stare in piedi da sola che fisso quelle stradine di plastica acciottolate. Abbiamo tutto, il Ponte di Bastoncini di Zucchero, il Lago Scaccianeve, il Negozio di Caramelle Gommose, il Forno Pandizenzero, Vicolo Zuccherino. E non è neanche piccolo. I miei genitori hanno comprato un tavolo apposta per appoggiarcelo sopra. Occupa il centro del soggiorno dal Giorno del Ringraziamento fino a Capodanno. Ci vogliono sette prese multiple per farlo funzionare. Per ridurre l'impatto ambientale, li ho convinti a spegnerlo di notte, ma è stata un'impresa.

Il mio nome deriva dalla costruzione n° 4 del Villaggio di Natale di Flobie, Jubilee Hall. Jubilee Hall è l'edificio più alto della collezione. È il luogo principale nel quale si confezionano e si impacchettano i regali. Ha le luci colorate, un nastro trasportatore che funziona davvero, con i doni fissati sopra e tanti piccoli elfi che ruotano come se li stessero caricando e scaricando. Gli elfi di Jubilee Hall hanno ognuno un regalo incollato alle mani. A vederli, somigliano più a una massa di esseri sotto tortura, condannati a prendere e mettere lo stesso pacco in continuazione fino alla fine dei tempi o alla rottura del meccanismo.

Mi ricordo di averlo fatto notare alla mamma quando ero

piccola; mi ha risposto che non coglievo il punto. Sarà. Di certo avevamo posizioni diverse in merito, dal momento che per lei quelle piccole costruzioni erano talmente importanti da chiamare così la sua unica erede.

Le persone che collezionano il Villaggio di Flobie tendono a esserne un po' ossessionate. Esistono convegni, una decina di seri siti web e quattro riviste. Qualcuno si difende dicendo che i pezzi di Flobie sono un investimento. E, in effetti, valgono un sacco di soldi. Soprattutto i pezzi numerati. Quelli si possono comprare solo all'esposizione di Flobie alla vigilia di Natale. Noi abitiamo a Richmond, Virginia, che è distante solo ottanta chilometri, e così, ogni anno, la sera del ventitré, i miei genitori partono con l'auto stipata di coperte, sedie e provviste e si mettono in coda per tutta la notte, in attesa del loro turno. Un tempo Flobie produceva cento pezzi numerati, ma l'anno scorso li ha ridotti a dieci. Allora si è messa male. Un centinaio di pezzi bastavano già a malapena e così, quando si sono ridotti ad appena un decimo, la gente ha tirato fuori gli artigli ed è scoppiato il finimondo. L'anno scorso il problema era nato per la difesa del posto nella fila, un problema che era presto degenerato in lotte a suon di cataloghi di Flobie arrotolati, persone che si lanciavano scatole di biscotti, calpestavano le sedie da campeggio dei vicini e si versavano cioccolata tiepida a vicenda sui cappelli da Babbo Natale che portavano in testa. La rissa era stata così eccessiva e così ridicola da avere eco sulla stampa locale. Flobie aveva annunciato che avrebbe "adottato misure" per evitare che il fatto si ripetesse, ma io non ci ho mai creduto. Non si compra una pubblicità del genere.

Non pensavo a tutto questo, però, quando i miei genitori

sono partiti per mettersi in fila per il pezzo n° 68, l'Hotel degli Elfi. E non ci pensavo mentre sorseggiavo lo zabaione al latte, facendo scorrere il tempo in attesa di andare da Noah. Certo, mi ero accorta che i miei genitori *erano* in ritardo rispetto al solito. In genere sono di ritorno intorno all'ora di pranzo della vigilia di Natale e ormai erano quasi le quattro. Ho iniziato a occuparmi dei soliti lavoretti natalizi, tanto per tenermi impegnata. Non potevo chiamare Noah... sapevo che era preso dai preparativi per lo *Smorgasbord*. Così ho aggiunto altro nastro e agrifoglio ai regali, ho collegato tutte le prese per accendere il Villaggio di Natale di Flobie, rimettendo gli elfi schiavizzati al lavoro, e ho ascoltato un disco con le canzoni di Natale. Stavo per uscire ad accendere le lucine all'esterno, quando ho visto Sam avvicinarsi a casa nostra con il suo passo marziale.

Sam è il nostro avvocato, e quando dico il "nostro avvocato" intendo "il nostro vicino che si dà il caso sia un avvocato estremamente potente e rinomato di Washington, D.C.". Sam è esattamente quel tipo di persona che vorresti assumere alla guida di una grande azienda o ingaggiare se sei stato citato in una causa multimilionaria. Ma non è proprio Mister Tenerone. Volevo invitarlo a bere un delizioso zabaione al latte fatto in casa, ma lui mi ha interrotta.

«Ho cattive notizie» ha detto, spingendomi dentro. «C'è stato un altro incidente all'esposizione di Flobie. Entriamo in casa, su.»

Ho pensato che stesse per dirmi che i miei genitori erano stati uccisi. Aveva quel tipo di tono. Mi sono immaginata pile enormi di Hotel degli Elfi che volavano dai nastri e abbattevano chiunque fosse a tiro. Avevo visto qualche immagine dell'Hotel degli Elfi, aveva guglie appuntite fatte di bastoncini di zucchero che avrebbero potuto infilzare qualcuno con facilità. E se c'erano due persone al mondo che potevano farsi ammazzare da un Hotel degli Elfi, quelle erano di sicuro i miei genitori.

«Li hanno fermati» ha detto. «Sono in prigione.»

«Chi è in prigione?» ho chiesto io, un po' perché non sono un fulmine ad afferrare le cose, un po' perché per me era molto più facile immaginare i miei genitori abbattuti da un Hotel degli Elfi piuttosto che portati via in manette.

Sam si è limitato a guardarmi, aspettando che ci arrivassi da sola.

«C'è stata un'altra rissa questa mattina quando hanno esposto i pezzi» ha spiegato dopo una pausa. «Una lite su chi aveva la precedenza nella fila. I tuoi genitori non vi hanno preso parte, ma si sono rifiutati di allontanarsi quando la polizia glielo ha ordinato. Sono stati portati via assieme ad altri. Ne hanno arrestati cinque. Ne parlano tutti i notiziari.»

Ho cominciato a sentir vacillare le gambe e mi sono seduta sul divano.

«Perché non mi hanno chiamato?» ho chiesto.

«Una sola telefonata» ha risposto. «Hanno chiamato me perché pensavano che avrei potuto tirarli fuori. Cosa che non posso fare.»

«Cosa vuol dire che *non puoi*?»

L'idea che Sam non potesse tirar fuori i miei genitori all'istante dalla cella della contea era ridicola. Era come sentire un pilota prendere l'interfono e dire: "Salve a tutti. Mi sono appena ricordato che non sono un granché negli atterraggi, quindi continuerò a volare in tondo finché a qualcuno non viene un'idea migliore".

«Ho fatto del mio meglio» ha proseguito Sam. «Ma il giudice è irremovibile. È stufo di questi problemi con Flobie e ne sta facendo una questione di principio. I tuoi genitori mi hanno chiesto di portarti in stazione. Ho solo un'ora di tempo, devo essere di ritorno per i biscotti di Natale e un coro alle cinque. Quanto ci metti a preparare le valigie?»

Tutto ciò comunicato con lo stesso tono di voce roco che Sam probabilmente usava quando incalzava le persone alla sbarra chiedendo loro perché erano state viste scappare dalla scena ricoperte di sangue. Non sembrava felice che gli avessero rifilato quell'incarico alla vigilia di Natale. Tuttavia un piccolo tocco alla Oprah non avrebbe guastato.

«Valigie? Stazione? In che senso?»

«Andrai in Florida a stare con i tuoi nonni» ha detto. «Non sono riuscito a procurarti un volo, sono stati tutti cancellati a causa della tempesta.»

«Quale tempesta?»

«Jubilee» ha detto Sam molto lentamente, dopo aver concluso che ero la persona meno informata del pianeta. «È in arrivo la peggiore tempesta degli ultimi cinquant'anni!»

Il mio cervello non funzionava a dovere: non recepivo un bel niente.

«Non posso partire» ho detto. «Devo vedere Noah stasera. E il Natale? Che ne sarà del Natale?»

Sam si è stretto nelle spalle, come a significare che il Natale andava oltre il suo controllo e che non c'era niente che il sistema legale potesse fare al riguardo.

«Ma... perché non posso rimanere qua? È assurdo!»

«I tuoi genitori non vogliono che tu stia da sola per due giorni durante le vacanze.»

«Posso andare da Noah! Anzi, *devo* andare da Noah!»

«Ascolta» ha risposto, «è tutto stabilito. Adesso non possiamo parlare con i tuoi genitori. Sono sotto processo. Ti ho comprato il biglietto e non ho molto tempo. Ora devi pensare a fare le valigie, Jubilee.»

Mi sono voltata e ho dato uno sguardo alla città in miniatura accanto a me. Vedevo le ombre degli elfi condannati mentre lavoravano senza sosta a Jubilee Hall, il caldo bagliore del Negozio di Dolci di Mrs Muggin, l'allegro seppure lento progredire dell'Elf Express sul breve tratto di binari.

L'unica domanda che mi è venuta in mente è stata: «Ma... che ne sarà del Villaggio?».

Capitolo 2

Non ero mai stata su un treno prima. Era più alto di quanto immaginassi, con finestrini al secondo "piano" che ho dedotto fossero le cuccette. All'interno le luci erano soffuse e la maggior parte della gente stipata dentro aveva l'aria catatonica. Mi aspettavo che il treno fumasse, sbuffasse e partisse schizzando come un razzo, perché avevo visto troppi cartoni nella mia gioventù dissoluta ed è così che facevano i treni. Questo si è messo in moto scivolando via con indifferenza, come se si fosse stufato di starsene lì ad aspettare.

Naturalmente, appena partiti ho chiamato Noah. Era una leggera violazione alla regola "niente-telefonate-sarò-presissimo-fino-alle-sei-ci-vediamo-alla-festa", ma mai circostanza è stata più comprensibile. Quando ha risposto, si sentiva in sottofondo un allegro clamore. Avvertivo le canzoni e il tintinnio delle stoviglie, un contrasto deprimente con il claustrofobico mormorio del treno.

«Lee!» ha risposto. «È un po' un brutto momento. Ci si vede tra un'ora?»

Ha emesso un leggero grugnito. Era come se stesse sollevando qualcosa di pesante, forse uno di quei prosciutti giganteschi su cui sua madre riusciva sempre a mettere le mani per lo *Smorgasbord*. Ho il sospetto che se li procuri in qualche fattoria sperimentale dove i maiali vengono trattati con laser e superfarmaci fino a quando non raggiungono i dieci metri di lunghezza.

«Ecco… si tratta di questo» ho detto. «Non verrò.»

«Cosa vuol dire, non verrai? Cos'è successo?»

Ce l'ho messa tutta per spiegargli la situazione genitori-in-galera/io-sul-treno-nella-tempesta/la-vita-non-va-proprio-come-programmato. Ho cercato di non metterla giù pesante, come se trovassi la cosa divertente, più che altro per evitare di scoppiare in singhiozzi su un treno buio pieno di estranei istupiditi.

Un altro grugnito. Come se spostasse qualcosa.

«Andrà tutto bene» ha detto dopo un attimo. «Ci sta pensando Sam, no?»

«Be', se intendi non tirandoli fuori di galera, allora sì. Non sembra neanche preoccupato.»

«Sarà una qualche piccola cella di contea» ha risposto. «Non sarà così male. E se Sam non è preoccupato, andrà tutto a posto. Mi dispiace che sia successo, ma ci vedremo tra un paio di giorni.»

«Sì, ma è Natale» ho detto. La mia voce si è incrinata e ho ricacciato in gola una lacrima. Lui mi ha concesso un momento.

«So che è dura, Lee» ha detto dopo una pausa, «ma andrà tutto bene, ne sono sicuro. Sono cose che capitano.»

Sapevo che la sua intenzione era quella di calmarmi e in generale di consolarmi; ma comunque, cose che capitano? Questa non era una di quelle "cose che capitano". Le cose che capitano sono l'auto che si rompe, beccarsi un virus intestinale o le luci di Natale difettose che con una scintilla finiscono per incendiarti la siepe. Gliel'ho detto e lui ha sospirato, rendendosi conto che avevo ragione io. Poi ha grugnito di nuovo.

«Cosa c'è?» gli ho chiesto, tirando su con il naso.

«Ho in mano un prosciutto gigante» ha risposto. «Un minuto e devo proprio andare. Senti, festeggeremo Natale insieme quando torni. Promesso. Troveremo il tempo. Non preoccuparti. Chiamami quando arrivi, d'accordo?»

Ho promesso che l'avrei fatto e lui ha riattaccato, andandosene con il suo prosciutto. Sono rimasta a fissare il telefono silenzioso.

A volte, da quando sto con Noah, mi capita di immedesimarmi nelle persone sposate a un politico. Si capisce che hanno le loro vite, ma poiché amano la persona che hanno al fianco, finiscono trascinate in questo gigantesco ingranaggio e ben presto salutano e sorridono senza espressione verso l'obbiettivo, con i palloncini che cadono dall'alto e i membri dello staff che le spingono di lato per raggiungere l'Altro-Importante-e-Unico, che è Perfetto.

So che nessuno è perfetto, che dietro ogni facciata di perfezione si nasconde un caos che brulica di sotterfugi e pene segrete… ma anche tenendo conto di tutto ciò, Noah era pressoché perfetto. Non ho mai sentito nessuno parlar male di lui. Il suo prestigio era indiscusso come la legge di gravità. Facendo di me la sua ragazza aveva dimostrato di credere in me e io mi ero fatta forte della sua convinzione. Stavo più dritta. Mi sentivo più sicura, più positiva in ogni circostanza, più importante. A lui *piaceva* farsi vedere in giro con me e, di conseguenza, a me piaceva farmi vedere in giro con me, se capite cosa intendo.

E quindi, sì, il suo essere perennemente superimpegnato ogni tanto mi pesava. Ma capivo. Quando devi portare un prosciutto gigante a tua madre, per esempio, perché casa tua sta per essere invasa da sessanta persone per lo *Smorgasbord*. È una cosa che va fatta e basta. Bisogna accettare la buona e la cattiva sorte. Ho tirato fuori il mio iPod e ho usato ciò che restava della carica per far scorrere alcune sue foto. Poi la batteria è morta.

Mi sentivo così sola su quel treno… un modo strano e innaturale di sentirsi sola, che mi cresceva dentro. Un sentimento che andava oltre la paura, più dalle parti della tristezza. Ero stanca, ma non di quella stanchezza che il sonno riesce a scacciare. Mi pareva tutto buio e cupo, ma non di quell'oscurità che si dilegua accendendo la luce. Al massimo avrei potuto vedere meglio la mia spiacevole situazione.

Ho pensato di chiamare i miei nonni. Sapevano già che stavo arrivando, Sam mi aveva detto di averli avvertiti. Sarebbero stati felici di parlarmi, ma non me la sentivo. I miei nonni sono persone eccezionali, ma si agitano facilmente. Tipo, se al supermercato hanno esaurito la zuppa o la pizza surgelata pubblicizzata sul volantino e loro sono andati al supermercato solo per quello, se ne stanno lì a discutere sul da farsi per almeno mezz'ora. Se li avessi chiamati, avremmo dovuto parlare di ogni aspetto della mia visita nel minimo dettaglio. Che coperta preferivo? Mangiavo ancora i cracker? Meglio se il nonno usciva a comprare altro shampoo? Carini, come sempre, ma un po' troppo al momento per la mia mente.

Mi piace pensare di essere una che sa cavarsela. In qualche modo mi sarei tirata su. Ho scavato nella borsa per vedere cos'ero riuscita a mettere insieme mentre venivo spinta in fretta e furia fuori di casa e ho scoperto di essere miseramente impreparata al viaggio che mi aspettava. Avevo afferrato giusto l'essenziale: biancheria intima, jeans, due maglioni, qualche camicia, gli occhiali. L'iPod era scarico. Mi ero portata solo un libro: *L'abbazia di Northanger*. Era nella lista di quelli che ci avevano dato da leggere durante le vacanze. Bello, ma non proprio quello che ti ci vuole quando senti incombere la strisciante mano del destino.

Così, per quasi due ore non ho fatto altro che guardare fuori dal finestrino mentre il sole tramontava, il cielo da rosa pastello diventava argento e la prima neve cominciava a cadere. Sapevo che era stupendo, ma una cosa è saperlo, un'altra dargli importanza, e a me non importava. La neve si è fatta più fitta e più intensa, fino a coprire tutta la visuale e a non lasciare vedere altro che bianco dappertutto. Veniva da ogni parte e soffiava perfino dal basso. Guardarla mi faceva girare la testa e mi dava anche un po' di nausea.

C'era gente che risaliva il corridoio con scatole di roba da mangiare, patatine, bibite e sandwich preconfezionati. Era chiaro che da qualche parte sul treno c'era una fonte di cibo. Sam mi aveva cacciato in mano cinquanta dollari in stazione, cinquanta dollari che sarebbero stati recuperati uno a uno una volta che i miei genitori fossero tornati a respirare l'aria della libertà. Non restava molto altro da fare, così mi sono alzata e mi sono fatta largo fino alla carrozza bar, dove sono stata prontamente informata che avevano terminato tutto, a eccezione di alcune pizzette mollicce da microonde, due muffin, qualche barretta di cioccolato, un pacchetto di noccioline e un po' di frutta dall'aspetto triste. Volevo complimentarmi per essersi preparati così bene all'esodo vacanziero, ma il tizio al bancone aveva l'aria davvero distrutta. Gli mancava solo il mio sarcasmo. Ho comprato una pizzetta, due barrette di cioccolato, i muffin, le noccioline e una cioccolata calda. Mi sembrava una buona idea fare un po' di scorta per il resto del viaggio se tutto si esauriva così in fretta. Ho ficcato una banconota da cinque dollari nella sua tazza e lui mi ha ringraziato con un cenno.

Ho scelto un posto vuoto ai tavolini fissati alla parete. Il treno vibrava molto adesso, anche quando rallentavamo. Il vento ci scuoteva. Non ho toccato la pizza e mi sono ustionata le labbra con la cioccolata. Non ci sarebbe stato niente di più entusiasmante per loro quel giorno.

«Ti spiace se mi siedo qui?» ha chiesto una voce.

Ho alzato lo sguardo e mi sono trovata davanti un tipo dalla bellezza eccezionale. Come prima, l'ho notato ma, come prima, non m'importava. Anche se rispetto alla neve, faceva ben altro effetto. Aveva i capelli scuri come i miei, nel senso che erano neri. Più lunghi, però. I miei superano appena il mento, i suoi erano raccolti in una coda di cavallo. Sembrava un nativo americano, con gli zigomi alti. Il giubbotto di jeans leggero che indossava non proteggeva granché dal freddo. C'era qualcosa nei suoi occhi, però, che ti toccava dentro: aveva un'espressione turbata, come se da un po' facesse fatica a tenerli aperti. Aveva appena preso una tazza di caffè e la teneva stretta, quasi con cura.

«Certo» gli ho risposto.

Ha tenuto la testa bassa mentre si sedeva, ma ho notato che lanciava uno sguardo a tutto il cibo che avevo nella scatola. Qualcosa mi diceva che aveva molta più fame di me.

«Prendi pure» ho detto. «Ho solo comprato un po' di roba prima che finisse tutto. Non ho neanche tanta fame. La pizza non l'ho neppure toccata.»

C'è stato un attimo di resistenza, ma io ho insistito.

«Lo so, sembra un sottobicchiere a forma di pizza» ho aggiunto. «È tutto quello che avevano. Davvero. Prendila.»

Ha sorriso un po'. «Io sono Jeb» ha detto.

«E io sono Julie» ho risposto. Non ero dell'umore giusto per affrontare la conversazione "Jubilee? Ti chiami *Jubilee*? E dimmi, cosa usi per il tuo spettacolo, olio per neonati o un qualche olio di semi? Ma c'è qualcuno che asciuga il palo dopo ogni uso?". Tutto quello che vi ho spiegato all'inizio. La maggior parte della gente mi chiama Julie. Noah mi ha soprannominato Lee.

«Dove stai andando?» ha chiesto.

Non avevo una storia di riserva sui miei genitori o sul perché mi trovassi lì. La nuda verità era un po' eccessiva da gettare addosso a un estraneo.

«Sto andando a trovare i miei nonni» ho risposto. «Un cambio di programma dell'ultimo minuto.»

«Dove vivono?» ha chiesto, guardando la neve vorticosa che batteva contro il finestrino. Era impossibile distinguere il cielo dalla terra. La nuvola di neve si era abbattuta proprio su di noi.

«Florida» ho detto.

«Bel viaggio. Io vado a Gracetown. La prossima fermata.»

Ho annuito. Avevo sentito parlare di Gracetown, ma non avevo idea di dove fosse. Da qualche parte su quel lungo tragitto innevato tra me e il nulla. Gli ho offerto di nuovo la scatola con il cibo, ma ha scosso la testa.

«Sono a posto» ha detto. «Ma grazie per la pizza. Morivo di fame. Abbiamo scelto il giorno sbagliato per viaggiare. Ma forse c'era poco da fare. A volte ti toccano cose che non vorresti...»

«E tu da chi vai?» ho chiesto.

Ha abbassato di nuovo lo sguardo e ha ripiegato il piatto della pizza.

«Vado a trovare la mia ragazza. Be', una specie di ragazza. Ho cercato di chiamarla, ma non c'è segnale.»

«Il mio prende» ho detto, tirando fuori il telefono. «Usalo pure. Ho ancora un sacco di minuti questo mese.»

Jeb ha preso il cellulare con un enorme sorriso. Quando si è alzato, ho notato la sua altezza e le sue spalle larghe. Se non fossi stata così fedele a Noah, sarei caduta subito ai suoi piedi. Si è spostato appena di qualche passo, fino a un punto sul lato opposto. L'ho osservato mentre provava a digitare il numero, ma ha chiuso il telefono senza neanche parlare.

«Non l'ho trovata» ha detto, sedendosi di nuovo e restituendomi il cellulare.

«E quindi» ho detto, sorridendo, «è una specie di ragazza? Non siete ancora sicuri se state insieme o no?»

Mi ricordo bene quei tempi, quando io e Noah ci siamo messi insieme all'inizio, e io non ero sicura di essere la sua ragazza. Ero così deliziosamente agitata tutto il tempo.

«Mi ha tradito» ha detto senza giri di parole.

Oh, avevo capito male. Molto male. Ho sentito una fitta per lui, proprio in mezzo al petto. Dico davvero.

«Non è colpa sua» ha aggiunto dopo un momento. «Non del tutto. Io...»

Non sono mai riuscita a sentire il seguito, perché la porta della carrozza si è aperta e si è sentito uno strillo tremendo, come quel suono che faceva Beaker, quell'orribile, viscido cacatua che avevamo in classe in quarta elementare. Beaker era un uccello a cui Jeremy Rich aveva insegnato a urlare la parola "culo". Beaker adorava strillare e urlare la parola "culo", e gli riusciva anche molto bene. Lo si sentiva dall'ingresso fino al bagno delle ragazze. Alla fine lo avevano spostato nella sala insegnanti, dove presumo gli fosse permesso spiegare quelle sue piume unte e urlare "culo" a piacimento.

E comunque non era Beaker che urlava "culo". Erano quattordici ragazze in tute aderenti e coordinate, tutte con la scritta RIDGE CHEERLEADING sul sedere (a pensarci, *culo* e *urlare* c'entravano comunque). Ognuna aveva il proprio nome sul retro della felpa attillata. Si sono accalcate intorno al bar, urlando a pieni polmoni. Ho davvero sperato e pregato che non dicessero tutte nello stesso istante "Oh, mioddio!", ma le mie preghiere non sono state accolte, forse perché Dio era troppo preso ad ascoltarle tutte quante insieme.

«Non ci sono proteine magre» ho sentito dire a una di loro.

«*Te l'avevo detto*, Madison. Avresti dovuto prendere quell'involtino di lattuga quando eri ancora in tempo.»

«Pensavo avessero almeno dei *petti di pollo*!»

Con profondo sconcerto, ho notato che le due ragazze impegnate in questa conversazione si chiamavano entrambe Madison. Peggio: altre tre si chiamavano Amber. Mi sono sentita come intrappolata in un esperimento sociale andato per il verso sbagliato, forse qualcosa che aveva a che fare con i replicanti.

Alcune ragazze si sono voltate contro di noi. Scusate, verso di noi. Si sono voltate verso me e Jeb. Anzi, a dire il vero, si sono voltate verso Jeb e basta.

«Oh, mioddio!» ha esclamato una Amber. «Non è il viaggio peggiore di tutti i tempi? Hai visto che neve?»

Era una sveglia, questa Amber. Cosa avrebbe notato dopo? Il treno? La luna? Gli esilaranti capricci dell'umana esistenza? La sua testa?

Mi sono trattenuta dal dirlo, perché la morte per mano di una cheerleader non è la mia massima ambizione. In ogni caso, Amber non si stava rivolgendo a me. Amber non aveva neanche idea che io fossi lì. I suoi occhi erano su Jeb. Si poteva quasi distinguere il nucleo robotico delle sue cornee operare tutte le regolazioni per metterlo a fuoco e allinearlo nel mirino.

«Terribile» ha risposto lui educatamente.

«Stiamo andando in Florida?»

Con questo tono, come se fosse una domanda.

«Lì dovrebbe essere meglio» ha detto lui.

«Già. *Se* ce la facciamo. Siamo tutte alle finali regionali? Che è dura, perché sono le vacanze di Natale? Ma abbiamo tutte festeggiato prima? Noi abbiamo fatto Natale ieri?»

È a quel punto che ho notato che tutte sembravano possedere oggetti dall'aspetto nuovissimo. Telefoni luccicanti, braccialetti, collane appariscenti con le quali giocherellavano, unghie curate di recente e iPod che non avevo mai visto prima.

Amber Uno si è seduta con noi, una posa studiata, con le ginocchia unite ad angolo e i talloni in fuori. Un modo di sedere spavaldo, di una che è abituata a essere la più adorabile nei dintorni.

«Questa è Julie» ha detto Jeb, presentandomi con gentilezza alla nostra nuova amica. Amber mi ha detto di chiamarsi Amber e poi ha snocciolato a raffica tutte le Amber e le Madison. C'erano anche altri nomi, ma, per me, erano tutte Amber e Madison. Mi sembrava più sicuro pensarla così. Avevo almeno una possibilità di non sbagliare. Amber ha cominciato a chiacchierare, raccontandoci tutto della competizione. Faceva questa cosa straordinaria che consisteva nell'includermi *e* ignorarmi nello stesso tempo. E in più mi mandava questo messaggio mentale, altamente subliminale, comunicandomi che era suo desiderio che mi alzassi e lasciassi il mio posto alla sua tribù. Riempivano tutto lo spazio disponibile nella carrozza. Metà di loro era al telefono, l'altra metà dava fondo alle scorte di acqua, caffè e Coca-Cola Light.

Ho deciso che non era quello ciò che mi serviva a rendere completa la mia vita.

«Torno al mio posto» ho detto.

Ma proprio mentre mi alzavo, il treno ha frenato bruscamente, scaraventandoci tutti in avanti in un tonfo di bevande calde e fredde. Le ruote sono scivolate sui binari per quasi un minuto, stridendo sdegnate, prima che ci fermassimo di colpo. Ho sentito i bagagli lungo tutto il treno precipitare con fragore dai ripiani e qualche persona cadere là dove si trovava. Come me, per esempio. Sono atterrata su una Madison e ho sbattuto il mento e la guancia contro qualcosa. Non sono sicura di cosa fosse perché nello stesso istante le luci si sono spente, provocando un potente urlo di sgomento. Ho sentito delle mani che mi aiutavano a rialzarmi e non ho avuto bisogno di vedere per capire che si trattava di Jeb.

«Stai bene?»

«Penso di sì, grazie.»

C'è stato prima uno sfarfallio e poi le luci sono tornate ad accendersi una a una. Parecchie Amber si tenevano aggrappate al bancone con tutte le loro forze. C'era cibo sparso su tutto il pavimento. Jeb si è chinato a raccogliere quello che una volta era stato il suo telefono, ora un affare spezzato in due parti uguali. Lo ha cullato nella mano come un uccellino ferito.

L'altoparlante ha gracchiato e la voce al microfono è sembrata sinceramente agitata, non quel tono freddo e autoritario usato per annunciare le fermate lungo il tragitto.

«Signore e signori» ha detto, «vi prego di restare calmi. Un controllore passerà per le carrozze a verificare se ci sono feriti.»

Ho premuto il viso contro il finestrino freddo per vedere cosa stesse succedendo. Ci eravamo fermati accanto a quello che sembrava uno stradone con molte corsie, una specie di interstatale. Dall'altra parte della strada c'era un'insegna gialla fluorescente sospesa in alto. Non era facile vedere attraverso la neve, ma ho riconosciuto il colore e la forma. Era quella di una Waffle House. Fuori dal treno un addetto avanzava a fatica nella neve, guardando sotto la carrozza con una torcia.

Un controllore donna ha spalancato la porta del nostro vagone e ha passato in rassegna tutti. Non aveva il berretto.

«Che succede?» le ho chiesto quando è arrivata da noi. «Sembriamo proprio bloccati.»

Si è piegata e ha dato una lunga occhiata fuori dal finestrino, poi ha fischiato piano.

«Non si va da nessuna parte, tesoro» ha detto a bassa voce. «Siamo appena fuori Gracetown. Da questo punto il binario va in discesa ed è completamente ricoperto di neve. Forse manderanno un mezzo d'emergenza a recuperarci entro domattina. Va' a saperlo. Non ci giurerei. A ogni modo, ti sei fatta male?»

«Sto bene» l'ho rassicurata.

Amber Uno si teneva il polso.

«Amber!» ha detto un'altra Amber. «Cos'è successo?»

«Me lo sono slogato» si è lamentata Amber Uno. «Di brutto.»

«Ma quello è il polso di sostegno sul lancio a canestro.»

Sei cheerleader mi hanno indicato (non in modo subliminale) che era loro desiderio che mi togliessi di mezzo per poter raggiungere la loro amica ferita e sedersi attorno a lei. Jeb è rimasto intrappolato nella ressa. Le luci si sono affievolite, il riscaldamento ha chiaramente smesso di andare al massimo e l'altoparlante è tornato in funzione.

«Signore e signori» ha comunicato la voce, «stiamo riducendo un po' la corrente per risparmiare energia. Se siete provvisti di coperte o maglioni, vi consigliamo di farne uso da questo momento. Se qualcuno necessita di ulteriore assistenza, faremo il possibile per fornirgliela. Se disponete di risorse extra per coprirvi, siete pregati di condividerle.»

Ho lanciato un'altra occhiata verso l'insegna gialla e poi ho guardato il grappolo di cheerleader. Avevo due scelte: potevo restarmene sul treno freddo, buio e bloccato, oppure potevo *agire* in qualche modo. Potevo afferrare le redini di questa giornata che mi era sfuggita di mano troppe volte. Non sarebbe stato difficile attraversare la strada e raggiungere la Waffle House. Probabilmente avrei trovato calore e cibo a volontà. Valeva la pena provarci ed era un piano che sentivo Noah avrebbe approvato. Intraprendente. Mi sono fatta spazio con discrezione tra le Amber per raggiungere Jeb.

«C'è una Waffle House dall'altra parte della strada» gli ho detto. «Vado a vedere se è aperta.»

«Una Waffle House?» ha risposto Jeb. «Mi sa che siamo appena fuori città, sulla I-40.»

«Non fare pazzie» ha detto Amber Uno. «E se il treno riparte?»

«Non ripartirà» ho risposto. «Me l'ha appena detto il controllore. Rimarremo bloccati qui tutta la notte. Lì forse c'è caldo, cibo e spazio per muoversi. Che abbiamo da perdere?»

«Potremmo esercitarci sulle routine di incoraggiamento» ha provato a dire una Madison con una voce sottile.

«Pensi di andarci da sola?» ha chiesto Jeb. Si capiva che aveva voglia di venire, ma Amber gli stava appoggiata addosso come se la sua vita dipendesse da lui.

«Non mi succederà niente» ho risposto. «Devo solo attraversare la strada. Dammi il tuo numero di telefono e...»

Lui ha sollevato il cellulare rotto come un amaro ricordo. Io ho annuito e ho raccolto il mio zaino.

«Non starò via a lungo» ho detto. «Tanto mi tocca tornare. Dove altro posso andare?»

Capitolo 3

Sbirciando fuori dal vestibolo freddo, riuscivo a malapena a scorgere gli addetti che procedevano accanto al treno con le torce. Erano a qualche carrozza di distanza, così ho fatto la mia mossa.

I gradini di metallo erano ripidi, alti e tutti ricoperti di neve ghiacciata. In più, la distanza tra il treno e il terreno era di oltre un metro. Mi sono seduta sul gradino bagnato più basso, con i fiocchi di neve che mi cadevano in testa, e mi sono spinta in avanti con tutta la cautela possibile. Sono caduta mani e piedi in quasi mezzo metro di neve, infradiciandomi le calze, ma senza farmi troppo male. Non c'era molto da camminare. Eravamo proprio di fianco alla strada, una settantina di metri, più o meno. Tutto ciò che dovevo fare era raggiungerla, attraversare, camminare sotto il cavalcavia e sarei arrivata. Ci sarebbero voluti un paio di minuti.

Non avevo mai attraversato un'interstatale prima. L'opportunità non si era mai presentata e, in ogni caso, l'avrei reputata una cattiva idea. Ma non c'era neppure un'auto. Sembrava la fine del mondo o un nuovo inizio della vita, il vecchio ordine sparito. Ci sono voluti quasi cinque minuti per attraversare a causa del vento che soffiava fortissimo e dei fiocchi che continuavano a finirmi negli occhi. Una volta passata dall'altra parte, ho dovuto attraversare un'altra striscia di qualcosa. Poteva essere erba, o cemento, o ancora strada. Al momento era solo bianca e profonda. Qualunque cosa fosse, c'era un marciapiede seppellito dentro e io ci sono inciampata. Quando ho raggiunto la porta, ero coperta di neve fino al collo.

Faceva caldo dentro la Waffle House. A dire il vero l'ambiente era così surriscaldato che le finestre si erano appannate, e i grandi adesivi di plastica natalizi si staccavano e penzolavano dalle finestre. Gli altoparlanti diffondevano classici di Natale in stile soft jazz, allegri come un attacco di allergia. Gli odori predominanti erano di detersivo per pavimenti e olio per frittura strausato, ma c'era un accenno promettente. Patate e cipolle erano state fritte da non molto, e non dovevano essere male.

In quanto a gente, la situazione non era molto migliore. Dalle profondità della cucina si sentivano arrivare due voci maschili, inframmezzate da pacche e risate. Nell'angolo più lontano una donna oziava, immersa nella propria misera condizione, con davanti un piatto vuoto punteggiato da mozziconi di sigaretta. L'unico inserviente nei paraggi era un ragazzo forse della mia età, piazzato di guardia al registratore di cassa. La sua camicia d'ordinanza Waffle House era lunga e pendeva fuori dai pantaloni, e i capelli a punta sbucavano dalla visiera calcata in testa. Il nome scritto sulla targhetta era DON-KEUN. Quando sono entrata, era intento a leggere una graphic novel. Il mio ingresso ha portato una piccola luce nei suoi occhi.

«Ehi» ha detto. «Sembri infreddolita.»

Era una buona osservazione. Ho annuito in risposta.

La noia aveva cenato a casa di Don-Keun. Lo si sentiva nella voce, lo si vedeva nel modo in cui se ne stava curvo sul registratore di cassa con aria sconfitta.

«È tutto gratis stasera» ha detto. «Puoi ordinare quello che vuoi. Basta chiedere al cuoco e al caposala. Che in entrambi i casi sono io.»

«Grazie» ho detto.

Penso che fosse sul punto di dire qualcos'altro, ma ha avuto un moto di imbarazzo, mentre sul retro la sfida di pacche cresceva d'intensità. C'erano un giornale e diverse tazze di caffè davanti a un posto al bancone. L'ho superato per occupare uno sgabello a poca distanza, nel tentativo di non apparire del tutto asociale. Mentre mi sedevo, Don-Keun ha fatto un balzo improvviso nella mia direzione.

«Ehm, forse non ti va di...»

Si è bloccato e ha fatto un passo indietro, proprio mentre una persona sbucava dal bagno. Era un uomo sulla sessantina, con i capelli color sabbia, un po' di pancia da birra e gli occhiali. Ah, ed era vestito di carta stagnola. Dalla testa ai piedi. Aveva anche un cappellino con la visiera come tanti, solo di stagnola.

Stagnola si è seduto di fronte al giornale e alle tazze e mi ha rivolto un cenno di saluto prima che facessi in tempo a spostarmi.

«Come va?» ha chiesto.

«Potrebbe andare meglio» ho risposto con franchezza. Non sapevo dove dirigere lo sguardo, se sul suo viso o sulla sua figura argentea, molto, molto luccicante.

«Brutta serata per andarsene in giro.»

«Già» ho detto, scegliendo il suo addome molto, molto luccicante come punto focale. «Pessima.»

«Non è che ti serve un carro attrezzi?»

«No, sempre che non rimorchi treni.»

Ci ha riflettuto per un attimo. È sempre imbarazzante quando qualcuno non capisce che stai scherzando e riflette su quello che hai detto. Doppiamente imbarazzante se quel qualcuno è vestito di carta stagnola.

«Troppo grande» ha risposto alla fine, scuotendo la testa. «Non funzionerebbe.»

Anche Don-Keun ha scosso la testa e mi ha rivolto uno sguardo del tipo "allontanati-appena-puoi-io-ormai-non-posso-più-salvarmi".

Ho sorriso e ho cercato di sviluppare un interesse improvviso e totalizzante verso il menu. Mi sembrava giusto ordinare qualcosa. Ho passato in rassegna la lista da cima a fondo più e più volte, come se non riuscissi a decidermi tra il panino di waffle e le crocchette di patate ricoperte di formaggio.

«Caffè?» ha detto Don-Keun, avvicinandosi e porgendomi una tazza. Il caffè era bruciato e aveva un sapore rancido, ma non era il momento di fare gli schizzinosi. E comunque, credo che mi stesse solo offrendo un sostegno.

«Hai detto che eri su un treno?» ha chiesto.

«Sì» ho risposto, indicando fuori dalla vetrina. Sia Don-Keun sia Stagnola si sono voltati a guardare, ma la tempesta aveva preso il sopravvento. Il treno era invisibile.

«No» ha ripetuto Stagnola. «Con i treni non funzionerebbe.»

E si è sistemato i polsini di carta stagnola per ribadire il concetto.

«E questo aiuta?» ho chiesto, sentendo alla fine il bisogno di menzionare l'ovvio.

«Questo, cosa?»

«Questa roba. È come quella che i corridori indossano quando finiscono la maratona?»

«Quale roba?»

«La carta stagnola.»

«Quale carta stagnola?» ha chiesto.

A quel punto ho abbandonato sia l'educazione sia Don-Keun e sono andata a sedermi accanto alla vetrina e mi sono messa a guardare il vetro vibrare mentre la neve e il vento lo sferzavano.

Lontano da lì, lo *Smorgasbord* era in pieno fermento. Tutto il cibo sarebbe stato in tavola a quel punto: prosciutti mostruosi, molteplici tacchini, polpette, patate al latte gratinate, budino di riso, biscotti, i quattro tipi di pesce sott'aceto...

In altre parole, non sarebbe stato un buon momento per chiamare Noah. Solo che lui aveva detto di chiamarlo una volta arrivata. E io ero arrivata fino a lì.

Così l'ho chiamato e sono stata subito dirottata verso la segreteria telefonica. Non avevo stabilito in anticipo cosa dire o che tipo di atteggiamento adottare. Ho assunto il tono "ah-ah-pensa-che-bello" e ho lasciato un rapido e, con ogni probabilità, incomprensibile messaggio per dire che ero bloccata in una strana città, lungo un'interstatale, in una Waffle House, con un uomo vestito di stagnola.

Solo dopo aver riattaccato ho considerato che l'avrebbe preso per uno scherzo, uno scherzo *senza senso*, e avrebbe pensato che mi divertissi a chiamarlo proprio mentre lui era oberato. Il messaggio lo avrebbe probabilmente infastidito.

Ero sul punto di richiamarlo con un tono più triste e sincero, e chiarire che tutto quello che avevo detto non era uno scherzo... quando c'è stata una folata di vento, un leggero risucchio mentre si apriva la porta esterna e un'altra persona compariva sulla scena. Era alta e magra e all'apparenza di sesso maschile. Ma era difficile aggiungere molto altro, perché sulla testa, sulle mani e sui piedi indossava sacchetti di plastica bagnati. E con questo facevano due persone che usavano come vestiti oggetti che non erano vestiti.

Cominciavo a detestare Gracetown.

«Ho perso il controllo dell'auto sulla Sunrise» ha comunicato il tizio a tutta la sala. «Ho dovuto mollarla lì.»

Don-Keun ha annuito comprensivo.

«Serve un carro attrezzi?» ha chiesto Stagnola.

«No, grazie. Sta nevicando fortissimo. Non so neanche se riuscirei a ritrovarla.»

Man mano che si spogliava dei sacchetti, si è rivelato una persona dall'aspetto normalissimo, i capelli umidi, ricci e scuri, piuttosto secco, jeans un po' troppo larghi per lui. Ha dato un'occhiata al bancone e poi è venuto verso di me.

«Va bene se mi siedo qua?» ha chiesto a bassa voce. Ha fatto un cenno discreto in direzione di Stagnola. Ovviamente neanche lui voleva sedersi lì.

«Certo» ho risposto.

«È innocuo» mi ha detto il tizio, sempre a bassa voce. «Ma quando attacca a parlare... Una volta mi ha tenuto lì quasi mezz'ora. Gli piacciono molto le tazze. Potrebbe parlare di tazze all'infinito.»

«E si veste sempre di carta stagnola?»

«Non credo che lo riconoscerei senza. A proposito, io sono Stuart.»

«Io sono… Julie.»

«Come sei arrivata qui?» ha chiesto.

«In treno» ho risposto, indicando il panorama fatto di neve e buio. «Siamo rimasti bloccati.»

«Dove sei diretta?»

«In Florida. A trovare i nonni. I miei genitori sono in carcere.»

Ho deciso che valeva la pena tentare, infilandolo nella conversazione con noncuranza. Ho ottenuto la reazione che in parte mi aspettavo. Stuart si è messo a ridere.

«Sei con qualcuno?» ha chiesto.

«Ho un ragazzo» ho detto.

Di solito non sono così stupida, ve lo giuro. Il mio cervello era sintonizzato su Noah. Stavo ancora pensando al mio messaggio idiota.

Gli angoli della bocca di Stuart si sono arricciati, come se si sforzasse di non ridere. Ha picchiettato un po' sul tavolo e ha sorriso, quasi a cercare di scacciare il mio momento di imbarazzo. Avrei *dovuto* cogliere la scappatoia che mi stava offrendo, e invece no, non potevo lasciar perdere.

Dovevo cercare di recuperare.

«Ho detto così» mi sono corretta, vedendo spianata davanti a me la strada verso un discorso per me funesto e infilandomici dentro di corsa, «solo perché dovrei chiamarlo. Ma non c'è segnale.»

Lo so. Avevo rubato la storia di Jeb. Con la triste differenza, però, che nel dirlo non avevo tenuto conto del fatto che il mio telefono era proprio in bella mostra lì davanti a me ed esibiva una scala completa di tacche. Stuart ha guardato prima il telefono, poi me, ma non ha detto niente.

Adesso sì che avevo qualcosa da provare. Non avrei mai potuto lasciar perdere finché non fossi riuscita a dimostrargli che ero una persona del tutto normale.

«Non c'era» ho detto. «Finora.»

«Sarà il tempo» ha detto lui con indulgenza.

«Già. Riprovo. Ci metto un attimo.»

«Fai con comodo» ha detto.

Com'era giusto che fosse. In fondo si era seduto con me solo per sfuggire a una lunga conversazione sulle tazze con Stagnola. Non è che ognuno di noi fosse responsabile dei programmi che aveva l'altro. Può anche darsi che Stuart fosse felice che avessi dato un taglio a quella conversazione. Mentre ero al telefono, si è alzato e si è tolto il giaccone. Sotto indossava una divisa dei negozi Target e altri sacchetti di plastica. Sono caduti alla rinfusa dalle fodere interne del giaccone, una decina circa. Li ha raccolti del tutto imperturbato.

Quando la segreteria di Noah ha risposto di nuovo, ho cercato di nascondere la mia frustrazione allungando il collo per guardare fuori dalla vetrina. Non volevo lasciare il mio patetico messaggio di spiegazioni di fronte a Stuart, così ho riattaccato.

Stuart ha sollevato le spalle, quasi a chiedermi "niente?", mentre si sedeva.

«Saranno impegnati con lo *Smorgasbord*» ho detto.

«Lo *Smorgasbord*?»

«La famiglia di Noah è incidentalmente svedese e così ogni vigilia di Natale organizzano un fantastico *Smorgasbord*.»

Ho visto le sue sopracciglia inarcarsi quando ho pronunciato la parola "incidentalmente". È una parola che uso tantissimo. È una delle preferite di Noah. L'ho presa da lui. Sarebbe stato meglio ricordarsi di non usarla davanti ad altre persone perché è un po' la *nostra* parola. Tra l'altro, quando sei impegnata in una missione per convincere un estraneo che non sei proprio un avanzo di patatine fritte alla fine di un Happy Meal, gettare lì frasi come "incidentalmente svedese" non è la più brillante delle soluzioni.

«A chi non piace uno *Smorgasbord*?» ha detto lui con tatto.

Era il caso di cambiare argomento.

«Target» ho detto, indicando la sua camicia. Solo che mi è uscito "Targé", con quella pronuncia alla francese che non fa per niente ridere.

«Puoi scommetterci» ha risposto lui. «Adesso capisci perché ho dovuto rischiare la vita per andare al lavoro. Quando si ha un lavoro importante come il mio, bisogna assumersi anche qualche rischio; altrimenti la società va a rotoli. Quel tizio lì deve proprio tenerci a telefonare.»

Stuart ha indicato fuori dalla vetrina e io mi sono voltata. Jeb era davanti a una cabina del telefono circondata da quasi mezzo metro di neve. Stava cercando di aprire a forza la porta.

«Povero Jeb» ho detto. «Dovrei prestargli il mio telefono... adesso che c'è segnale.»

«È Jeb? Hai ragione... aspetta... com'è che conosci Jeb?»

«Era sul mio treno. Ha detto che stava venendo a Gracetown. Credo che abbia intenzione di proseguire a piedi.»

«Sembra che ci tenga davvero molto a fare quella telefonata» ha detto Stuart, spostando il bastoncino di zucchero scivoloso appeso sulla vetrina per osservare meglio. «Perché non usa il suo telefono?»

«Si è rotto quando ci siamo schiantati.»

«Schiantati?» ha ripetuto Stuart. «Il vostro treno si è... schiantato?»

«Soltanto contro la neve.»

Stuart stava per chiedere altre spiegazioni sull'argomento "schianto del treno" quando la porta si è aperta... e si sono riversate dentro. Tutt'e quattordici, strillando, squittendo e portandosi dietro una scia di fiocchi di neve.

«Oh, mioddio» ho esclamato.

Capitolo 4

Non c'è aspetto di una brutta situazione che quattordici cheerleader sovreccitate non possano peggiorare.

Ci sono voluti circa tre minuti perché l'anonima Waffle House si trasformasse nei nuovi uffici dello studio legale Amber, Amber, Amber e Madison. Si sono accampate intorno ad alcuni tavoli nell'angolo opposto al nostro. Qualcuna mi ha rivolto un cenno del tipo "ah, bene, sei ancora viva", ma la maggior parte non mostrava interesse verso gli altri.

Il che, però, non significa che gli altri non mostrassero interesse verso di *loro.*

Don-Keun era un uomo nuovo. Nell'istante in cui sono arrivate è sparito per un secondo. Abbiamo sentito urla soffocate di pura euforia provenire da qualche parte sul retro della cucina della Waffle House, poi è ricomparso con il viso che irradiava quel genere di luce che si associa a un'apparizione di tipo religioso. Solo guardarlo mi stremava. Dietro di lui c'erano altri due tizi, due accoliti adoranti accorsi al suo richiamo.

«Cosa posso fare per voi, signorine?» ha chiesto Don-Keun tutto felice.

«Possiamo esercitarci con le verticali qui dentro?» ha

chiesto Amber Uno. Immagino che il polso di sostegno infortunato andasse meglio. Tipe toste, queste cheerleader. Toste e matte. Chi affronta una tormenta di neve per esercitarsi con le verticali in una Waffle House? Io c'ero andata solo per scappare da loro.

«Signorine» ha detto, «potete fare *tutto* ciò che volete.»

Amber Uno ha apprezzato la risposta.

«Magari potrebbe anche passare uno straccio sul pavimento? Giusto questo pezzettino? Tanto per non avere niente sotto le mani? E potrebbe guardarci intanto?»

Si è quasi fratturato le caviglie nel tentativo di raggiungere lo sgabuzzino delle scope.

Stuart aveva osservato il tutto senza parlare. Non aveva lo stesso sguardo estasiato di Don-Keun e dei suoi amici, ma la questione gli aveva fatto di sicuro rizzare le antenne. Aveva piegato la testa da una parte, come se stesse tentando di risolvere un complicato problema di matematica.

«La situazione qui ha preso una piega diversa dal solito» ha detto.

«Già» ho aggiunto io. «Puoi dirlo forte. Non c'è un altro posto dove andare, uno Starbucks o qualcosa del genere?»

È quasi sobbalzato quando ho menzionato Starbucks. Ho pensato che fosse uno di quelli che ce l'hanno con le catene, il che sembrava strano per uno che lavorava da Target.

«È chiuso» ha detto. «È quasi tutto chiuso. Ci sarebbe Il Duca e la Duchessa. Quello potrebbe essere aperto, ma è solo un minimarket. È la vigilia di Natale e con questa tempesta...»

Stuart deve avere intuito la mia disperazione dal modo in cui ho iniziato a battere leggermente la fronte sul tavolo.

«Pensavo di tornare a casa» ha detto, facendo scivolare la mano sul tavolo per farmi da cuscino e impedirmi di procurarmi altri danni. «Perché non vieni con me? Almeno siamo al riparo dalla neve. Mia madre non mi perdonerebbe mai se non ti chiedessi se hai bisogno di un posto dove andare.»

Ci ho riflettuto. Il mio treno freddo e morto era al di là della strada. La mia alternativa al momento era una Waffle House piena di cheerleader e un tizio vestito di carta d'alluminio. I miei genitori erano ospiti dello Stato, a centinaia di chilometri di distanza. E la tempesta di neve più imponente degli ultimi cinquant'anni era proprio sulle nostre teste. Sì, avevo bisogno di un posto dove andare.

Però era dura disinnescare il messaggio "attenta agli estranei" che mi ticchettava nella mente... anche se era l'estraneo quello che correva davvero il rischio. Ero io quella notte ad avere *tutte* le carte più assurde. Io non mi sarei portata a casa.

«Ecco» ha detto. «Una piccola prova della mia identità. Questa è la mia targhetta ufficiale di impiegato Target. Non lasciano mica lavorare *chiunque* da Target. E questa è la mia patente... non fare caso ai capelli, ti prego... nome, indirizzo, codice fiscale, è tutto lì.»

Ha tirato fuori dal portafoglio tutte le carte per completare la scena. Ho notato che in uno scomparto c'era anche una foto di lui con una ragazza, chiaramente al ballo della scuola. Questo mi ha rassicurato. Era un tipo normale con una ragazza. Aveva anche un cognome: Weintraub.

«Quant'è lontano?» ho chiesto.

«Circa un chilometro in quella direzione» ha risposto, indicando verso ciò che all'apparenza era il nulla assoluto:

masse bianche e informi che forse erano case, forse erano alberi, o forse modelli a grandezza naturale di Godzilla.

«Un chilometro?»

«Be', un chilometro se prendiamo la via più breve. Quella più lunga è quasi due. Non sarà un problema. Avrei potuto proseguire, ma questo posto era aperto e mi sono fermato per scaldarmi un po'.»

«Sei sicuro che alla tua famiglia vada bene?»

«Mia madre mi picchierebbe con un manico di scopa se non offrissi aiuto a qualcuno la vigilia di Natale.»

Don-Keun ha scavalcato il bancone con in mano lo spazzolone, finendo quasi per infilzarsi nel farlo. Ha iniziato a pulire il pavimento intorno ai piedi di Amber Uno. Fuori, Jeb era riuscito a entrare nella cabina. Era profondamente calato in un dramma del tutto personale. Ero da sola.

«Okay» ho detto. «Vengo.»

Non credo che qualcuno abbia notato che ci alzavamo per andarcene, eccetto Stagnola. Girava le spalle alle cheerleader in completo disinteresse e ci ha rivolto un saluto militare quando ci siamo diretti verso la porta.

«Ti servirà un berretto» ha detto Stuart, appena messo piede nell'atrio gelido.

«Non ce l'ho un berretto. Stavo andando in Florida.»

«Neanch'io ce l'ho. Ma ho questi...»

Ha preso i sacchetti di plastica e ha improvvisato una dimostrazione mettendosene uno sulla testa, avvolgendoselo intorno e rimboccandolo fino a farne uno stretto turbante dall'aspetto strano, con un pennacchio in cima. Indossare un sacchetto sulla testa sembrava una di quelle cose che Amber, Amber e Amber si sarebbero rifiutate di fare... e io ci tenevo a ribadire che *non* ero fatta della stessa pasta. Con coraggio mi sono avvolta il sacchetto di plastica sulla testa.

«Faresti meglio a metterli anche intorno alle mani» ha detto lui, passandomene altri. «Non so cosa si possa fare per le gambe, però. Saranno gelate.»

Lo erano, ma per qualche motivo non volevo pensasse che non ero in grado di cavarmela.

«No» ho mentito. «Queste calze sono molto spesse. E gli stivali... sono robusti. Però ne prendo qualcuno per le mani.»

Ha inarcato un sopracciglio. «Sicura?»

«Sicurissima.» Non ho idea del perché abbia risposto così. Era come se dire la verità significasse ammettere una certa debolezza.

Stuart ha dovuto spingere la porta con forza per aprirla del tutto contro il vento e la neve accumulata. Non sapevo che la neve potesse cadere a dirotto. Ho visto nevischiare e anche nevicare fitto fino a tre, quattro centimetri, ma questa neve era pesante e appiccicosa e i fiocchi erano grandi come un quarto di dollaro. Nel giro di pochi secondi ero fradicia. Ho esitato in fondo agli scalini e Stuart si è girato a controllare.

«Sicura?» ha chiesto di nuovo.

Sapevo che la scelta era tra voltarsi in quel preciso istante o andare fino in fondo.

Ho dato un'occhiata veloce alle mie spalle e ho visto le tre Madison eseguire una piramide umana in mezzo al ristorante.

«Sì» ho risposto. «Andiamo.»

Capitolo 5

Abbiamo preso una stradina sul retro della Waffle House guidati solo dalle luci lampeggianti che si accendevano e si spegnevano ogni secondo tracciando nel buio un sentiero giallo stroboscopico. Camminavamo nel mezzo della strada, sempre in quello stile postapocalittico. Per almeno quindici minuti ha regnato il silenzio. Parlare ci avrebbe sottratto l'energia che ci serviva per andare avanti, e aprire la bocca significava permettere all'aria fredda di entrare.

Ogni passo era una piccola impresa. La neve era così profonda e appiccicosa che mi ci voleva uno sforzo notevole per ritrarre il piede dall'impronta. Com'era prevedibile, le gambe si erano congelate a tal punto che iniziavo a sentirle calde di nuovo. I sacchetti sulla testa e sulle mani erano efficaci, dopotutto. Quando abbiamo trovato il passo giusto, Stuart ha osato una conversazione.

«Dov'è la tua famiglia, sul serio?» ha chiesto.

«In prigione.»

«Sì, l'hai già detto al ristorante. Ma intendo *sul serio*...»

«Sono *in prigione*» ho ripetuto per la terza volta.

Questa volta ho cercato di far attecchire il concetto. Stuart ha afferrato il punto quanto bastava per non rifarmi la stessa domanda, ma ha dovuto arrovellarsi un po' sulla mia risposta.

«Per quale motivo?» ha chiesto alla fine.

«Uh, facevano parte di una... sommossa.»

«Cioè, partecipavano a una manifestazione?»

«No, a una liquidazione» ho detto. «Sono stati coinvolti in una *rissa* da shopping.»

Si è bloccato di colpo nel punto in cui si trovava.

«Non dirmi che erano nella rissa di Flobie a Charlotte.»

«Proprio quella» ho detto.

«Oh, mio Dio! I tuoi genitori sono nei Flobie Five!»

«I Flobie Five?» ho ripetuto flebilmente.

«I Flobie Five sono stati l'argomento del giorno al lavoro. Penso che non ci sia stato un solo cliente che non li abbia nominati. I notiziari hanno trasmesso servizi sulla rissa per tutto il giorno...»

Notiziari? Servizi? Tutto il giorno? Oh, bene. Bene, bene, bene. Genitori famosi. Il sogno di ogni ragazza.

«Tutti adorano i Flobie Five» ha detto. «Be', molti. O quantomeno pensano che sia divertente.»

Ma a quel punto deve essersi reso conto che per me non era così divertente e che era quello il motivo per cui vagavo in una strana città il giorno della vigilia di Natale con un sacchetto in testa.

«Fa molto figo» ha detto, facendo un paio di lunghi balzi per superarmi. «La CNN vorrà intervistarti di sicuro. La figlia di Flobie! Ma non preoccuparti. Ci penso io a tenerli a distanza!»

Ha inscenato una commedia dalla complicata coreografia in cui fingeva di trattenere i reporter e prendere a pugni i giornalisti. Mi ha tirato un po' su di morale. Io stessa ho iniziato a recitare vagamente la parte, coprendomi il viso con le mani come se fossi abbagliata dai flash. Siamo andati avanti per qualche minuto. È servito a distrarci dalla realtà in cui ci trovavamo.

«È ridicolo» ho detto alla fine, dopo essere quasi caduta per evitare un paparazzo immaginario. «I miei genitori sono in prigione. Per una casetta di Natale fatta di ceramica.»

«Meglio che per spaccio di droga» ha detto lui, rimettendosi al mio fianco. «Non pensi?»

«Sei sempre così allegro?»

«Sempre. È un requisito per lavorare da Target. Sono Capitan Sorriso.»

«Alla tua ragazza deve piacere un sacco!»

L'ho detto solo per sembrare sveglia e osservatrice, aspettandomi che dicesse "E tu come sai che io...?" e io avrei risposto "Ho visto la foto nel tuo portafoglio". E a quel punto lui avrebbe pensato che fossi molto Sherlock Holmes e gli sarei sembrata un po' meno svitata di quanto gli ero apparsa all'inizio alla Waffle House. (A volte si deve attendere un po' per questo tipo di gratificazioni, ma ne vale la pena.)

Invece lui ha voltato la testa di scatto nella mia direzione, ha strizzato gli occhi e poi si è rigirato verso la strada con passo molto determinato. L'allegria era sparita, ora era tutto serio.

«Non manca molto. Ma a questo punto dobbiamo decidere. Da qui abbiamo due possibilità. La prima è seguire questa strada, ci vorranno probabilmente tre quarti d'ora di questo passo. La seconda è prendere la scorciatoia.»

«La scorciatoia» ho risposto all'istante. «Senza dubbio.»

«In effetti è molto, molto più breve, perché questa strada fa il giro tutt'intorno, mentre la scorciatoia taglia dritto. Io la prenderei di sicuro se fossi da solo, cioè se fosse ancora mezz'ora fa...»

«Scorciatoia» ho ripetuto.

In mezzo a quella tormenta, con la neve e il vento che mi scorticavano la pelle del viso e la testa, e le mani avvolte in sacchetti di plastica, sentivo di non avere affatto bisogno di ulteriori informazioni.

In ogni caso quella scorciatoia non poteva essere tanto peggio della strada che stavamo facendo. E se Stuart aveva in mente di prenderla già prima, non c'era motivo per cui non potesse farlo con me.

«Okay» ha detto Stuart. «In pratica, la scorciatoia ci porta alle spalle di quelle case. Casa mia è proprio lì dietro, a duecento metri, direi. Più o meno.»

Abbiamo abbandonato il sentiero giallo lampeggiante e abbiamo tagliato per un percorso buio e indistinto che passava in mezzo ad alcune case. Mentre camminavamo, ho tirato fuori il telefono dalla tasca per controllarlo. Non c'erano chiamate di Noah. Ho cercato di farlo di nascosto, ma Stuart mi ha visto.

«Nessuna chiamata?»

«Non ancora. Sarà sempre impegnato.»

«Lo sa dei tuoi genitori?»

«Lo sa» ho risposto. «Io gli dico tutto.»

«E la cosa è reciproca?»

«Reciproca?»

«Hai detto che tu gli dici tutto» ha risposto. «Non hai detto "*noi* ci diciamo tutto".»

Che razza di domanda era? «Certo» mi sono affrettata a dire.

«Che tipo è, a parte essere incidentalmente svedese?»

«È intelligente» ho detto. «Ma non di quegli intelligenti odiosi che devono sempre dirti che media hanno o alludere al punteggio che hanno preso al SAT o a quanto sono bravi in classe. Per lui è tutto naturale. Non si ammazza di studio per i voti e non gli importa neanche più di tanto. Ma i suoi voti sono buoni. Ottimi. Gioca a calcio. Partecipa alle Olimpiadi di matematica. È molto popolare.»

Sì, ho detto così. E sì, suonava come una specie di discorso da imbonitore. E sì, Stuart aveva di nuovo quel sorrisetto e quello sguardo del tipo "sto-cercando-di-non-ridere-di-te". Ma come altro avrei dovuto rispondere a quella domanda? Tutti quelli che conoscevo conoscevano Noah. Sapevano cos'era, cosa rappresentava. In genere, non dovevo spiegarlo.

«Ottimo curriculum» ha detto senza sembrare tanto impressionato. «Ma che tipo è?» Oddio, la conversazione aveva un seguito.

«È... è come ti ho appena detto.»

«La sua personalità. È un poeta in segreto, o qualcosa del genere? Balla di nascosto nella sua stanza quando pensa che nessuno lo veda? È divertente, come te? Qual è la sua *vera natura*?»

Di sicuro Stuart stava provando a mandarmi in confusione con quella storia della vera essenza. Eppure c'era un non so che, nel modo in cui mi aveva chiesto se Noah era divertente come me. Era stato carino. E la risposta era no. Noah era molte cose, ma divertente non era una di queste. In genere sembrava relativamente divertito da me, ma come avrete forse notato a questo punto, ci sono volte in cui non riesco a tacere. In quelle occasioni Noah assumeva un'aria spazientita.

«Intensa» ho detto. «La sua vera natura è intensa.»

«In senso buono?»

«Starei con lui altrimenti? Manca molto?»

Stuart ha recepito il messaggio questa volta e ha taciuto. Abbiamo ripreso a camminare in silenzio, finché non ci siamo trovati in uno spazio aperto con qualche albero intorno. In lontananza, sulla cima di un pendio, si vedevano altre case. Riuscivo a distinguere a fatica il bagliore delle luci di Natale. La neve nell'aria era così fitta che tutto appariva sfocato. Sarebbe stata bellissima, se non fosse stata così tagliente. Mi sono accorta che anche le mie mani erano diventate talmente fredde da superare la soglia e risultare quasi calde. Le gambe non avrebbero resistito ancora a lungo. Stuart ha steso il braccio e mi ha fermato.

«Okay» ha detto. «C'è una cosa che devo spiegarti. Dobbiamo attraversare un torrente. È ghiacciato. Ho visto qualcuno pattinarci sopra, prima.»

«Un torrente profondo quanto?»

«Non tanto. Un metro e mezzo, forse.»

«Dov'è?»

«Da qualche parte davanti a noi» ha detto.

Ho spinto lo sguardo verso l'orizzonte vuoto. Da qualche parte, lì sotto, c'era una piccola massa d'acqua nascosta dalla neve.

«Possiamo tornare indietro» ha detto.

«Tu avresti preso questa strada in ogni caso?» ho chiesto.

«Sì, ma non devi provarmi niente.»

«Per me va bene» ho detto, cercando di apparire più sicura di quanto mi sentissi.

«Allora andiamo avanti?»

«Questo è il piano.»

Ed è quel che abbiamo fatto. Abbiamo capito di essere arrivati sul torrente quando la neve è diventata meno profonda e sotto di noi abbiamo avvertito una certa scivolosità invece di quella sensazione solida, spessa e scricchiolante. A quel punto, Stuart ha deciso di parlare di nuovo.

«Quei tizi alla Waffle House sono proprio fortunati. Stanno per trascorrere la migliore serata della loro vita» ha detto.

C'era un tono di sfida nelle sue parole, come se volesse farmi abboccare all'amo. Il che significava che non avrei dovuto abboccare. E invece io ho abboccato, naturalmente.

«Dio» ho detto. «Perché gli uomini sono tutti così banali?»

«In che senso?» ha chiesto, lanciandomi uno sguardo di sbieco e scivolando mentre lo faceva.

«Andare a dire che sono fortunati.»

«Forse... perché sono intrappolati in una Waffle House con una decina di cheerleader?»

«Da cosa deriva questa fantasia arrogante?» ho detto, forse in modo un po' più brusco di quanto intendessi. «Davvero gli uomini pensano che solo per il fatto di essere gli unici maschi nei paraggi, le ragazze gli salteranno addosso all'istante? Come se andassimo alla ricerca degli ultimi sopravvissuti e li gratificassimo con palpate di gruppo?»

«*Non* è così?»

Non ho neanche degnato quell'osservazione di una risposta.

«Ma cos'hanno le cheerleader che non va?» ha chiesto, all'apparenza molto compiaciuto di essere riuscito a suscitare una simile reazione in me. «Non sto dicendo che mi piacciono *unicamente* le cheerleader. Solo che non ho pregiudizi verso di loro.»

«Non si tratta di pregiudizi» ho detto con fermezza.

«Ah, no? E di cosa si tratta, allora?»

«È l'idea delle cheerleader» ho detto. «Ragazze a bordo campo in gonnellina corta, che dicono ai ragazzi quanto sono eccezionali. Scelte per il loro aspetto.»

«Non so» ha detto in tono sarcastico. «Giudicare gruppi di persone che non conosci, fare congetture, parlare del loro aspetto... sa un po' di pregiudizio, ma...»

«Io non ho *pregiudizi*!» ho ribattuto, incapace ormai di controllare la mia reazione. C'era un tale buio in quel momento. Sopra, il cielo nebbioso appariva di un colore rosa grigiastro. Intorno, si distinguevano solo sagome di alberi spogli e rinsecchiti, come mani sottili che sbucavano dal terreno. Sotto, un fondo bianco interminabile. E poi fiocchi che vorticavano, il fischio solitario del vento e l'ombra delle case.

«Scusa» ha detto Stuart, rifiutandosi di interrompere quel gioco fastidioso, «come fai a sapere che nel loro tempo libero non siano crocerossine o qualcosa del genere? Magari salvano i gattini o gestiscono un banco alimentare, oppure...»

«Perché non è così» ho risposto, facendo un passo per superarlo. Sono quasi scivolata, ma con uno scatto mi sono rimessa dritta. «Nel loro tempo libero si fanno la ceretta.»

«Che ne sai?» ha replicato da dietro.

«Questa è una cosa che non dovrei spiegare a Noah» ho detto. «Ci arriverebbe e basta.»

«Sai una cosa?» ha ribattuto Stuart in tono piatto. «Per quanto meraviglioso sia questo Noah ai tuoi occhi, al momento non è che mi impressioni molto.»

Ne avevo abbastanza. Mi sono girata e ho iniziato a camminare in direzione opposta con passo fermo e deciso.

«Dove vai?» ha chiesto. «Dai, su...»

Ha cercato di usare un tono conciliante, ma io ne avevo avuto abbastanza. Camminavo pestando bene i piedi per mantenere salda l'andatura.

«È un sacco di strada!» ha detto, accelerando per tenere il passo. «Non farlo. Davvero.»

«Mi dispiace» ho detto come se la cosa non mi importasse così tanto. «Penso solo che sarebbe meglio se...»

C'è stato un rumore. Un rumore nuovo sotto il fischio, il sibilo e il mulinare di neve e ghiaccio. Un suono secco, un po' come quello di un ceppo sul fuoco, il che era paradossale e non in senso piacevole. Entrambi ci siamo bloccati nel punto in cui ci trovavamo. Stuart mi ha lanciato uno sguardo allarmato.

«Non muover...»

E poi la superficie sotto di noi è come sparita.

Capitolo 6

Forse non siete mai caduti in un torrente ghiacciato. Ecco ciò che succede.

1. È freddo. Così freddo che il Dipartimento di Percezione e Regolazione della Temperatura del vostro cervello riceve i dati e dichiara: «Non posso occuparmene. Mi tiro fuori». Espone il cartello FUORI PER PRANZO e passa tutte le responsabilità al…

2. Dipartimento del Dolore e delle Misure Conseguenti, il quale riceve dal Dipartimento della Temperatura tutti questi dati astrusi che non è in grado di interpretare e a sua volta dichiara: «Non è compito nostro». A quel punto, inizia a schiacciare tasti a caso, riempiendovi di sensazioni strane e sgradevoli e chiama…

3. L'Ufficio della Confusione e del Panico, dove c'è sempre qualcuno pronto ad afferrare il telefono quando squilla. Quest'ufficio almeno è disponibile a intraprendere qualche azione. L'Ufficio della Confusione e del Panico *adora* schiacciare tasti.

Quindi per una frazione di secondo io e Stuart non siamo stati in grado di fare nulla a causa del caos burocratico che si stava verificando nelle nostre teste. Quando ci siamo vagamente ripresi, sono riuscita a fare un bilancio della situazione in cui mi trovavo. La buona notizia era che eravamo sommersi solo fino al torace. Be', io lo ero. L'acqua mi arrivava esattamente all'altezza del petto. Stuart era immerso fino a metà dell'addome. La brutta notizia era che eravamo in un buco nel ghiaccio ed è difficile tirarsi fuori da un buco nel ghiaccio quando si è quasi del tutto paralizzati dal freddo. Entrambi cercavamo di arrampicarci per uscire, ma il ghiaccio continuava a rompersi ogni volta che esercitavamo una pressione.

Per reazione istintiva ci aggrappavamo l'uno all'altra.

«Okay» ha detto Stuart, tremando a più non posso. «È f-freddo. E non è il massimo.»

«No? Davvero?» ho urlato. Solo che non c'era abbastanza aria nei miei polmoni per poter urlare, così quello che ne è uscito è stato una specie di sibilo spettrale.

«D-dobbiamo... r-romperlo.»

L'idea era venuta anche a me, ma era rassicurante sentirla pronunciare ad alta voce. Abbiamo iniziato a frantumare il ghiaccio con le braccia rigide, come quelle di due robot, finché non abbiamo raggiunto la crosta più spessa. L'acqua era un po' meno profonda, anche se non di molto.

«Ti faccio da scaletta» ha detto Stuart. «Sali sulla mia mano.»

Ho cercato di alzare la gamba, ma si è subito rifiutata di collaborare. Erano entrambe così intorpidite che non funzionavano più a dovere. Quando sono riuscita a muoverle, le mani di Stuart erano troppo fredde per sorreggermi. Ci sono voluti alcuni tentativi, ma alla fine sono riuscita a trovare l'appoggio.

Naturalmente, una volta fuori, ho fatto l'eclatante scoperta che *il ghiaccio è scivoloso*, e di conseguenza è molto difficile mantenersi fermi, soprattutto se si hanno le mani ricoperte di sacchetti bagnati. Ho allungato il braccio e ho aiutato Stuart, che è atterrato di pancia sul ghiaccio.

Eravamo fuori. Ed essere fuori era molto peggio che essere dentro, per quanto strano possa sembrare.

«Non... è... tanto... lontano» ha detto. Era difficile capire cosa dicesse. Mi sembrava di avere i polmoni che tremolavano. Mi ha afferrato la mano e mi ha tirato verso una casa proprio in cima al pendio.

Se non mi avesse trascinata, non ce l'avrei fatta a superare la salita.

Non sono mai stata così felice di vedere una casa in vita mia. Il contorno era segnato da una debole luce verdognola inframmezzata da piccoli punti rossi. La porta sul retro non era chiusa a chiave e siamo entrati in un paradiso. Non è che fosse la casa più strabiliante in cui avessi mai messo piede, era semplicemente una casa, calda e con un vago profumo di tacchino al forno, biscotti e albero.

Stuart non ha smesso di tirarmi finché non abbiamo raggiunto una porta, che ho scoperto portava a un bagno con una cabina doccia.

«Entra» ha detto, spingendomi. «Doccia. Adesso. Acqua calda.»

La porta ha sbattuto e l'ho sentito correre via. Mi sono subito tolta ciò che indossavo, inciampando mentre allungavo la mano verso il pomello della doccia. I miei vestiti pesavano da far paura, pieni di acqua, neve e fango.

Sono rimasta lì a lungo, abbandonata contro la parete, riempiendo di vapore quella piccola stanza. L'acqua ha cambiato temperatura un paio di volte, forse perché anche Stuart stava facendo la doccia da qualche altra parte della casa.

L'ho chiusa solo quando ha iniziato a diventare fredda. Uscendo nella fitta nebbia, ho visto che i miei vestiti non c'erano più. Qualcuno li aveva portati fuori dal bagno senza che me ne accorgessi. Al loro posto c'erano due grandi asciugamani, i pantaloni di una tuta, una felpa, calze e pantofole. Erano tutti abiti maschili, fatta eccezione per le calze e le pantofole. Le calze erano spesse e rosa e le pantofole erano babbucce bianche e pelose molto consumate.

Ho afferrato la felpa, che era il capo più vicino, e l'ho usata per coprire le mie nudità, anche se ero sicura di essere sola in bagno in quel momento. *Qualcuno* era entrato. *Qualcuno* si era aggirato lì dentro, aveva preso i miei vestiti e li aveva sostituiti con altri asciutti. Era Stuart che si era intrufolato mentre facevo la doccia? Mi aveva visto allo stato naturale? Mi importava davvero qualcosa a quel punto?

Mi sono vestita in fretta, indossando ogni singolo capo di quelli lasciati lì per me. Ho aperto uno spiraglio di porta e ho sbirciato fuori. La cucina sembrava vuota. L'ho aperta un po' di più e una donna è balzata fuori dal nulla. Aveva un'età da mamma e i riccioli biondi che sembravano stopposi a causa di una tintura fatta in casa. Indossava una felpa con l'immagine di due koala abbracciati vestiti da Babbo Natale. L'unica cosa di cui m'importava davvero, però, era che in mano reggeva una tazza fumante per me.

«Oh, povera!» ha detto. Era decisamente chiassosa, una di quelle persone che senti senza problemi da un capo all'altro di un parcheggio. «Stuart è di sopra. Io sono la sua mamma.»

Ho accettato la tazza. Fosse stata una tazza di veleno caldo, l'avrei bevuta lo stesso.

«Povera» ha ripetuto. «Non preoccuparti. Ti riscaldiamo noi per bene. Mi dispiace, ma non ho trovato niente di più adatto. Quelli sono di Stuart e sono anche gli unici puliti che ho trovato in lavanderia. Ho messo i tuoi vestiti in lavatrice e le scarpe e il giaccone sono ad asciugare sul calorifero. Se devi chiamare qualcuno, fai pure. Non farti problemi se è un'interurbana.»

E questa è stata la mia presentazione alla madre di Stuart («Chiamami Debbie»). La conoscevo in tutto da venti secondi e lei aveva già visto la mia biancheria intima e mi stava offrendo i vestiti del figlio. Mi ha subito piazzata al tavolo della cucina e ha iniziato a tirare fuori dal frigo una serie infinita di piatti avvolti nella pellicola trasparente.

«Abbiamo già fatto il cenone della Vigilia mentre Stuart era al lavoro, ma ho cucinato in abbondanza! In abbondanza! Mangia!»

C'era tantissimo cibo: tacchino, purè di patate, sugo di carne, ripieno e tanto altro. Ha portato *tutto* in tavola e ha insistito nel riempirmi un piatto intero con accanto una scodella di polpette in brodo di pollo. A quel punto ero affamata, forse più affamata di quanto fossi mai stata in vita mia.

Stuart è comparso sulla soglia. Come me, si era vestito per stare al caldo. Indossava i pantaloni di un pigiama di flanella e un maglione a trecce slabbrato. Non so... forse era il senso di gratitudine, la mia felicità generale per essere viva, la mancanza di un sacchetto in testa... ma era quasi carino. E il fastidio che avevo provato prima per lui era sparito.

«Pensi tu a Julie per stanotte?» ha chiesto lei. «Ricordati di spegnere l'albero così non la tiene sveglia.»

«Mi dispiace...» ho detto. Solo ora mi rendevo conto che ero piombata nelle loro vite per Natale.

«Non dirlo nemmeno! Sono felice che tu abbia avuto il buon senso di venire. Ci prenderemo cura noi di te. Preoccupati che abbia coperte a sufficienza, Stuart.»

«Tranquilla» l'ha rassicurata lui.

«Gliene serve una subito. Guarda. Sta gelando. E anche tu. Sedetevi qui.»

È sparita di corsa in soggiorno. Stuart ha inarcato le sopracciglia quasi a dire "È fatta così". È tornata con due scialli di lana. A me è toccato essere avvolta in quello blu scuro. Mi ci ha fasciato come fossi un neonato, al punto che facevo quasi fatica a muovere le braccia.

«Hai bisogno di cioccolata calda» ha detto. «O preferisci il tè? Ne abbiamo di tutti i tipi.»

«Ci penso io, mamma.»

«Altro brodo? Mangia il brodo. È fatto in casa e il brodo di pollo è come una penicillina naturale. Dopo il freddo che avete...»

«Ci penso io, mamma.»

Debbie ha preso la mia ciotola di zuppa mezza vuota, l'ha riempita fino all'orlo e l'ha messa nel microonde.

«Mostrale dove sono le cose, Stuart. Se ti serve qualcosa durante la notte, prendi pure. Fai come se fossi a casa tua. Sei una dei nostri adesso, Julie.»

Ho apprezzato l'intenzione, ma ho pensato che fosse uno strano modo di vedere la faccenda.

Capitolo 7

Stuart e io ci siamo goduti la quiete in silenzio rimpinzandoci alla grande, dopo che Debbie è uscita. Avevo la sensazione, però, che non fosse andata via sul serio, non avevo sentito i suoi passi allontanarsi. Credo che anche Stuart avesse la mia stessa sensazione, perché continuava a girarsi.

«Questo brodo è proprio strabiliante» ho detto, pensando che fosse un commento carino da farle origliare. «Non ho mai mangiato niente del genere. Queste polpette...»

«Probabilmente non sei ebrea, ecco perché» ha detto lui, alzandosi e chiudendo la porta a soffietto della cucina. «Sono polpette di pane azzimo.»

«Sei ebreo?»

Stuart ha alzato un dito, facendo segno di aspettare. Ha smosso un po' la porta e si è sentita una serie di passi rapidi e cigolanti, come di qualcuno che cerca di affrettarsi sulle scale senza far rumore.

«Scusa» ha detto. «Pensavo avessimo compagnia. Saranno stati i topi. Mia madre è ebrea, quindi sostanzialmente sì. Ma ha questa cosa del Natale. Credo che lo faccia per adeguarsi. Anche se tende un po' a strafare.»

La cucina era stata convertita da cima a fondo per l'occasione. Gli strofinacci, il rivestimento del tostapane, i magneti del frigo, le tendine, la tovaglia, il centrotavola... più mi guardavo intorno e più tutto diventava *nataleggiante*.

«Hai notato il finto agrifoglio mentre entravamo?» ha chiesto Stuart. «Di questo passo la nostra casa non finirà mai sulla copertina di "Southern Jew".»

«Allora perché...»

Si è stretto nelle spalle.

«Perché è quello che fa la gente» ha detto prendendo un altro pezzo di tacchino, ripiegandolo e cacciandoselo in bocca. «Soprattutto da queste parti. Non c'è proprio quella che si direbbe una fiorente comunità ebraica. Nella mia classe alla scuola di ebraismo eravamo solo io e un'altra ragazza.»

«La tua ragazza?»

Qualcosa gli ha solcato il viso, un'onda rapida dalla fronte raggrinzita alla bocca distorta, forse per trattenere una risata.

«Solo perché eravamo in due non vuol dire che dovessimo per forza fare coppia» ha detto. «Non è come se qualcuno dicesse "Okay, voi due ebrei! Ballate!". No, non era la mia ragazza.»

«Scusa» mi sono affrettata a dire. Era la seconda volta che nominavo la sua ragazza, cercando di fare sfoggio delle mie capacità di osservazione, e lui aveva di nuovo cambiato discorso. Basta così. Fine dei commenti. Era chiaro che non voleva parlarne. Il che era un po' strano... sembrava il tipo che si sarebbe messo allegramente a chiacchierare della sua ragazza per almeno sette ore. Dava quella sensazione.

«Non importa.» Ha preso altro tacchino con l'espressione di chi si era quasi dimenticato di quanto potessi essere ottusa a volte. «Tendo a pensare che alla gente piaccia averci nei paraggi. Come se aggiungessimo qualcosa al quartiere. Abbiamo un campo giochi, un efficiente sistema di raccolta differenziata, e due famiglie ebree.»

«Ma non è strano?» ho domandato, sollevando la saliera a forma di pupazzo di neve. «Tutte queste decorazioni natalizie?»

«Forse. Ma è solo una ricorrenza importante, no? Sembra tutto talmente finto che alla fine va bene così. E poi a mia madre piace festeggiare qualunque cosa. I nostri parenti che vivono da altre parti pensano che sia strano che facciamo l'albero, ma gli alberi sono belli. In fondo gli alberi non sono religiosi.»

«Vero» ho detto. «Cosa ne pensa tuo padre?»

«Non ne ho idea. Non vive qui.»

Stuart non ne sembrava molto turbato. Ha tamburellato un po' sul tavolo per liquidare l'argomento e si è alzato.

«Ti prendo quello che serve per la notte» ha detto. «Torno subito.»

Mi sono alzata e ho dato un'occhiata in giro. C'erano *due* alberi di Natale: uno piccolo sul davanzale interno della grande finestra panoramica e uno mastodontico, due metri e mezzo almeno, nell'angolo. Era quasi curvo sotto il peso di tutti gli addobbi fatti a mano, del numero imprecisato di lucine e di quelle che saranno state dieci scatole di ghirlande argentate. In soggiorno c'era un pianoforte carico di partiture aperte, alcune avevano annotazioni scritte a penna sulle pagine. Io non so suonare nemmeno uno strumento e quindi per me tutta la musica è complicata, ma quella sembrava ancora più complicata del normale. C'era qualcuno lì che sapeva il fatto suo. Non era il solito "pianoforte da arredamento". Quello che però ha attirato davvero il mio sguardo è stato ciò che c'era poggiato sopra. Era molto più piccolo, molto meno complesso del nostro da un punto di vista tecnico, ma era comunque un Villaggio di Natale di Flobie incorniciato da una piccola barriera di ghirlanda.

«Questi li conosci di sicuro» ha detto Stuart, scendendo dalle scale con un carico impressionante di coperte e cuscini che ha sbattuto sul divano.

Li conoscevo eccome. Avevano cinque pezzi: il Caffè dei Merry Men, il Negozio di Caramelle Gommose, il Negozio di Articoli per le Feste di Frank, l'Elfetteria e la gelateria.

«Immagino che voi ne abbiate più di noi» ha detto.

«Ne abbiamo cinquantasei pezzi.»

Ha emesso un fischio di ammirazione e si è allungato per attaccare la spina. Non avevano come noi un sistema complicato per accenderli tutti insieme. Ha dovuto premere gli interruttori uno a uno per portarli in vita.

«Mia madre pensa che abbiano un certo valore» ha detto. «Li tratta come se fossero *il tesoro.*»

«È quello che pensano tutti» ho detto comprensiva.

Ho osservato i pezzi con occhio esperto. Di solito non lo pubblicizzo in giro, ma in effetti ne so parecchio sul Villaggio di Natale di Flobie, per ovvie ragioni. Saprei cavarmela a qualunque mostra-mercato.

«Be'» ho detto, indicando il Caffè dei Merry Men, «questo vale di sicuro qualcosa. Vedi i mattoni, con il verde intorno alle finestre? È un pezzo della prima serie. Il secondo anno hanno fatto i davanzali neri.»

L'ho sollevato con attenzione e ho controllato il fondo.

«Non è un pezzo numerato» ho detto, esaminando la base. «Ma, comunque… ogni pezzo della prima serie con una differenza visibile è degno di nota. E hanno ritirato il Caffè dei Merry Men cinque anni fa, la qual cosa accresce il suo valore. Questo dovrebbe valere intorno ai quattrocento dollari, solo che a quanto pare il comignolo si è rotto ed è stato rincollato.»

«Oh, sì. È stata mia sorella.»

«Hai una sorella?»

«Rachel» ha detto Stuart. «Ha cinque anni. Non temere. La conoscerai. E, a proposito, complimenti.»

«Non penso che complimenti sia la parola giusta. Direi piuttosto *che tristezza.*»

Ha spento tutte le luci delle case.

«Chi suona il piano?» ho chiesto.

«Io. È il mio talento. Tutti ne hanno uno, credo.»

Stuart ha fatto una faccia divertente, che mi ha fatto ridere.

«Non essere così riduttivo» ho detto. «I college prediligono quelli che hanno un talento musicale.»

Dio, sembravo così… diciamolo, come una di quelle persone che fa le cose in funzione di quanto pensano che saranno apprezzate dalle università. Mi ha sconvolto rendermi conto che era una frase di Noah. Non avevo mai riflettuto prima su quanto fosse odiosa.

«Scusami» ho detto. «Sono solo stanca.»

Ha liquidato il tutto con un gesto della mano, come se non ci fosse bisogno di scuse o spiegazioni.

«Dillo a mia madre» ha detto. «E ai vicini. Sono una specie di scimmia ammaestrata del circondario. Per fortuna suonare mi piace e quindi alla fine siamo contenti tutti. Dunque... le lenzuola e i cuscini sono per te, e...»

«Sono a posto» ho detto. «È perfetto. Siete molto gentili a ospitarmi.»

«Te l'ho già detto, nessun problema.»

Si è girato per andarsene ma si è fermato a metà delle scale.

«Ehi» ha detto, «scusa se sono stato un po' un cretino prima, mentre camminavamo. È solo che...»

«Camminavamo nella tormenta» ho detto. «Lo so. Faceva freddo, eravamo irascibili. Non preoccuparti. Scusa anche tu. E grazie.»

Mi è sembrato che fosse sul punto di dire qualcos'altro, ma si è limitato ad annuire e ha ripreso a salire le scale. L'ho sentito arrivare in cima e poi tornare indietro di qualche gradino. Ha sbirciato dall'alto attraverso la ringhiera.

«Buon Natale» ha aggiunto, prima di sparire.

E quello è stato il momento in cui tutto mi è crollato addosso. Gli occhi mi si sono riempiti di lacrime. Mi mancava la mia famiglia. Mi mancava Noah. Mi mancava casa mia. Queste persone avevano fatto tutto il possibile, ma non erano la mia famiglia. Stuart non era il mio ragazzo. Sono rimasta sdraiata a lungo, rigirandomi sul divano, ascoltando un cane russare da qualche parte al piano di sopra (ho pensato fosse un cane), guardando due ore scorrere scandite dal *tic tac* molto rumoroso dell'orologio.

Non ne potevo più.

Il mio telefono era rimasto nella tasca del giaccone, così sono andata alla ricerca del posto nel quale erano stati messi i miei vestiti. Li ho trovati nella lavanderia. Il giaccone era stato appeso su una bocchetta dell'aria calda. Pareva che il mio telefono non avesse gradito l'immersione nell'acqua fredda. Lo schermo era nero. Non c'era da meravigliarsi che non avessi sentito Noah.

C'era un telefono sul bancone della cucina. Sono sgattaiolata fuori dalla stanza senza far rumore, l'ho sollevato dalla base e ho digitato il numero di Noah. Ha squillato quattro volte prima che rispondesse. È sembrato molto confuso quando lo ha fatto. Aveva la voce stanca e profonda.

«Sono io» ho bisbigliato.

«Lee?» ha detto un po' rauco. «Che ora è?»

«Le tre del mattino» ho risposto. «Non mi hai richiamato.»

Sospiri vari e assortiti mentre cercava di schiarirsi i pensieri.

«Scusami. Sono stato impegnato tutta la sera. Sai, mia madre e lo *Smorgasbord*. Possiamo risentirci domani? Ti chiamo appena finiamo di aprire i regali.»

Ho taciuto. Avevo affrontato la più grande tempesta dell'ultimo anno, anzi, degli ultimi anni, ero caduta in un torrente ghiacciato, i miei genitori erano stati arrestati... e lui non poteva *ancora* parlarmi?

Ma... aveva avuto una serata lunga e sembrava uno spreco rifilargli la mia storia mentre era mezzo addormentato. Non si riesce a essere del tutto partecipi e comprensivi quando si è stati svegliati e io avevo bisogno di lui al cento per cento.

«Certo» ho detto. «Domani...»

Mi sono infilata nella mia caverna di coperte e cuscini. Avevano un odore pungente e non familiare. Non cattivo, solo di un detersivo molto forte che non avevo mai sentito prima.

A volte non riuscivo proprio ad *afferrarlo*, Noah. A volte pensavo che uscire con me facesse parte di un piano, come se nel questionario d'iscrizione al college ci fosse un elenco di cose da fare e una delle voci da spuntare fosse: "Hai una ragazza ragionevolmente intelligente che condivide le tue aspirazioni e che è preparata in tutto e per tutto ad accettare la tua disponibilità limitata? Una a cui piace sentirti parlare dei tuoi successi per ore e ore?".

No. Erano la paura e il freddo a parlare. Era il trovarsi in uno strano posto lontano dalla mia famiglia. Era lo stress dovuto al fatto che i miei genitori erano stati arrestati durante i disordini scoppiati per alcune casette di ceramica. E se ci avessi dormito sopra, il mio cervello sarebbe tornato alla normalità.

Ho chiuso gli occhi e ho sentito il mondo girare in un turbinio di neve. Per un attimo ho avuto le vertigini, e anche un po' di nausea, e poi sono scivolata in un sonno molto, molto profondo e ho sognato panini di waffle e cheerleader che facevano la spaccata sui tavoli.

Capitolo 8

Il mattino è arrivato sotto forma di una bambina di cinque anni che mi saltava sullo stomaco. Gli occhi mi si sono spalancati per la pressione.

«Tu chi sei?» ha detto tutta eccitata. «Io sono Rachel!»

«Rachel! Smettila di saltarle addosso! Sta dormendo!»

Questa era la voce della madre di Stuart.

Rachel era una Stuart in miniatura piena di lentiggini, con una massa di capelli scompigliati oltre misura come di chi si è appena alzato e un enorme sorriso. Sapeva vagamente di cereali e aveva bisogno di un bagno. Anche Debbie era lì, a sorseggiare una tazza di caffè mentre accendeva il Villaggio di Natale di Flobie. Stuart è comparso dalla cucina.

Odio svegliarmi e scoprire che qualcuno mi è gironzolato intorno di soppiatto vedendomi addormentata. Purtroppo, è una cosa che mi capita spesso. Ho un sonno da campioni. Una volta ho dormito con un allarme antincendio che suonava. Per tre ore. *Nella mia stanza.*

«I regali li apriremo più tardi» ha detto Debbie. «Così questa mattina possiamo mangiare qualcosa tutti insieme e fare una bella chiacchierata!»

Era una gentilezza nei miei confronti, chiaramente, visto

che per me non c'erano regali. È sembrato che il viso di Rachel si stesse per spaccare in due, come un frutto maturo. Stuart ha guardato sua madre, come a chiederle se fosse davvero una buona idea.

«Tranne Rachel» ha aggiunto in fretta. È sorprendente come possa cambiare velocemente l'umore dei bambini. Rachel è passata dalla disperazione totale all'euforia nel tempo che di solito ci si mette a starnutire.

«No» ho detto. «No, aprite anche i vostri.»

Debbie scuoteva la testa con decisione e sorrideva.

«Stuart e io possiamo aspettare. Perché non vai a prepararti per la colazione?»

Sono sgattaiolata in bagno a testa bassa, per cercare di operare qualche restauro di base mattutino. I capelli sembravano pronti per affrontare un tour nei teatri comici e la pelle era ruvida e screpolata. Ho fatto del mio meglio usando acqua fredda e saponette decorative, vale a dire, non molto.

«Vuoi chiamare i tuoi?» ha chiesto Debbie quando sono riemersa dal bagno. «Far loro gli auguri?»

Mi sono rivolta a Stuart con lo sguardo, in cerca di aiuto.

«Potrebbe essere un problema» ha detto. «Sono nei Flobie Five.»

Troppo tardi per tenerlo nascosto. Ma la cosa non è parsa turbare Debbie. Anzi, le sono brillati gli occhi come se avesse appena incontrato una celebrità.

«I tuoi genitori si trovavano in quei disordini?» ha chiesto. «Oh, perché non l'hai detto? Adoro il Villaggio di Natale di Flobie. Che cosa stupida metterli in galera. I Flobie Five! Oh, sono sicura che li lasceranno parlare al telefono con la loro figlia. A Natale! Neanche avessero ammazzato qualcuno!»

Stuart mi ha guardato con l'aria di chi la sa lunga, quasi a dire "Te l'avevo detto".

«Non so neanche in che prigione siano» ho osservato. Mi sono sentita in colpa non appena l'ho detto. I miei genitori stavano marcendo in cella da qualche parte e io non sapevo neanche dove.

«Be', sarà abbastanza facile da scoprire. Stuart, collegati e scopri in che prigione sono. Ci sarà di sicuro nelle notizie.»

Stuart si è avviato su due piedi, dicendo che ci pensava lui.

«Stuart è un mago in queste cose» ha detto.

«Quali cose?»

«Oh, è capace di trovare tutto collegandosi.»

Debbie era di quei genitori che non hanno ancora afferrato il concetto che usare Internet non è proprio una faccenda da maghi e che siamo *tutti* capaci di trovare tutto collegandoci. Non gliel'ho detto, però, perché non mi va che le persone pensino di essersi perse qualcosa di ovvio, anche quando è così.

Stuart è tornato con le informazioni e Debbie ha fatto la telefonata.

«Li convinco io a farti parlare con i tuoi» ha detto, tenendo una mano sopra la cornetta. «Non hanno idea di come possa essere ins… Ah, pronto?»

A sentirla, sembrava che le stessero dando del filo da torcere, ma alla fine Debbie ha avuto la meglio. Sam ne sarebbe rimasto colpito. Mi ha passato il telefono e si è ritirata dalla cucina, tutta sorrisi. Stuart ha preso in braccio una Rachel recalcitrante e ha portato fuori anche lei.

«Jubilee?» ha detto mia madre. «Tesoro! Stai bene? Sei

arrivata in Florida? Come stanno il nonno e la nonna? Oh, tesoro...»

«Non sono in Florida. Il treno non ce l'ha fatta. Sono a Gracetown.»

«Gracetown?» ha ripetuto lei. «Sei arrivata solo fin lì? Oh, Jubilee... e dove sei adesso? Stai bene? Sei ancora sul treno?»

Non me la sentivo di raccontarle tutta la storia delle ultime ventiquattr'ore, così l'ho resa breve e indolore.

«Il treno si è bloccato» ho detto. «Siamo dovuti scendere. Ho conosciuto alcune persone. Adesso sono a casa loro.»

«Persone?» L'ha detto con una voce acuta, carica di ansia, tipica di chi già si figura spacciatori di droga e maniaci. «Che genere di *persone*?»

«Persone simpatiche, mamma. Una mamma e due figli. Hanno un Villaggio di Natale di Flobie. Non grande come il nostro, ma alcuni pezzi sono uguali. Hanno il Negozio di Caramelle Gommose con la vetrina completa. E il Negozio di Articoli per le Feste di Frank. Hanno anche un Caffè dei Merry Men della prima serie.»

«Oh» ha detto lei in qualche modo sollevata.

A quanto pare i miei genitori pensano che si debba possedere una qualche rettitudine morale per essere un seguace di Flobie. I devianti sociali non impiegano il tempo a sistemare amorevolmente l'esposizione di omini di pan di zenzero nella vetrina del negozio. E tuttavia, molti lo prenderebbero come segno di un certo squilibrio mentale. La pazzia dell'uno è la sanità dell'altro, credo. In più, ho pensato di essere stata piuttosto astuta nel descrivere Stuart come uno dei "due figli" invece che "un tizio che ho incontrato a una

Waffle House con qualche sacchetto di plastica in testa".

«Sei ancora lì?» ha chiesto. «Che ne è del treno?»

«Credo sia ancora bloccato. È finito contro un ammasso di neve ieri sera e hanno dovuto staccare la corrente e il riscaldamento. È per questo che siamo scesi.»

Anche questa volta piuttosto furba a dire "noi" anziché "solo io, attraversando a caso un'interstatale a sei corsie durante una tormenta". Non era neppure una bugia. Jeb, le Amber e le Madison avevano affrontato il lungo cammino anche loro, poco dopo che io avevo tracciato la via. Avere sedici anni comporta dover essere un genio nella revisione dei dialoghi.

«Com'è...» Come si chiede a tua madre com'è *la galera*?

«Stiamo bene» ha detto con coraggio. «Siamo... Oh, Julie. Oh, tesoro, mi dispiace così tanto. Ma così tanto. Non volevamo...»

Ho capito dal tono che era sul punto di crollare e questo significava che anch'io sarei crollata a seguire, se non l'avessi fermata in tempo.

«Sto bene» ho detto. «Queste persone si stanno facendo in quattro per me.»

«Posso parlare con loro?»

Loro significava Debbie, così l'ho chiamata. Lei è venuta al telefono e hanno avuto una conversazione da madre a madre, di quelle nelle quali esprimono preoccupazioni per i figli in generale e fanno un sacco di facce strane, strizzando gli occhi e storcendo la bocca. Debbie se la cavava egregiamente nel compito di rassicurare mia madre, e mentre l'ascoltavo parlare ho scoperto che non aveva intenzione di lasciarmi andare da nessuna parte per almeno un giorno.

L'ho sentita escludere che il mio treno potesse muoversi di lì e che avessi la più remota possibilità di raggiungere la Florida.

«Non si preoccupi» ha detto a mia madre. «Ci occuperemo noi della sua ragazza. Abbiamo tanto buon cibo e la terremo qui con noi, al caldo e al sicuro, finché le cose non si sistemeranno. Passerà una bella vacanza, glielo assicuro. E poi ve la rimanderemo.»

Una pausa mentre mia madre, con i suoi acuti, esprimeva tutta la sua devota gratitudine di sorella.

«Nessun disturbo!» ha proseguito Debbie. «È un vero piacere. E poi le feste di Natale ci sono per questo, no? Pensate a riguardarvi lì dentro. Noi fan di Flobie facciamo tutti il tifo per voi.»

Quando ha riattaccato, Debbie si stava asciugando un occhio e intanto annotava un numero sulla Lista degli Elfi, il taccuino a forma di magnete che teneva sul frigo.

«Dovrei sentire per il mio treno» ho detto, «se posso.»

Non sono riuscita a contattare un operatore forse perché era Natale, ma una voce registrata comunicava la presenza di "notevoli ritardi". Ho guardato fuori dalla finestra mentre ascoltavo la voce ripetere la scelta dei menu da digitare. Nevicava ancora. Non era come la fine del mondo della sera prima, ma la neve era ancora molto fitta.

Debbie si è aggirata nei paraggi per un po', ma alla fine si è allontanata. Ho digitato il numero di Noah. Ha risposto dopo il settimo squillo.

«Noah» ho detto, tenendo la voce bassa. «Sono io! Sono...»

«Ehi!» ha detto. «Ascolta, stiamo per sederci a fare colazione.»

«Ho passato una notte un po' agitata.»

«Oh, no. Mi spiace, Lee. Ascolta. Ti richiamo io tra un attimo, va bene? Ho il numero. Buon Natale!»

Niente "ti amo". Niente "le vacanze senza di te sono una rovina".

Adesso sentivo che stavo per crollare. Avevo un nodo alla gola, ma non volevo passare per una di quelle ragazze che singhiozzano quando il loro ragazzo non può parlare... anche se le mie circostanze andavano un po' oltre il normale.

«Certo» ho detto, mantenendo ferma la voce. «Dopo. Buon Natale.»

E poi sono corsa in bagno.

Capitolo 9

Non si può stare troppo a lungo in bagno senza destare sospetti. Più di mezz'ora e gli altri cominceranno a fissare la porta, chiedendosi che fine hai fatto. Io ci sono stata almeno quel tempo, seduta nella cabina della doccia con la porta chiusa, a singhiozzare dentro un asciugamano con la scritta LET IT SNOW!

Giusto, lascia che nevichi per sempre e mi seppellisca. Molto divertente, Vita.

Ero quasi terrorizzata all'idea di uscire, ma quando l'ho fatto ho scoperto che la cucina era vuota. Era stata un po' ravvivata, però. Nello spazio tra i fornelli c'era una candela di Natale accesa, le canzoni di Bing Crosby andavano a tutto spiano e sul bancone ad attendermi c'erano una caffettiera fumante e una torta. Debbie è comparsa dalla stanza della lavanderia accanto alla cucina.

«Ho mandato Stuart dai vicini a prendere in prestito una tuta da sci per Rachel» ha detto. «Quella dell'anno scorso le sta troppo piccola e loro ne hanno una proprio della sua taglia. Torna subito.»

Mi ha rivolto un cenno di complicità per dire "Ho capito che avevi bisogno di startene da sola. Ti ho coperta io".

«Grazie» ho detto, sedendomi a tavola.

«E ho parlato con i tuoi nonni» ha aggiunto Debbie. «Tua madre mi ha dato il numero. Erano preoccupati, ma ci ho pensato io a tranquillizzarli. Non prendertela, Jubilee. So che le vacanze possono essere difficili, ma cercheremo di far sì che questa sia speciale per te.»

Ovviamente mia madre le aveva detto il mio vero nome. Debbie lo aveva pronunciato con cura, come se ci tenesse a farmi sapere che ne aveva preso nota. E che era sincera.

«Di solito sono belle» ho detto. «Non ho mai passato una brutta vacanza.»

Debbie si è alzata e mi ha versato un po' di caffè, mettendomi la tazza di fronte, assieme a un bottiglione di latte e una zuccheriera enorme.

«Lo so che questa deve essere un'esperienza molto dura per te» ha detto, «ma io credo nei miracoli. So che può sembrare stupido, ma ci credo. E sento che il tuo arrivo qui è stato un piccolo miracolo per noi.»

L'ho guardata mentre mi versava il latte nel caffè, facendolo quasi debordare dalla tazza. Avevo notato un cartello in bagno con la scritta QUI SI DANNO ABBRACCI GRATIS! Non c'è niente di male, Debbie era chiaramente una brava persona, ma forse tendeva a cadere in un certo eccesso di stucchevolezza.

«Grazie...» ho detto.

«Quel che voglio dire è che... Stuart sembra più felice oggi di quanto... be', forse non dovrei parlarne, ma... insomma, magari te l'ha già detto lui. Ne parla con tutti, e voi due sembrate avere già legato, quindi...»

«Detto cosa?»

«Di Chloe» ha detto, spalancando gli occhi. «Non te ne ha parlato?»

«Chi è Chloe?»

Debbie si è dovuta alzare e tagliarmi una spessa fetta di torta prima di rispondere. E intendo spessa. Il settimo volume di Harry Potter, per capirci. Avrei potuto abbattere un ladro con quella fetta di torta. Una volta assaggiata, però, mi è sembrata della misura giusta. Debbie non scherzava in quanto a burro e zucchero.

«Chloe» ha detto, abbassando la voce «era la ragazza di Stuart. Si sono lasciati tre mesi fa e lui... sai, è un tipo così tenero lui... l'ha presa davvero male. Lei si è comportata in modo terribile nei suoi confronti. Terribile. Ieri sera è stata la prima sera da tanto tempo in cui ho rivisto una scintilla del vecchio Stuart, proprio quando tu eri seduta qui con lui.»

«Io... in che senso?»

«Stuart ha un cuore così buono» ha proseguito, incurante del fatto che io fossi rimasta come paralizzata, con un pezzo di torta a mezz'aria.

«Quando suo padre, padre anche di Rachel e mio ex marito, se n'è andato, aveva solo dodici anni. Ma avresti dovuto vedere come mi aiutava e com'era nei confronti di Rachel. È proprio un bravo ragazzo.»

Non sapevo da dove iniziare. C'era qualcosa di imbarazzante e sconvolgente nel discutere la rottura di Stuart con sua madre. Si dice: il migliore amico di un ragazzo è sua madre, non il miglior *ruffiano* di un ragazzo è sua madre. Se l'espressione è quella, ci sarà un motivo.

Ancora peggio, se poteva esserci un peggio, e a quanto

pare poteva… io ero il balsamo che aveva curato le ferite di suo figlio. Il suo miracolo di Natale. Mi avrebbe tenuto lì per sempre, rimpinzandomi di torte e facendomi indossare felpe troppo abbondanti. Sarei stata la Sposa di Flobie.

«Tu vivi a Richmond, giusto?» ha continuato a chiacchierare. «Cosa sono, due o tre ore in macchina…»

Stavo pensando di chiudermi di nuovo in bagno, quando Rachel è entrata dalla porta con un salto ed è scivolata in pantofole verso di me. Si è arrampicata fino a sedermi sulle ginocchia e mi ha studiato gli occhi da vicino. Le serviva ancora un bagno.

«Cos'hai?» mi ha chiesto. «Perché piangi?»

«Le manca la sua famiglia» ha detto Debbie. «È Natale, e non li può vedere perché c'è la neve.»

«Ci pensiamo noi a te» ha detto Rachel, prendendomi la mano e facendo quella vocina adorabile del tipo "ti dico un segreto" che usano i bambini per farla sempre franca. Alla luce dei recenti commenti di sua madre, però, aveva un che di minaccioso.

«Sei gentile, Rachel» ha detto Debbie. «Perché non vai a lavarti i denti ora, come fanno i grandi? Anche Jubilee si lava i denti, sai.»

Se li lava, ma non l'ha fatto. Niente spazzolino nel mio zaino. Non ero proprio al meglio quando ho fatto le valigie.

Ho sentito aprirsi la porta d'ingresso e un momento dopo Stuart è comparso in cucina con la tuta da sci in mano.

«Mi è toccato guardare duecento foto su una cornice digitale» ha detto. «Duecento. Mrs Henderson ci teneva a mostrarmi quant'è straordinario che ci stiano duecento foto. L'ho già detto che erano duecento foto? Fa niente.»

Ha posato la tuta e si è scusato prima di andare a cambiarsi i jeans che erano fradici per la neve.

«Non preoccuparti» ha detto Debbie, mentre lui usciva. «Porterò la nostra signorinella a giocare fuori, così voi potrete rilassarvi. Tu e Stuart avete preso tutt'e due un gran freddo ieri. Meglio se restate al caldo, almeno fino a quando non ci saranno novità sul tuo treno. Ho promesso a tua madre che mi sarei presa cura di te. Quindi tu e Stuart ve ne state qui tranquilli. Bevetevi una cioccolata calda, mangiate qualcosa, accoccolatevi sotto una coperta...»

In altre circostanze avrei pensato che il significato dell'ultima frase fosse "Accoccolatevi sotto *due* coperte diverse, a diversi metri di distanza, possibilmente con in mezzo un lupo neanche tanto incatenato", perché questo è quello che in assoluto intendono i genitori. Ho avuto la sensazione che a Debbie andasse bene lo stesso, comunque decidessimo di giocarcela. Se avessimo sentito il bisogno di sederci sul divano e dividere una coperta per conservare il calore corporeo, lei non avrebbe avuto obiezioni. Anzi, c'era l'eventualità che abbassasse il riscaldamento e nascondesse tutte le coperte tranne una. Ha preso la tuta da sci e si è allontanata alla ricerca di Rachel.

Era una situazione così allarmante che per un attimo ho dimenticato il mio trauma.

«Sembra che tu abbia visto un fantasma» ha detto Stuart quando è tornato. «È stata mia madre a spaventarti così?»

Ho riso un po' troppo forte, tossendo sulla torta, e Stuart mi ha rivolto lo stesso sguardo della sera prima alla Waffle House, quando sproloquiavo sull'incidentale svedesità di Noah e sulla pessima ricezione del mio cellulare. Ma come allora, non ha fatto commenti sul mio comportamento. Si è limitato a servirsi una tazza di caffè e a guardarmi con la coda dell'occhio.

«Mia madre porta fuori mia sorella per un po'» ha detto. «Quindi siamo soli, io e te. Cosa ti va di fare?»

Mi sono infilata un altro pezzo di torta in bocca e sono rimasta in silenzio.

Capitolo 10

Cinque minuti dopo eravamo in soggiorno, con il minuscolo Villaggio di Flobie che luccicava. Io e Stuart eravamo seduti sul divano ma non, come Debbie aveva probabilmente sperato, raggomitolati sotto la stessa coperta. Ne avevamo una ciascuno e io mi ero seduta sui polpacci in modo da formare una barriera protettiva con le ginocchia. Al piano di sopra si sentivano le urla soffocate di Rachel mentre veniva spinta a forza dentro la tuta.

Ho osservato Stuart con attenzione. Sembrava ancora carino. Non allo stesso modo di Noah. Noah non aveva difetti. Non aveva nemmeno un singolo aspetto che fosse straordinario. C'era, invece, in lui un incontro di aspetti gradevoli che chiunque, senza eccezione, apprezzava, e che formavano un insieme molto attraente, confezionato alla perfezione nei vestiti giusti. Non era uno snob in fatto di abbigliamento, ma Noah aveva una strana capacità di anticipare i tempi. Come quando aveva iniziato a indossare le camicie con un lato infilato nei pantaloni e un altro fuori e poco dopo sfogliavi per caso un catalogo e tutti portavano la camicia in quel modo. Era sempre un passo avanti.

Non c'era niente di ricercato in Stuart. Con ogni probabilità s'interessava poco ai vestiti e, a mio parere, non aveva la più pallida idea del fatto che si potessero indossare jeans e camicie in modi diversi. Si è sfilato il maglione, mostrando sotto una normalissima maglietta rossa. Per Noah sarebbe stata troppo banale, ma Stuart non aveva questo senso di sé, quindi su di lui sembrava giusta. E anche se la maglietta era larga, si vedeva che era piuttosto muscoloso. Alcuni ragazzi ti sorprendono così.

Se era in qualche modo a conoscenza dei piani di sua madre, non lo ha dato a vedere. Faceva commenti divertenti sui regali di Rachel e io abbozzavo un sorriso forzato, fingendo di ascoltarlo.

«Stuart!» ha chiamato Debbie. «Puoi venire un attimo? Rachel si è incastrata.»

«Torno subito» ha detto.

Ha fatto gli scalini due alla volta e io mi sono alzata dal divano e sono andata a esaminare i pezzi di Flobie. Forse se avessi potuto parlare a Debbie del loro valore potenziale, lei avrebbe smesso di parlarmi di Stuart. Naturalmente il piano mi si poteva ritorcere contro e farmi finire col piacerle *ancora di più.*

Intanto di sopra si sentiva il borbottio di un consulto di famiglia in pieno svolgimento. Non ero sicura di cosa fosse successo a Rachel e alla sua tuta da sci, ma la situazione sembrava alquanto complessa. Stuart stava dicendo: «Forse se la girassimo a testa in giù...».

Ecco un'altra questione: perché non mi aveva detto niente di questa Chloe? Non che fossimo i migliori amici o chissà che, ma in fondo mi sembrava che andassimo d'accordo e lui non si era fatto problemi a tormentarmi su Noah. Perché non mi aveva detto niente quando avevo accennato alla sua ragazza, soprattutto se, sempre che Debbie avesse ragione su questo punto, ne parlava con *tutti*?

Non che mi importasse, è chiaro. Non erano affari miei. Stuart aveva solo voluto tenersi il suo dolore per sé, forse perché non aveva intenzione di provarci con me. Eravamo amici. Amici recenti, ma amici. Non ero certo nella posizione di giudicare qualcuno solo perché i suoi genitori si comportavano in modo strano e lo mettevano in una situazione imbarazzante. Proprio io che avevo i miei in carcere ed ero fuggita a mezzanotte nella tormenta. Se sua madre aveva il gene inquietante della combinacoppie, non se ne poteva fare una colpa a lui.

Quando i tre sono scesi dalle scale (Rachel in braccio a Stuart, dal momento che non sembrava in grado di muoversi nella tuta da sci), mi sentivo già molto più rilassata sulla questione. Stuart e io eravamo entrambi vittime del comportamento dei nostri genitori. In questo senso era come un fratello per me.

Appena Debbie è riuscita infine a catapultare fuori Rachel fasciata come una mummia, io mi ero calmata del tutto. Avrei passato una piacevole oretta tra amici con Stuart. Mi piaceva la sua compagnia e non c'era niente di cui preoccuparsi. Quando mi sono voltata per dare inizio alla suddetta piacevole oretta tra amici, ho notato che Stuart se ne stava seduto con un'espressione rabbuiata in viso. Mi squadrava con cautela.

«Posso farti una domanda?» ha detto.

«Mm...»

Ha intrecciato le dita con nervosismo. «Non so come dirlo. Devo chiedertelo. Stavo parlando con mia madre e...»

No. No, no, no, no.

«Ti chiami *Jubilee*?» ha detto. «Davvero?»

Sono crollata sul divano, facendo rimbalzare un po' Stuart. La conversazione che di solito mi terrorizzava... adesso era l'evento più benvenuto e meraviglioso del mondo. Jubilee giubilava.

«Oh... sì. Proprio così. Ha sentito giusto. Mi hanno chiamata come Jubilee Hall.»

«Chi è Jubilee Hall?»

«Non chi. Cosa. È un pezzo di Flobie. Non ce l'avete. Fa niente. Ridi pure. Lo so che è stupido.»

«Io mi chiamo come mio padre» ha detto. «Primo e secondo nome, uguali. È stupido anche questo.»

«Dici?»

«Almeno tu hai il tuo Villaggio» ha detto con disinvoltura. «Mio padre non si è mai visto molto da queste parti.»

Era una buona osservazione, dovevo ammetterlo. Non sembrava avercela molto con suo padre. Ne parlava come di un fatto ormai passato da tempo e non più così rilevante nella sua vita.

«Non conosco nessuno Stuart» ho detto. «A parte Stuart Little. E tu?»

«Appunto. Chi chiama il proprio figlio Stuart?»

«E chi chiama la propria figlia *Jubilee*? Non è un nome. Non è un oggetto. Che cos'è poi?»

«È una festa, giusto?» ha detto. «Sei una grande festa ambulante.»

«Oh, vuoi che non lo sappia?»

«Ecco» ha detto, alzandosi e allungandosi per prendere

un regalo tra quelli di Rachel. Era un gioco in scatola chiamato Mouse Trap.

«Giochiamo.»

«Ma è della tua sorellina» ho detto.

«E allora? Dovrò giocarci con lei prima o poi. Tanto vale imparare. E poi mi sembra che abbia un sacco di pezzi. Mi pare un buon modo per ammazzare il tempo.»

«Io non ammazzo mai il tempo» ho detto. «Sento sempre di dover fare qualcosa.»

«Tipo?»

«Tipo…»

Non ne avevo idea. Ero sempre in movimento. Noah non è il tipo da perdere tempo. Per divertirci piuttosto aggiornavamo il sito internet del consiglio.

«Mi pare di capire» ha detto Stuart, reggendo la scatola di Mouse Trap e scuotendo il coperchio, «che conduci una vita fantastica nella grande città. Di dovunque tu sia.»

«Richmond.»

«Fantastica Richmond. Ma qui a Gracetown ammazzare il tempo è una forma d'arte. Allora… che colore vuoi?»

Non so cosa stessero facendo Debbie e Rachel, ma sono rimaste fuori nella neve per due ore buone e forse di più, e io e Stuart abbiamo giocato a Mouse Trap per tutto il tempo. La prima volta abbiamo provato a farlo nel modo giusto, ma Mouse Trap ha una marea di oggetti e di affarini che girano per far cadere una biglia. È tremendamente complicato per essere un gioco da bambini.

La seconda volta ci siamo inventati regole tutte nuove, che ci piacevano molto di più. Stuart era di compagnia, tanto che non ho neanche notato (troppo) che Noah ci stava mettendo un bel po' a richiamare. Quando il telefono ha squillato, sono saltata per aria.

Ha risposto Stuart, visto che era casa sua e me l'ha passato con una strana espressione, quasi contrariata.

«Chi era?» ha chiesto Noah quando ho risposto.

«Stuart. Sono a casa sua.»

«Non mi avevi detto che andavi in Florida?»

In sottofondo si sentiva un gran rumore. Musica, persone che parlavano. Il Natale procedeva come sempre dalle sue parti.

«Il mio treno è rimasto bloccato» ho detto. «Ci siamo schiantati contro un cumulo di neve. Alla fine sono scesa e sono andata a piedi fino a una Waffle House e...»

«Perché sei scesa?»

«Per le cheerleader» ho risposto con un sospiro.

«Le cheerleader?»

«Fa niente, alla fine ho conosciuto Stuart e adesso sono con la sua famiglia. Siamo caduti in un torrente ghiacciato lungo la strada. Sto bene, ma...»

«Accidenti» ha detto Noah. «Sembra una faccenda davvero complicata.»

Era ora. Ci stava arrivando.

«Senti» ha detto. «Stiamo per andare a trovare i vicini. Ti richiamo tra un'ora così potrai raccontarmi tutta la storia.»

Ho dovuto allontanare il telefono dal viso da quanto ero sconvolta. «Noah» ho detto, schiaffandomelo di nuovo sull'orecchio. «Mi hai sentito?»

«Certo. Mi devi proprio raccontare tutto. Non ci metteremo tanto. Forse un'ora o due.»

Ed è andato. *Di nuovo.*

«Hai fatto in fretta» ha detto Stuart, entrando in cucina e andando ai fornelli per mettere su il bollitore.

«Doveva andare da qualche parte» ho detto senza molto entusiasmo.

«E quindi ha chiuso? Che cosa stupida.»

«Perché stupida?»

«Dico così. Io sarei preoccupato. Sono un tipo apprensivo.»

«Non sembri uno apprensivo» ho borbottato. «Hai l'aria di uno felice.»

«Si può essere felici e apprensivi. Io sono uno che si preoccupa facilmente.»

«Di cosa?»

«Be', prendi questa tempesta» ha detto, indicando la finestra. «Mi preoccupo che la mia auto possa essere distrutta da uno spazzaneve.»

«Molto profondo» ho detto.

«Che dovevo dire?»

«Non *dovevi* dire niente» ho risposto. «Ma che mi dici allora del fatto che questa tempesta potrebbe essere un segnale del cambiamento climatico? O delle persone che si sentono male e non possono arrivare in ospedale per la neve?»

«È questo che direbbe Noah?»

Quell'inatteso accenno al mio ragazzo non era gradito.

Non che Stuart non avesse ragione. Era esattamente ciò che Noah avrebbe detto. In un certo senso era perspicace al punto da risultare fastidioso.

«Mi hai fatto una domanda» ha detto, «e io ti ho dato

una risposta. Posso dirti qualcosa che davvero non vuoi sentire?» ha chiesto.

«No.»

«Ha intenzione di mollarti.»

Nel momento in cui l'ha detto, ho sentito come un pugno allo stomaco.

«Sto solo cercando di rendermi utile, e mi dispiace» ha proseguito, guardandomi in viso, «ma ha davvero intenzione di mollarti.»

Anche mentre lo diceva qualcosa dentro di me sapeva che Stuart aveva toccato una corda terribile, una corda... possibilmente vera.

Noah mi stava evitando come se fossi una seccatura, con la differenza che Noah non evita le seccature. Le accoglie a braccia aperte. Io ero la sola da cui fuggiva. Il Noah bello, popolare, favoloso sotto ogni aspetto, mi stava mettendo da parte. E scoprirlo bruciava. Odiavo Stuart per averlo detto e volevo che lo sapesse.

«Dici così solo per colpa di *Chloe*?» ho chiesto.

Ha funzionato. La testa di Stuart ha avuto un piccolo sobbalzo. Ha serrato la mascella un po' di volte, poi si è calmato.

«Lasciami indovinare» ha detto. «Mia madre ti ha raccontato *tutto*.»

«Non proprio *tutto*.»

«Questo non c'entra niente con Chloe» ha detto.

«Ah, no?» ho risposto. Non avevo idea di cosa fosse successo tra Stuart e Chloe, ma avevo ottenuto la reazione che volevo.

Si è alzato, e da dove ero seduta io sembrava altissimo.

«Chloe non c'entra niente» ha ripetuto. «Vuoi sapere come so che sta per mollarti?»

A dire la verità no. Non volevo. Ma stava per dirmelo lo stesso.

«Tanto per cominciare ti sta evitando a Natale. Vuoi sapere chi fa una cosa del genere? Chi sta per mollare qualcuno. E sai perché? Perché i giorni importanti li mandano nel panico. Vacanze, compleanni, anniversari... si sentono in colpa e non riescono a starti vicino.»

«È solo impegnato» ho detto blandamente. «Ha un sacco di cose da fare.»

«Sì, be', se io avessi una ragazza e i suoi genitori fossero stati arrestati il giorno della vigilia di Natale e lei avesse dovuto prendere un treno e affrontare un lungo viaggio nella tempesta... terrei il telefono in mano tutta la notte. E risponderei. Al primo squillo. Ogni volta. E chiamerei di continuo per controllare come va.»

Sono rimasta impietrita. Aveva ragione. Era esattamente quello che Noah avrebbe dovuto fare.

«E in più gli hai appena detto che sei caduta in un torrente ghiacciato e ti trovi intrappolata in una strana città. E lui ha riattaccato? Io *farei* qualcosa. Verrei subito, neve o non neve. Può sembrare stupido, ma io lo farei. E lo vuoi un consiglio? Se non ti molla lui, dovresti essere tu a scaricarlo.»

Stuart ha parlato tutto d'un fiato, come se le sue parole uscissero da una qualche profonda tempesta emotiva interiore. Ma avevano un che di grave... e toccante. Perché era chiaro che lo sentiva. Aveva detto tutto quello che avrei voluto sentire da Noah. Penso che ci sia stato male dopo, perché si è dondolato avanti e indietro senza parlare, aspettando di vedere che tipo di danno aveva provocato.

Ci sono voluti un paio di minuti prima che potessi parlare.

«Ho bisogno di un momento» ho detto alla fine. «C'è un posto dove... posso andare?»

«La mia stanza» ha proposto. «La seconda sulla sinistra. È un po' un casino, ma...»

Mi sono alzata e ho lasciato il tavolo.

Capitolo 11

La stanza di Stuart era un casino. Non scherzava affatto. Era l'opposto della stanza di Noah. L'unica cosa del tutto dritta era una copia incorniciata della foto che avevo visto nel suo portafoglio, appoggiata sul cassettone. Mi sono avvicinata per darle un'occhiata. Chloe era uno schianto, non c'è che dire. Capelli lunghi di un castano intenso. Ciglia con le quali si sarebbe potuto pulire il pavimento. Un grande sorriso luminoso, un'abbronzatura naturale e una spruzzata di lentiggini. Era bella in tutto e per tutto.

Mi sono seduta sul suo letto sfatto e ho provato a pensare, ma in testa scorreva solo un leggero ronzio. Da sotto arrivavano le note di un pianoforte suonato benissimo. Stuart stava ripassando alcune canzoni di Natale. Aveva stile, non come uno che suona in modo meccanico. Avrebbe potuto esibirsi in un ristorante o nella hall di un albergo. Forse anche in qualche posto migliore, ma erano quelli gli unici luoghi nei quali io avessi mai visto un pianista. Fuori dalla finestra due uccellini si erano dati appuntamento su un ramo e si scrollavano di dosso la neve.

C'era un telefono sul pavimento di Stuart. L'ho preso e

ho composto il numero. Noah è sembrato giusto quel tantino scocciato quando ha risposto.

«Ehi» ha detto. «Cosa c'è? Stiamo per uscire e...»

«Nelle ultime ventiquattr'ore» ho detto, interrompendolo, «i miei genitori sono stati arrestati, io sono stata catapultata su un treno che è rimasto bloccato in una tormenta. Ho camminato per chilometri nella neve profonda con dei sacchetti in testa. Sono caduta in un torrente e ora sono bloccata in una strana città con persone che non conosco. E non puoi parlarmi con la scusa che... aspetta, qual è la scusa? Che è Natale?»

Questo lo ha zittito. Che non era proprio quello a cui puntavo, ma ero felice di vedere che provava almeno un po' di imbarazzo.

«Vuoi ancora stare con me?» ho chiesto. «Sii onesto, Noah.»

All'altro capo della linea il silenzio si è protratto per un bel po'. Un po' troppo perché la risposta fosse "Sì. Sei l'amore della mia vita".

«Lee» ha detto Noah, la voce dal tono basso e teso. «Non è questo il momento di parlarne.»

«Perché?» ho chiesto.

«È Natale.»

«Una ragione *in più* per parlare.»

«Lo sai com'è qui.»

«Be'» ho detto, sentendo la rabbia crescere nella mia voce. «Devi parlarmi per forza, perché sono io che ti mollo.»

Stentavo a credere che quelle parole mi stessero uscendo di bocca. Sembravano provenire da un luogo profondo dentro di me, molto oltre il posto dove le conservavo, oltre le idee… da uno spazio nascosto che non sapevo neanche di avere.

C'è stato un lungo silenzio.

«Okay» ha detto. Era impossibile dire quale fosse il tono della sua voce. Poteva essere tristezza. Poteva essere sollievo. Non mi ha implorato di ripensarci. Non ha pianto. Non ha fatto niente.

«Be'?» ho chiesto.

«Be', cosa?»

«Non hai niente da dire?»

«È che lo sapevo da un po'» ha detto. «Ci stavo pensando anch'io. E se è questo quello che vuoi, forse è meglio così…»

«Buon Natale» ho detto. Ho riattaccato. Mi tremava la mano. Mi tremava tutto il corpo in sostanza. Mi sono seduta sul letto di Stuart e mi sono avvolta le braccia intorno. Al piano di sotto la musica si è interrotta e la casa si è riempita di una quiete soffocante.

Stuart è comparso sulla porta, aprendola con cautela.

«Volevo solo controllare che stessi bene» ha detto.

«L'ho fatto» ho risposto. «Ho preso il telefono e l'ho fatto.»

Stuart è venuto a sedersi. Non mi ha messo un braccio sulle spalle, si è solo seduto accanto a me, abbastanza vicino, ma con un piccolo spazio in mezzo.

«Non sembrava sorpreso» ho detto.

«Gli stronzi non si sorprendono mai. Che cos'ha detto?»

«Qualcosa del tipo che lo sapeva da un po', che forse è meglio così.»

Per qualche motivo, questa cosa mi ha fatto venire il singhiozzo. Siamo rimasti seduti in silenzio per un po'. Mi girava la testa.

«Chloe era come Noah» ha detto Stuart alla fine. «Davvero... perfetta. Bellissima. Ottimi voti. Cantava, faceva volontariato, era... Questa ti piacerà... una cheerleader.»

«Da come la descrivi sembra quasi un premio» ho detto acida.

«Non ho mai capito perché uscisse con me. Ero uno qualunque e lei era *Chloe Newland*. Siamo stati insieme per quattordici mesi. Eravamo felici, per quanto ne sapessi. Almeno io lo ero. L'unico problema era che aveva sempre mille cose da fare, e più passava il tempo più era impegnata. Troppo impegnata per fermarsi al mio armadietto a scuola, o per passare da casa, per chiamare, per scrivere. Così ero io che andavo a casa sua. Io che la chiamavo. Io che le scrivevo.»

Suonava tutto così tremendamente familiare.

«Una sera» ha continuato «dovevamo vederci per studiare e lei non è venuta. Sono andato in macchina a casa sua e non c'era. A quel punto ho iniziato a preoccuparmi, perché di solito mi mandava almeno un messaggio se non poteva venire. Così ho cominciato a girare, cercando la sua macchina. Sai, non è che ci siano tutti questi posti dove andare a Gracetown. L'ho trovata davanti a Starbucks, e ci stava. Studiamo spesso là perché... che altro ci offre la società, giusto? Starbucks o la morte, a volte.»

Si tormentava le mani nervosamente, torcendosi le dita.

«A quel punto» ha detto con amarezza «ho pensato che fossi io ad aver sbagliato, che l'appuntamento per studiare fosse da Starbucks e io me ne fossi dimenticato. A Chloe non piaceva molto venire a casa mia. A volte si sentiva un po' intimorita da mia madre, ci credi?»

Ha alzato lo sguardo, come se si aspettasse una risata da parte mia. Ho abbozzato appena un sorrisetto.

«Ero *così sollevato* quando ho visto la sua macchina. Mi ero agitato un sacco a furia di cercarla. Mi sentivo un idiota. Di sicuro era da Starbucks ad aspettarmi. Sono entrato e lei non era seduta a nessun tavolo. Una mia amica, Addie, lavora al bancone. Le ho chiesto se aveva visto Chloe, dato che c'era la sua macchina fuori.»

Stuart si è passato le mani tra i capelli fino a farli diventare gonfissimi. Ho resistito alla tentazione di rimetterglieli a posto. E, comunque, per un verso mi piacevano in quel modo. Qualcosa in quei capelli enormi mi faceva sentire meglio, mi toglieva un po' del bruciore che sentivo nel petto.

«A lei, a Addie, è venuta questa espressione tristissima in viso e ha detto: "Penso che sia in bagno". Non riuscivo a capire cosa ci fosse di così triste nell'essere in bagno. Così ho preso da bere, ho comprato qualcosa anche per Chloe, mi sono seduto e ho aspettato. C'è un bagno solo nel nostro Starbucks, quindi prima o poi sarebbe dovuta uscire. Non avevo portato con me il computer o i libri, così mi sono messo a fissare il murale sulla parete dove c'è la porta del bagno. Pensavo a quanto ero stato stupido a prendermela con lei e a come l'avevo lasciata lì ad aspettare, e poi mi sono reso conto che era in bagno da un bel po' di tempo e che Addie continuava a guardarmi, con l'aria molto triste. Addie è andata a bussare alla porta e Chloe è uscita. Ed è uscito anche Todd, il Coguaro.»

«Todd il *Coguaro*?»

«Non è un soprannome. È *proprio* il Coguaro. La nostra mascotte. Indossa il costume da coguaro, fa la danza del coguaro e tutto il resto. Per un minuto il mio cervello ha cercato di mettere tutto insieme… ha cercato di capire perché Chloe e Todd il Coguaro fossero nel bagno di Starbucks. Penso che la mia prima speranza fosse che non ci poteva essere niente di male perché, a quanto pareva, tutti sapevano che erano lì. Ma dall'espressione sul viso di Addie e dall'espressione sul viso di Chloe – non ho guardato Todd – mi si è finalmente accesa la lampadina. Non so ancora se si fossero chiusi dentro perché mi avevano visto arrivare o se fossero dentro già da un po'. Se ti nascondi dal tuo ragazzo nel bagno con il Coguaro… i dettagli contano poco.»

Per qualche momento mi sono del tutto dimenticata della mia telefonata. Ero in quello Starbucks con Stuart e vedevo una cheerleader uscire da un bagno con Todd il Coguaro. Solo che nella mia immaginazione lui indossava il costume da coguaro, e forse non era andata proprio così.

«E cos'hai fatto?» ho chiesto.

«Niente.»

«Niente?»

«Niente. Sono rimasto in piedi, pensando che avrei vomitato lì sul posto. Invece Chloe ha dato fuori di matto. Contro di me.»

«In che senso?» ho detto, furiosa per lui.

«Credo fosse sconvolta per il fatto che l'avessi beccata e quello fosse l'unico modo in cui ha pensato di reagire in quel momento. Mi ha accusato di spiarla. Mi ha chiamato possessivo. Mi ha detto che le mettevo troppa pressione addosso. Penso che intendesse emotivamente, almeno credo, ma l'impressione che ne ha dato era *pessima*. E quindi, come se non bastasse, mi ha fatto sentire una specie di depravato davanti a tutto lo Starbucks, che è come dire davanti a tutta la città, perché qui da noi niente passa sotto silenzio. Volevo dirle: "Sei tu che te la fai con il Coguaro nel bagno di Starbucks. Non sono io *il cattivo in questa storia*". Solo che non l'ho detto, perché non riuscivo letteralmente a parlare. Così sarà sembrato che *fossi d'accordo* con lei. Come se ammettessi di essere una specie di maniaco sessuale, appiccicoso e possessivo... e non il ragazzo che era innamorato di lei, che l'amava da più di un anno, che avrebbe fatto qualunque cosa lei avesse chiesto...»

Doveva esserci stato un momento, dopo la rottura, in cui Stuart continuava a raccontare quella storia, ma era chiaro che non lo faceva da un po'. Era fuori allenamento. La sua espressione non cambiava molto, tutte le emozioni sembravano venire fuori dalle mani. Aveva smesso di tormentarle e adesso tremavano, anche se solo leggermente.

«Addie alla fine l'ha accompagnata fuori per parlarle e calmarla» ha detto. «Ed è così che è finito tutto. Io ho preso un *Latte*, offerto dalla casa. Quindi non è stata una perdita totale. Sono diventato quel tipo famoso che è stato scaricato in pubblico mentre la sua ragazza lo tradiva con il Coguaro. A parte questo... avevo un motivo per raccontarti tutta questa storia. E il motivo è che quel tizio...»

Ha indicato il telefono con fare accusatorio.

«... è una testa di cazzo. Anche se ormai non ha più molta importanza per te.»

I ricordi dell'ultimo anno mi sfilavano nella mente a velocità supersonica, ma adesso li guardavo da un'altra prospettiva. C'ero io con Noah che mi teneva la mano, un passo avanti a me, che mi tirava attraverso la sala, parlando con chiunque lungo il tragitto tranne che con me. Io seduta con lui in prima fila alle partite di pallacanestro della scuola, anche se sapeva che, da quando ero stata colpita in faccia da una palla vagante, avevo paura di quei posti. Nonostante questo ci sedevamo lì, io paralizzata dal terrore, a guardare una partita di cui, tra l'altro, non mi era mai importato niente. Certo, mi sedevo a pranzo con le alte sfere dell'ultimo anno, ma le conversazioni erano ripetitive. Parlavano sempre e solo di quanto fossero impegnati, di come stessero rimpolpando il loro curriculum da presentare alle università. Dei loro incontri con i selezionatori. Dell'organizzazione dei loro calendari online. Di chi fosse a raccomandarli.

Dio… mi ero annoiata per un anno. Non parlavo di *me stessa* da una vita. Stuart stava parlando di me. Mi stava prestando attenzione. Sembrava una cosa strana, intima in modo un po' imbarazzante, ma era fantastica. I miei occhi si sono riempiti di lacrime.

Accorgendosene, Stuart si è preparato e ha aperto un po' le braccia, come se mi stesse invitando ad abbandonare gli sforzi che facevo per trattenermi.

Ci eravamo avvicinati di qualche centimetro nel frattempo e c'era un'energia densa di attesa. Qualcosa stava per esplodere. Ho sentito che ero quasi sul punto di iniziare a singhiozzare. La cosa mi faceva arrabbiare. Noah non se lo meritava. *Non* sarei scoppiata a piangere.

Così l'ho baciato.

Voglio dire, l'ho proprio baciato. L'ho spinto all'indietro. Anche lui mi ha baciata. Un buon bacio, anche. Non troppo secco, né troppo umido. Era un po' frenetico forse, perché nessuno dei due si era preparato mentalmente ed entrambi pensavamo: *Oh, bene! Bacio! Veloce! Veloce! Più movimento! Metti in campo la lingua!*

Ci abbiamo messo quasi un minuto per riprenderci e adottare un ritmo un po' più lento. Mi sembrava di fluttuare, quando dal piano di sotto è arrivato un frastuono enorme di passi e urla. A quanto pareva Debbie e Rachel avevano scelto questo momento per legare i cani da slitta e tornare dalla loro personale Iditarod lungo le strade di Gracetown. Sono rientrate pestando i piedi e facendo quel chiasso assurdo che si fa quando ci si lascia alle spalle la pioggia o la neve. (Perché il maltempo ci fa essere più rumorosi?)

«Stuart! Jubilee! Cupcake speciali da Babbo Natale!» urlava Debbie.

Nessuno di noi si è mosso. Io ero ancora sdraiata su Stuart e in pratica lo tenevo inchiodato. L'abbiamo sentita salire fino a metà delle scale e a quel punto deve aver visto che c'era la luce accesa in camera. Anche in questo caso, la normale reazione di un genitore sarebbe stata dire qualcosa del tipo "Fareste meglio a uscire da lì in questo preciso istante o sguinzaglio la tigre!". Ma Debbie non era un genitore normale, così l'abbiamo sentita ridacchiare e allontanarsi alla chetichella, dicendo: «Shhh! Rachel! Vieni con mammina! Stuart ha da fare!».

La comparsa improvvisa di Debbie sulla scena mi ha mandato lo stomaco sottosopra. Stuart ha alzato gli occhi al cielo, afflitto. L'ho lasciato libero e lui è balzato in piedi.

«Devo scendere» ha detto. «Tu stai bene? Ti serve qualcosa o...»

«Sto benissimo!» ho detto, con un improvviso, insano entusiasmo. Ma Stuart era ormai abituato alle mie tattiche, ai miei tentativi di apparire sana.

Con molto buon senso è uscito di corsa dalla stanza.

Capitolo 12

Volete sapere quanto tempo ho impiegato a rompere con il mio ragazzo "perfetto" e limonare con uno nuovo?

Ho impiegato... Siete pronti?... *Ventitré minuti.* (Ho notato l'orologio di Stuart quando ho preso in mano il telefono. Non è che avessi un cronometro.)

Anche se mi sarebbe piaciuto, non potevo nascondermi di sopra per sempre. Alla fine sarei dovuta scendere ad affrontare il mondo. Mi sono seduta per terra sulla soglia e ho ascoltato meglio che potevo quanto stava succedendo al piano di sotto. Per un po' si è sentita solo Rachel che batteva su alcuni giocattoli, ma poi ho sentito qualcuno uscire. Era pur sempre un indizio. Sono scesa per le scale in silenzio. In soggiorno, Rachel stava sparpagliando i pezzi di Mouse Trap, rimasto aperto sul tavolo. Mi ha rivolto un enorme sorriso.

«Stavi giocando con Stuart?» ha chiesto.

La domanda era tendenziosa. Ero una vera sporcacciona e perfino la bambina di cinque anni lo sapeva.

«Sì» ho risposto, cercando di mantenere un po' di dignità. «Stavamo giocando a Mouse Trap. Com'era la neve, Rachel?»

«La mamma dice che a Stuart tu gli piaci. Io so infilarmi una biglia nel naso. Vuoi vedere?»

«No, forse non è il...»

Rachel si è ficcata una biglia di Mouse Trap su per il naso. L'ha tirata fuori e l'ha tenuta in alto per esaminarla. «Visto?» ha detto.

Oh, sì che ho visto.

«Jubilee? Sei tu?»

Debbie è comparsa sulla porta della cucina, rossa in faccia, accaldata e molto bagnata.

«Stuart è andato dall'altra parte della strada ad aiutare Mrs Addler a spalare la neve dal vialetto» ha detto. «L'ha vista che faceva fatica. Sai, ha un occhio di vetro e problemi di schiena. Voi due vi siete... divertiti?»

«È andata bene» ho detto, rigida. «Abbiamo giocato a Mouse Trap.»

«È così che lo chiamate al giorno d'oggi?» ha chiesto, lanciandomi un ampio sorriso inquietante. «Devo fare un bagno veloce a Rachel. Preparati pure una cioccolata o qualcos'altro, se ti va.»

Si è fermata appena prima di aggiungere "... futura sposa-bambina del mio unico figlio".

È andata a prendere Rachel con un aspro «Su, *adesso* possiamo salire», lasciandomi alla cioccolata calda, alla vergogna e alla mia infelicità. Sono andata alla finestra del soggiorno. Stuart era là fuori, come previsto, felice di dare una mano alla vicina nel momento del bisogno. Stava scappando da me, era chiaro. Ed era comprensibile. Anch'io avrei fatto lo stesso. Era del tutto ragionevole dedurre che non potevo che peggiorare. Avrei continuato a precipitare in una spirale, ad affondare sempre di più in una palude di sfoghi e comportamenti in gran parte inspiegabili. Come i miei reclusi genitori prima di me, ero un filo scoperto. Meglio andare a spalare qualche tonnellata di neve per una vicina dall'occhio di vetro e sperare che io sparissi.

Che era esattamente ciò che dovevo fare. Sparire. Uscire da quella casa e dalla sua vita mentre mi rimaneva ancora un briciolo di dignità. Sarei andata a raggiungere il mio treno, che, tra l'altro, non ci avrebbe messo molto a lasciare la città.

Mi sono mossa in fretta non appena presa la decisione e sono corsa in cucina. Ho afferrato il mio telefono dal ripiano, l'ho scosso un po' e ho premuto il pulsante per accenderlo. Non mi aspettavo che funzionasse, ma esiste la misericordia. Dopo qualche istante è tornato con fatica in vita. Lo schermo era sbilenco e le parole erano tutte mischiate, ma c'era vita in quell'oggetto.

I miei vestiti, il giaccone, le scarpe e la borsa erano tutti nella lavanderia dietro la cucina, più o meno asciutti. Me li sono infilati in fretta e furia, lasciando la tuta sulla lavatrice. C'era un contenitore di sacchetti di plastica nell'angolo, così ne ho afferrati una decina. Mi sembrava brutto prendere qualcosa senza chiedere, ma i sacchetti di plastica non contano. Sono come i fazzolettini, solo meno costosi. Come ultimo gesto, ho allungato una mano per rubare un'etichetta natalizia con l'indirizzo prestampato da un'agenda sul ripiano. Avrei mandato loro un biglietto, una volta tornata a casa. Sarò pure stata pazza furiosa, ma ero una pazza furiosa *dalle buone maniere.*

Dovevo uscire per forza dalla porta sul retro, quella da cui eravamo entrati la sera prima. Se fossi uscita dalla porta principale, Stuart mi avrebbe visto. La neve si era accumulata contro la porta, almeno mezzo metro, e non era più fangosa e umida come la sera prima. Si era indurita con il freddo. Ma io ero alimentata dalla forza della confusione e del panico, che, come ho detto, è sempre pronta e in attesa di entrare in azione. Mi sono gettata con tutto il peso contro la porta, sentendola tremare e opporre resistenza. Avevo paura che, forzando, si potesse rompere, il che avrebbe dato un carattere del tutto diverso alla mia partenza. Riuscivo a immaginarlo fin troppo bene: Stuart o Debbie che trovavano la porta scardinata adagiata sulla neve. "È arrivata, ha approfittato del ragazzo, ha rubato alcuni sacchetti di plastica e ha divelto la porta nella fuga" avrebbe scritto la polizia nel suo ordine di cattura della massima urgenza. "Si sospetta che stia preparando l'evasione dal carcere dei suoi genitori."

Sono riuscita ad aprirla quanto bastava per infilarmi a fatica nello spiraglio, strappando i sacchetti e graffiandomi le braccia nel tentativo. Una volta fuori, la porta è rimasta bloccata in quella posizione, così mi ci sono voluti altri due, tre minuti per spingerla di nuovo al suo posto. Fatto quello, ho dovuto affrontare un altro problema. Non potevo tornare dalla strada da cui eravamo venuti, perché non avevo voglia di un altro tuffo nel torrente ghiacciato. E in ogni caso, non sarei mai stata in grado di ritrovare quel sentiero. Le nostre tracce erano sparite. Ero su un leggero pendio e di fronte a me avevo un gruppo di alberi spelacchiati e il retro di decine di case dall'aspetto identico. L'unica cosa che sapevo per certo era che il torrente era in basso, probabilmente da qualche parte in mezzo a quegli alberi. La scelta più sicura era restare vicino alle case e procedere zigzagando tra i giardini sul retro. A quel punto sarei riuscita a tornare sulla strada e da lì, presumevo, sarebbe stato facile ritrovare la direzione verso l'interstatale, la Waffle House e il mio treno.

Vedere il mio commento precedente su me e le mie congetture.

Il quartiere di Stuart non seguiva l'adorabile, ordinata logica delle strade del Villaggio di Natale di Flobie. Le case erano state gettate a caso in modo preoccupante, a distanze irregolari e su linee contorte, come se chi aveva progettato quel posto avesse detto "Seguiamo quel gatto e, dove si ferma, costruiamo qualcosa". Ero così disorientata che non riuscivo neanche a figurarmi da che parte potesse trovarsi la strada. Non c'era un tratto che fosse stato liberato dalla neve e i lampioni erano spenti. Il cielo era bianco invece che di quell'assurdo rosa della sera prima. Era l'orizzonte più cupo che avessi mai visto e non c'era una via chiara da seguire.

Mentre arrancavo attraversando quel quartiere di case, ho avuto tutto il tempo di riflettere su cosa avevo appena fatto alla mia vita. Come avrei spiegato la rottura ai miei genitori? Loro *adoravano* Noah. Non tanto quanto me, è ovvio, ma molto. I miei genitori erano chiaramente orgogliosi che io avessi un ragazzo così importante. C'è da dire che erano in prigione a causa di un Hotel degli Elfi di Flobie, e quindi forse avevano bisogno di rivedere le loro priorità. Inoltre, se avessi detto loro che ero più felice così, l'avrebbero accettato.

I miei amici, la gente a scuola… quella era un'altra storia. Non stavo con Noah per i benefici extra, facevano solo parte del servizio.

E poi c'era Stuart, naturalmente.

Stuart che mi aveva visto attraversare un intero arcobaleno di emozioni ed esperienze. Si andava da io i-miei-genitori-sono-appena-stati-arrestati, a io bloccata-in-una-strana-città, io matta-e-che-non-sa-tenere-la-bocca-chiusa, io mezzo-sarcastica-con-lo-strano-tipo-che-sta-cercando-di-rendersi-utile, io e la rottura, e infine l'immensamente popolare io ti-salto-addosso-senza-preavviso.

Avevo combinato un bel casino, un gran bel casino. Su tutti i fronti. Il rimorso e l'umiliazione facevano male più del freddo. Mi ci sono volute un po' di strade per capire che non era per Noah che mi dispiaceva... Era per Stuart. Stuart che mi aveva salvato. Stuart che sembrava voler passare il suo tempo con me. Stuart che mi parlava chiaro e mi diceva di non sottovalutarmi.

Lo stesso Stuart che si sarebbe sentito sollevato scoprendo che me n'ero andata, per tutti i motivi che ho appena elencato. Se i media non avessero fornito ulteriori dettagli sui miei genitori in stato di arresto, sarei stata irrintracciabile. Be', quasi irrintracciabile. Forse avrebbe potuto trovarmi online, ma non l'avrebbe fatto. Non dopo quello spettacolo assurdo che avevo appena messo in piedi.

A meno che non fossi finita di nuovo davanti alla sua porta. Il che, dopo un'ora di giri a vuoto in quella zona, era un rischio reale. Continuavo a guardare le stesse stupide case, a restare bloccata in vicoli ciechi. Di tanto in tanto mi fermavo a chiedere indicazioni a qualcuno che spalava la neve nel proprio vialetto, ma tutti sembravano molto preoccupati del fatto che volessi fare a piedi così tanta strada e nessuno mi diceva come arrivarci. Almeno metà di loro mi ha invitato a entrare e riscaldarmi, che era un gesto gentile, ma io non avevo intenzione di rischiare di nuovo. Ero entrata in una casa di Gracetown e guarda com'era finita.

Stavo passando accanto a un gruppo di ragazzine che ridacchiavano nella neve, trascinandomi a fatica, quando la disperazione mi ha sopraffatta. Le lacrime erano sul punto di sgorgare. Non riuscivo più a sentire i piedi. Le ginocchia erano rigide. Ed è stato a quel punto che ho sentito la sua voce dietro di me.

«Aspetta» ha detto Stuart.

Mi sono fermata all'istante. Scappare è già patetico, ma farsi prendere è ancora peggio. Sono rimasta immobile per un momento, non volendo (e in parte non riuscendo) a girarmi e affrontarlo. Ho cercato di assumere l'espressione più disinvolta possibile, del tipo che-strano-incontrarti-qua, quant'è-buffa-la-vita! A giudicare dal modo in cui i muscoli della mandibola erano tesi fino alle orecchie, sono abbastanza sicura che fosse più del tipo ho-una-paresi-facciale!

«Mi dispiace» ho detto, con questo sorriso forzato. «Ho pensato che dovevo tornare al treno e...»

«Sì» ha detto, interrompendomi con calma. «Lo avevo immaginato.»

Stuart non mi guardava nemmeno. Ha tirato fuori dalla tasca un berretto vero, anche se un po' imbarazzante. Sembrava un berretto di Rachel. Aveva un grosso pon-pon in cima.

«Penso che questo potrebbe servirti» ha detto, porgendomelo. «Puoi tenerlo. A Rachel non serve.»

L'ho preso e me lo sono infilato in testa, perché lui sembrava pronto a rimanere lì, con il berretto in mano, fino a quando la neve intorno a lui non si fosse sciolta. Mi stava piccolo, ma ha portato lo stesso un gradevole sollievo alle mie orecchie.

«Ho seguito le tue impronte» ha detto, in risposta alla domanda non fatta. «Con la neve è facile.»

Ero stata rintracciata, come un orso.

«Mi dispiace di averti causato questi fastidi» ho detto.

«Non ho dovuto fare tanta strada, sinceramente. Sei a tre strade di distanza, più o meno. Hai continuato a girare in tondo.»

Un orso davvero inetto.

«Non posso credere che tu sia tornata fuori vestita in quel modo» ha detto. «Avresti dovuto lasciare che ti accompagnassi. Non ci arriverai mai così.»

«Sto bene» ho risposto in fretta. «Mi sono fatta indicare la strada.»

«Non devi andar via per forza, lo sai.»

Avrei voluto dire qualcos'altro, ma non mi veniva in mente niente.

Lui l'ha preso come un segno che volessi vederlo andar via e ha annuito.

«Stai attenta, va bene? E se puoi, fammi sapere quando ce l'hai fatta. Chiama o...»

Proprio in quel momento il mio telefono ha iniziato a squillare. Anche la suoneria doveva essersi danneggiata con l'acqua, così adesso aveva un tono alto e penetrante, quel tipo di suono che immagino emetterebbe una sirena colpita in faccia con un pugno. Sorpreso. Un po' accusatorio. Ferito. Gorgogliante.

Era Noah. Il mio schermo incasinato, a essere precisi, diceva chiamata da "Mogb", ma io sapevo cosa significasse.

Non ho risposto; ho solo fissato il telefono. Stuart ha fissato il telefono. Le ragazzine intorno a noi fissavano noi che fissavamo il telefono. Ha smesso di squillare, poi ha ripreso.

Vibrava nella mia mano, insistente.

«Perdonami se sono stato un idiota» ha detto Stuart, alzando la voce per coprire il rumore. «E forse non t'importa come la penso, ma non dovresti rispondere.»

«Cosa vuol dire "sono stato un idiota"?» ho chiesto.

Stuart è rimasto in silenzio. Lo squillo ha smesso e ricominciato.

Mogb ci teneva proprio a parlarmi.

«Ho detto a Chloe che l'avrei aspettata» ha ripreso alla fine. «Le ho detto che l'avrei aspettata per tutto il tempo necessario. Lei mi ha risposto di non prendermi il disturbo, ma io l'ho aspettata lo stesso. Per mesi ho deciso di non guardare nessun'altra ragazza. Ho perfino cercato di non guardare le cheerleader. Nel senso di guardare, *guardare*.»

Capivo bene il senso.

«Ma ho notato te» ha proseguito. «E la cosa mi ha fatto impazzire, dal primo istante. Non solo il fatto che ti avessi notato, ma capire che stavi con un tizio all'apparenza perfetto che chiaramente non ti meritava. Il che, a dirla tutta, era un po' la mia stessa situazione. Sembra, però, che lui si sia accorto dell'errore.»

Ha indicato con un cenno il telefono, che aveva ripreso a squillare.

«Sono ancora felicissimo che tu sia venuta» ha aggiunto. «E non darla vinta a quel tizio, okay? Per quello che vale, non dargliela vinta. Lui non ti merita. Non farti prendere in giro.»

Il telefono squillava, e squillava, e squillava. Ho guardato lo schermo un'ultima volta, poi ho guardato Stuart. Quindi ho steso il braccio all'indietro e ho lanciato il telefono con tutta la mia forza (non tanto lontano, purtroppo) facendolo svanire nella neve. Le ragazzine di otto anni, che a questo punto erano ormai del tutto affascinate da ogni nostra mossa, sono corse a cercarlo.

«Perso» ho detto. «Che peccato!»

E solo allora Stuart ha alzato la testa e finalmente mi ha guardato. Io avevo abbandonato ormai quell'orribile ghigno. Lui ha fatto un passo avanti, mi ha sollevato il mento e mi ha baciato. Mi ha *baciato*, mi ha baciato. E io non ho più fatto caso al freddo, e non mi importava che le ragazzine con in mano il mio telefono ci venissero dietro e iniziassero a fare: «OoooOOOoooOOoooh».

«Una cosa» ho detto, quando ci siamo staccati e il vortice che sentivo nella testa si è placato. «Forse… è meglio se non racconti troppo di tutto questo a tua madre. Penso che si sia fatta delle idee.»

«In che senso?» ha chiesto lui con aria innocente, mentre mi metteva un braccio intorno alle spalle e mi riportava verso casa. «I tuoi genitori non ti fissano esultando quando ti sbaciucchi con qualcuno? Vieni da un posto così strano? Be', immagino che a loro non capiti spesso di vedere cose del genere. In prigione, intendo.»

«Chiudi il becco, Weintraub. Se ti faccio cadere nella neve, queste bambine ti vengono addosso e ti mangiano.»

Un camion solitario ci è passato di fianco borbottando e Stagnola ci ha rivolto un rigido saluto militare mentre si avviava per le strade di Gracetown. Ci siamo tutti spostati di lato per lasciarlo passare: Stuart, io, le ragazzine. Stuart ha aperto la lampo del giaccone e mi ha invitato a infilarmi sotto il suo braccio, quindi ci siamo incamminati nella neve.

«Vuoi tornare a casa prendendo la via più lunga?» ha chiesto. «O la scorciatoia? Avrai freddo.»

«La via più lunga» ho risposto. «La via più lunga, di sicuro.»

Un cheertastico miracolo di Natale

John Green

Traduzione di Stefania Di Mella

A Hene Cooper,
che mi ha guidato in mezzo a tante bufere.

Capitolo 1

Eravamo al quarto film della nostra maratona James Bond, io, JP e il Duca, quando mia madre ha telefonato. Non ho guardato neanche chi era. Sapevo che era lei. Il Duca ha alzato gli occhi al cielo, seccata, e messo in pausa.

«Ma qual è il punto, crede che tu vada da qualche parte? C'è la bufera fuori.»

Io ho scrollato le spalle e risposto al telefono.

«Niente da fare» ha detto mamma. In sottofondo si sentiva il ronzio di una voce che ribadiva l'importanza della sicurezza nazionale.

«Mi dispiace, mamma. Che sfiga.»

«È assurdo!» è sbottata lei. «Non possiamo prendere un aereo per nessun posto, e men che meno per tornare a casa.» Erano bloccati a Boston da tre giorni. Un convegno di medici. Questa storia di dover passare il Natale a Boston la sconfortava. Come se Boston fosse una zona di guerra. Io ne ero piuttosto elettrizzato, invece. Una parte di me ha sempre amato i drammi e gli inconvenienti scatenati dal maltempo. Peggio è, più mi piace.

«Eh, sì, sfiga» ho detto.

«Dovrebbe smettere in mattinata, ma è tutto bloccato.

Non possono neanche garantirci che saremo a casa *domani.* Papà sta cercando di affittare un'auto, ma ci sono file lunghissime. E comunque non arriveremmo prima delle otto, le nove di domattina, anche se viaggiamo tutta la notte. Ma è Natale, non possiamo passare il Natale separati!»

«Tranquilla, andrò dal Duca» ho detto. «I suoi genitori mi hanno già invitato. Starò lì con loro, aprirò tutti i miei regali, gli racconterò che i miei mi trascurano e magari il Duca mi passerà qualcuno dei suoi regali, straziata dal poco bene che mi vuole la mia mamma.» Ho guardato il Duca, che mi ha fatto un sorrisetto.

«Tobin» ha detto mamma, piccata. Non era una persona molto ironica, e direi giustamente, vista la sua professione. Sì, insomma, nessuno vorrebbe un chirurgo oncologico che gli si presenta raccontando: "Un tipo entra in un bar. Il barista gli chiede: 'Che cosa prendi?', e il tipo: 'Dimmi tu, che cos'hai?', e il barista: 'Non so cos'ho io ma so cos'hai tu: un melanoma al quarto stadio'".

«È solo per dire che non ci sono problemi per me. E voi ora cosa fate, tornate in albergo?»

«Credo di sì, a meno che tuo padre non riesca a trovare una macchina. È davvero un santo, sai?»

«Immagino» ho risposto. Ho guardato JP e lui ha sillabato, con il labiale "Ri-at-tac-ca". Io avevo una gran voglia di tornare al mio posto sul divano, accanto a JP e al Duca e rimettermi a guardare il nuovo James Bond che ammazzava la gente con le sue prodezze mozzafiato.

«Tutto bene lì?» ha continuato mamma. Oh, Signore.

«Sì, sì. Vabbè, nevica. Ma ci sono il Duca e JP. Che pur volendo non possono lasciarmi, perché se provano a uscire per tornarsene a casa loro si congelano all'istante. Stiamo guardando i film di James Bond. L'elettricità va, funziona tutto.»

«Chiamami se succede qualcosa. *Qualunque cosa.*»

«D'aaaccordo, ricevuto» ho risposto.

«Okay» ha detto lei. «Okay. Dio, quanto mi dispiace, Tobin. Ti voglio bene, mi dispiace tanto tanto.»

«Ma non è così grave» ho detto. Perché in effetti non lo era. Stavo lì, in una grande casa, senza adulti tra i piedi, e i miei migliori amici sul divano. Nulla contro i miei, che sono persone a posto, ma avrebbero potuto restarsene a Boston fino a Capodanno e io non avrei fatto una piega.

«Ti chiamo dall'albergo» ha detto mamma.

Evidentemente JP l'ha sentita attraverso il telefono perché ha mormorato: «Non ne dubito» mentre io la salutavo.

«Secondo me soffre di ansia da separazione» ha detto JP quando ho riattaccato.

«Be', è Natale» ho replicato io.

«E perché non vieni da *me* per Natale?»

«Si mangia di merda» ho risposto. Ho fatto il giro del divano e mi sono rimesso al mio posto, sul cuscino centrale.

«Razzista!» ha esclamato JP.

«Cosa c'entra il razzismo?»

«Hai appena detto che il cibo coreano fa cagare.»

«No che non l'ha detto» ha osservato il Duca, sollevando il telecomando per far ripartire il film. «Ha detto che il cibo coreano preparato da *tua madre* fa cagare.»

«Esatto» ho detto io. «A casa di Keun mi piace, infatti.»

«Sei un minchione» ha detto JP, che è quello che JP dice quando non sa come replicare. E non è male, come replica di ripiego per quando non si sa come replicare. Il Duca ha fatto ripartire il film, poi JP ha detto: «Dovremmo chiamare Keun».

Il Duca ha messo di nuovo in pausa e si è piegata sporgendosi oltre me per parlare direttamente con JP. «JP.»

«Sì?»

«Potresti per cortesia smettere di parlare e lasciarmi godere quella meraviglia della natura che è il corpo di Daniel Craig?»

«Ma è da gay.»

«Io sono una *ragazza*» ha detto il Duca. «Non è da gay nel mio caso provare attrazione per un uomo. Certo, se dicessi che tu hai un corpo da favola, quello sì che sarebbe gay, visto che sei fatto come una ragazza.»

«Ammazza» ho commentato io.

Il Duca mi ha guardato e ha detto: «Per quanto in confronto a te JP sia uno strepitoso esempio di virilità».

Non sapevo come rispondere. «Keun è al lavoro» ho detto. «La vigilia di Natale lo pagano il doppio.»

«Ah, è vero» ha replicato JP. «Dimenticavo che le Waffle House sono come le gambe di Lindsay Lohan: sempre aperte.»

Ho riso; il Duca si è limitata a una smorfia e ha fatto ripartire il film. Daniel Craig è uscito dall'acqua con addosso un paio di boxer attillati che in Europa evidentemente si usano come costumi da bagno. Il Duca ha sospirato estasiata, mentre JP mugugnava. Un paio di minuti dopo ho sentito accanto a me un rumore cadenzato, di piccoli schiocchi. Era JP. Che si passava il filo interdentale. Era ossessionato dal filo interdentale.

«Che schifo» ho detto. Il Duca ha messo in pausa e mi ha fulminato con un'occhiata. Non c'era cattiveria in quello sguardo. Si è stropicciata il nasino tondo e ha stretto le labbra, ma io riuscivo sempre a capire dai suoi occhi se era davvero arrabbiata con me, e per il momento sembravano ancora allegri.

«Cosa?» ha chiesto JP, con il filo interdentale che gli pendeva dalla bocca, incastrato tra due molari.

«Passarsi il filo interdentale in pubblico. È proprio... Dai, toglitelo, per favore.»

Ha obbedito, di malavoglia, ma ci ha tenuto ad avere l'ultima parola. «Il mio dentista dice che non ha mai visto gengive più sane. Mai.»

Ho alzato gli occhi al cielo. Il Duca si è portata un ricciolo dietro l'orecchio e ha riavviato Bond. L'ho seguito per un minuto ma poi mi sono ritrovato a guardare fuori dalla finestra, verso un lampione lontano alla cui luce i fiocchi di neve venivano giù come un miliardo di stelle cadenti in miniatura. E per quanto mi dispiacesse infierire sui miei e privarli del Natale a casa, non ho potuto fare a meno di desiderare più neve ancora.

Capitolo 2

Il telefono ha squillato dieci minuti dopo che avevamo fatto ripartire il film.

«Gesù santo» ha detto JP, afferrando il telecomando per mettere in pausa.

«Tua madre è peggio di un fidanzato appiccicoso» ha aggiunto il Duca.

Sono saltato oltre la spalliera del divano e ho afferrato il telefono. «Ehi» ho detto, «tutto bene?»

«Tobin» ha risposto la voce all'altro capo del telefono. Non era mamma. Era Keun.

«Keun, ma tu stai lav...?»

«JP è con te?»

«Sì.»

«Ce l'hai il vivavoce?»

«Ma perché vu...»

«CE L'HAI IL VIVAVOCE?» ha gridato.

«Aspetta.» Mentre cercavo il tasto, ho detto: «È Keun. Vuole che lo metta in vivavoce. L'ho sentito un po' strano».

«Ma dai» ha detto il Duca. «La prossima volta verrete a dirmi che il Sole è una massa di gas incandescente o che JP ha le palle piccole.»

«Non ti ci mettere» ha detto JP.

«Mettermi dove? Nelle tue mutande, a cercare le tue micropalline con una potentissima lente d'ingrandimento?»

Ho trovato il tasto del vivavoce e l'ho schiacciato.

«Keun, mi senti?»

«Sì.» C'era molto rumore in sottofondo. Rumore di ragazze. «Ascoltatemi bene, voi due.»

JP ha detto rivolto al Duca: «Senti senti, la detentrice delle tette più piccole del mondo che si mette a sindacare sulle parti intime di qualcun altro?». Il Duca gli ha lanciato un cuscino.

«STATEMI SUBITO A SENTIRE» ha urlato Keun al telefono. Ci siamo zittiti tutti. Keun era un tipo superbrillante e parlava sempre come se avesse imparato a memoria quello che aveva da dire. «Bene. Allora, il mio capo oggi non è venuto a lavorare perché è rimasto bloccato nella neve con la macchina. Quindi io oggi sono sia il cuoco che il sostituto capo. Ci sono altre due persone al lavoro qui con me, che sono (uno) Mitchell Croma e (due) Billy Talos.» Sia Mitchell che Billy frequentavano la nostra stessa scuola, ma non potevo dire di conoscerli davvero, visto che c'erano alte probabilità che non sapessero distinguere la mia faccia dalle altre. «Fino a una ventina di minuti fa era una serata tranquillissima. Clienti solo Stagnola e Doris, la più vecchia fumatrice americana vivente. Poi è entrata una tipa, e dietro di lei anche Stuart Weintraub – un altro nostro compagno di classe, un bravo ragazzo –, carico di sacchetti di Target. Si sono messi a chiacchierare con Stagnola, mentre io leggevo *Il cavaliere oscuro* e...»

«Keun, arrivi al punto o no?» gli ho chiesto. A volte si perdeva in chiacchiere.

«Oh, sì che ci arrivo» ha risposto. «Arrivo a quattordici punti. Perché cinque minuti dopo l'arrivo di Stuart Weintraub, il buono e magnanimo Signore Onnipotente ha posato il suo sguardo gentile sul Suo servitore Keun e ha ritenuto che fosse il caso di far accomodare quattordici cheerleader della Pennsylvania – *con i loro costumini delle prove* – nella nostra umile Waffle House. Signori, non sto affatto scherzando. La nostra Waffle House è piena di cheerleader. Il loro treno è rimasto bloccato nella neve e restano a dormire qui. Sono cariche di caffeina. Stanno facendo le spaccate sul bancone.

«Voglio essere ancora più chiaro di così: c'è stato un miracolo di Natale qui alla Waffle House, un *cheertastico* miracolo di Natale. Ce le ho proprio qui davanti agli occhi. Sono così sexy, sono un fuoco che può sciogliere la neve. Un fuoco che può cuocere i waffle, che può scaldare – anzi, che *scalderà* – gli angoli del mio cuore rimasti al gelo per così tanto tempo da farmi quasi dimenticare della loro esistenza.»

A quel punto la voce di una ragazza – una voce a un tempo allegra e sensuale – ha urlato al telefono. Io ormai mi ero piazzato esattamente sopra il vivavoce e lo fissavo con devozione. JP era accanto a me. «Sono loro i tuoi amici? Oh, ti prego, ti prego, digli di portare il Twister!»

Keun ha ripreso la parola. «Ora avete capito cosa c'è in ballo! La notte più incredibile della mia vita è appena cominciata. E vi sto invitando a unirvi a me, perché sono l'amico migliore del mondo. Ma ecco l'inghippo: dopo che avrò chiuso con voi, Mitchell e Billy chiameranno i loro amici. L'accordo tra noi, però, è che c'è spazio solo per altri tre o quattro ragazzi, non più di una macchina. Non intendo ridurre oltre il rapporto cheerleader per ragazzo. Ora, la prima telefonata la sto facendo io, perché sono il sostituto capo. Quindi voi partite avvantaggiati. So che non fallirete. So che posso contare su di voi per la consegna del Twister. Signori, vi auguro di viaggiare veloci e di viaggiare sicuri. Ma se doveste morire stanotte, morirete nella consolazione di aver sacrificato le vostre vite per la più nobile delle umane cause. La conquista delle cheerleader.»

Capitolo 3

Io e JP non abbiamo neanche riattaccato. Io ho detto solo: «Devo cambiarmi» e lui: «Anche io» e allora io: «Duca, il Twister! Nell'armadio dei giochi!».

Mi sono precipitato al piano di sopra, i calzini che scivolavano sul parquet della cucina, e sono corso incespicando nella mia camera da letto. Ho spalancato l'anta della cabina armadio e ho cominciato a rovistare furiosamente tra le camicie ammucchiate sul pavimento, nella vana speranza che in quell'ammasso ce ne fosse una meravigliosamente perfetta, una camicia a righe del genere classico, senza grinze, che dicesse: "Sono un duro, ma sono anche pazzescamente bravo ad ascoltare e ho una vera e bruciante passione per il cheerleading e per chi lo pratica". Purtroppo non c'era alcuna camicia così. Mi sono infilato al volo una T-shirt Threadless sporca ma figa sotto un maglione nero dal collo a V. Mi sono liberato dei miei jeans di-quando-guardo-i-film-di-James-Bond-con-il-Duca-e-JP e mi sono dimenato per entrare in frettissima dentro il mio unico paio di jeans neri carini.

Ho chinato la testa sul petto e ho annusato. Sono corso in bagno e per non sbagliare mi sono sfregato furiosamente il deodorante sotto le ascelle. Mi sono guardato allo specchio.

A parte i capelli che se ne andavano un po' da tutte le parti, non ero male. Sono tornato di nuovo nella mia stanza, sempre correndo, ho tirato su dal pavimento il giaccone invernale, mi sono infilato le Puma e mi sono precipitato giù con le scarpe calzate a metà urlando: «Tutti pronti? Io ci sono! Andiamo!».

Al piano di sotto, ho trovato il Duca seduta al centro del divano che guardava ancora il film di Bond. «Duca. Twister. Giacca. Macchina.» Mi sono voltato e ho urlato verso il piano di sopra: «Dove sei, JP?».

«Ce l'hai un giaccone in più?» ha urlato lui per tutta risposta.

«No, mettiti il tuo!»

«Ma io ho solo una giacca leggera!»

«Muoviti!» Per qualche ragione il Duca non aveva ancora fermato il film. «Duca» ho ripetuto. «Twister. Giacca. Macchina.»

Lei ha messo in pausa e si è voltata a guardarmi. «Che cos'è per te l'inferno, Tobin?»

«Questa è una domanda a cui possiamo trovare una risposta in macchina!»

«Perché per me l'inferno è passare tutta l'eternità in una Waffle House piena di cheerleader.»

«Su, dai» ho detto io. «Non fare la stupida.»

Il Duca si è tirata su, il divano sempre tra me e lei. «Tu mi stai dicendo che dovremmo uscire nel bel mezzo della bufera peggiore degli ultimi cinquant'anni e viaggiare per trenta chilometri al solo fine di incontrare un gruppo di chissà quali oche la cui idea di divertimento è fare un gioco che sulla scatola viene consigliato ai bambini di sei anni, e la stupida sarei *io*?»

Mi sono voltato di nuovo verso le scale. «JP! Muoviti!»

«Ci sto provando» mi ha risposto. «Ma devo conciliare l'esigenza di fare in fretta con l'esigenza di essere stupendo!»

Mi sono avvicinato al divano e ho messo un braccio intorno al Duca. Le ho sorriso. Eravamo amici da moltissimo tempo. La conoscevo bene. Sapevo che odiava le cheerleader. Sapevo che odiava il freddo. Sapevo che odiava doversi alzare dal divano quando stava guardando un film di James Bond.

Ma il Duca adorava le crocchette di patate della Waffle House. «Ci sono due cose a cui non sai resistere» le ho detto. «La prima è James Bond.»

«Vero. E la seconda?»

«Le crocchette. Le dorate e deliziose crocchette della Waffle House.»

Non ha guardato me, non esattamente. Ha guardato attraverso me, attraverso le pareti della casa, attraverso la neve, gli occhi stretti puntati lontano. Stava pensando a quelle crocchette.

«Le puoi avere alla piastra, sommerse di cipolla e ricoperte di formaggio» ho continuato.

Ha battuto più volte gli occhi e ha scosso la testa. «Cacchio, il mio amore per le crocchette mi frega sempre! Ma non intendo restare lì tutta la sera.»

«Un'ora sola, a meno che non sia tu a voler rimanere» le ho promesso. Ha annuito. Mentre lei si infilava il cappotto, io ho aperto l'armadio dei giochi e ho afferrato la scatola del Twister, tutta rovinata agli spigoli.

Quando mi sono voltato, JP era davanti a me. «Oddio» ho detto. In qualche angolo oscuro dell'armadio di mio padre aveva trovato una vera mostruosità: indossava una goffa tutona pervinca attillata sulle gambe e in testa aveva un cappello con i paraorecchie.

«Sembri un boscaiolo con la fissa dei vestiti da bebè» ho detto.

«Zitto, minchione» mi ha liquidato JP. «È da sciatore sexy. Non lo senti che dice "Rientro dalle piste, dopo una lunga giornata passata a salvare vite umane con la pattuglia di soccorso"?»

Il Duca è scoppiata a ridere. «Veramente sembra che dica "Solo perché non sono stato la prima astronauta donna non significa che non possa mettermi la sua tuta spaziale".»

«Va bene, ho capito, vado a cambiarmi.»

«NON C'È TEMPO!» ho gridato.

«Non sarebbero meglio degli stivali?» ha detto il Duca, guardando le mie Puma.

«NON C'È TEMPO!» ho gridato ancora.

Li ho trascinati entrambi in garage e ci siamo infilati dentro Carla, il SUV bianco Honda dei miei genitori. Erano passati otto minuti da quando Keun aveva riattaccato. Probabilmente il vantaggio che avevamo si era già dissolto. Erano le 23:42. In una serata normale ci avremmo messo una ventina di minuti per arrivare alla Waffle House.

Ma quella non sarebbe stata una serata normale.

Capitolo 4

Nell'istante in cui ho aperto la serranda del garage con il telecomando, la portata della nostra sfida mi è diventata chiara: davanti a noi si stagliava un muro di neve alto oltre mezzo metro. Da quando il Duca e JP erano arrivati, verso l'ora di pranzo, erano scesi più di quaranta centimetri di neve.

Ho messo in moto Carla e inserito la trazione integrale. «Devo solo… Mmm, secondo voi riesco a passarci in mezzo?»

«VAI E BASTA!» ha detto JP dal sedile posteriore. Il Duca era riuscita a ottenere il posto davanti. Ho respirato a fondo e sono partito in retromarcia. Carla si è sollevata un po' quando ha urtato la neve ma se l'è scrollata subito di dosso, così ho continuato a guidare in retromarcia nel vialetto di casa. A dirla tutta era più pattinare sul ghiaccio che guidare, ma funzionava. Poco dopo, più per fortuna che per mia abilità, l'auto era fuori dal vialetto e già nella direzione giusta, puntata verso la Waffle House.

Sulla strada c'erano trenta centimetri di neve. Nel nostro quartiere non avevano sparso il sale né pulito le strade.

«Che modo idiota di morire» ha detto il Duca. Cominciavo a essere d'accordo con lei. Ma JP ha gridato, da dietro: «Spartani! Stanotte ceneremo alla Waffle House!».

Ho piegato la testa, messo la prima e schiacciato sull'acceleratore. Le gomme hanno girato a vuoto, poi siamo partiti di colpo, con la neve che vorticava alla luce dei fari. Non riuscivo a vedere i bordi della strada, per non parlare delle strisce bianche che dividevano le corsie, perciò mi sono limitato a stare entro il confine segnato dalle cassette delle lettere.

Grove Park è in una specie di conca e per uscirne devi percorrere una piccola salita. Io, il Duca e JP siamo cresciuti tutti in questo quartiere, e io ho guidato migliaia di volte su per la salita in questione.

Così quando abbiamo cominciato a salire non ho messo a fuoco il potenziale problema. Ma presto mi sono accorto che la pressione che esercitavo sul pedale dell'acceleratore non aveva alcun effetto sulla velocità a cui salivamo. Ho provato una prima fitta di paura.

Rallentavamo. Ho dato un altro colpo all'acceleratore e ho sentito distintamente le gomme girare a vuoto sulla neve. JP si è messo a imprecare. Stavamo comunque avanzando, sebbene a fatica, e ormai riuscivo a vedere la cima della salita e il manto scuro della statale, che era stata liberata dalla neve.

«Forza, Carla» l'ho incitata.

«Accelera» mi ha suggerito JP. Io l'ho fatto, e le ruote hanno girato ancora a vuoto e poi di colpo Carla ha smesso di andare avanti. È passato un lungo momento tra quando ha smesso di avanzare e quando ha cominciato a scivolare all'indietro giù dalla collina, con le ruote bloccate. È stato un momento di pace, un momento di contemplazione. Di solito sono piuttosto contrario a correre rischi. Non sono mai stato il genere di persona che si fa a piedi tutto il Sentiero degli Appalachi o che d'estate va a studiare in Ecuador, o anche solo che mangia il sushi. Quando ero piccolo e la sera non riuscivo a dormire perché c'era qualcosa che mi preoccupava, la mamma mi chiedeva sempre: «Qual è la cosa peggiore che può accadere?». Lei credeva di essermi di aiuto in questo modo, credeva di farmi capire che gli errori che potevo aver fatto nei miei compiti per casa di matematica di seconda elementare non avrebbero avuto grandi ripercussioni sulla qualità della mia vita. Ma non era questo che succedeva. Quello che succedeva era che mi mettevo a pensare alla cosa peggiore che mi potesse accadere. E mettiamo che fossi preoccupato per gli errori che avevo fatto nei miei compiti per casa di matematica di seconda elementare. Magari la mia insegnante, Ms Chapman, mi avrebbe sgridato. O magari non mi avrebbe neanche sgridato, mi avrebbe espresso con gentilezza il suo disappunto. E magari quel gentile disappunto mi avrebbe amareggiato. E io mi sarei messo a piangere. E tutti mi avrebbero chiamato frignone, il che mi avrebbe portato a isolarmi ancora di più dagli altri e poiché nessuno mi avrebbe voluto come amico, avrei cominciato a cercare consolazione nelle droghe e arrivato in quinta elementare sarei stato strafatto di eroina. E poi sarei morto. *Questa* era la cosa peggiore che poteva succedere. E *poteva* succedere. Ero sempre stato assolutamente convinto che tutto questo rimuginare mi avrebbe tenuto lontano dallo strafarmi di eroina e/o dal morire. Ma ora ecco che avevo mandato tutto all'aria. E perché? Per delle cheerleader che neanche conoscevo? Nulla contro le cheerleader, ma di certo c'erano cause migliori per cui sacrificarsi.

Sentivo che il Duca mi guardava, mi sono voltato verso di lei, e i suoi occhi erano grandi e tondi e spaventati e forse anche un po' incazzati. E solo in quel momento, in quel lungo momento di immobilità, ho pensato alla cosa peggiore che potesse capitare: questa. Ammesso che fossi sopravvissuto, i miei genitori mi avrebbero ammazzato per avergli sfasciato la macchina. Sarei stato in punizione per anni, forse decenni. D'estate avrei lavorato centinaia di ore per pagare le riparazioni.

E a quel punto è successo l'inesorabile. Abbiamo cominciato a sbandare all'indietro verso casa. Ho inchiodato. Il Duca ha tirato il freno a mano, ma Carla ha continuato a fare lo slalom all'indietro, rispondendo solo ogni tanto ai miei convulsi movimenti del volante.

Ho sentito una botta e ho immaginato che fossimo saliti sul marciapiede; stavamo scivolando all'indietro giù per la discesa attraverso i cortili dei nostri vicini, immersi nella neve fino ai parafanghi. Siamo rotolati giù, casa dopo casa, così vicini a ognuna che riuscivo a vedere le decorazioni sugli alberi di Natale attraverso le finestre dei salotti. Carla ha scansato miracolosamente un pick-up parcheggiato in un vialetto, e mentre dallo specchietto retrovisore controllavo le cassette delle lettere, le macchine e le case in avvicinamento, lo sguardo mi è caduto su JP. Stava sorridendo. Alla fine la cosa peggiore che potesse capitare era capitata. E c'era un che di liberatorio in questo, forse. Qualcosa in quel sorriso mi ha fatto sorridere.

Ho guardato il Duca e ho staccato le mani dal volante. Lei ha scosso la testa come se fosse arrabbiata ma poi è scoppiata a ridere. Per dimostrare quanto poco controllavo

Carla, ho afferrato il volante e ho cominciato a girarlo esageratamente da una parte e dall'altra. Il Duca ha riso ancora di più e ha detto: «Siamo troppo nella merda!».

E poi di colpo i freni hanno ripreso a funzionare, e io ero di nuovo schiacciato contro il sedile e alla fine, mentre tornavamo in piano, abbiamo rallentato fino a fermarci. JP sbraitava, a voce altissima: «Porca merda, siamo vivi, non ci posso credere. Siamo vivi, siamo troppo vivi!».

Mi sono guardato intorno per orientarmi. A un metro e mezzo circa dalla portiera del passeggero c'era la casa di due vecchi pensionati, Mr e Mrs Olney. La luce era accesa e un secondo dopo ho visto Mrs Olney in camicia da notte bianca, la faccia quasi schiacciata contro il vetro, che ci guardava, a bocca aperta. Il Duca si è girata verso di lei e l'ha salutata. Io ho fatto ripartire Carla e con prudenza sono uscito dal vialetto degli Olney per rimettermi su quella che speravo fosse la strada. Ho parcheggiato e ho staccato dal volante le mani ancora tutte tremanti. «Okay» ha detto JP, cercando di calmarsi. «Okay. Okay. Okay.» Ha tratto un respiro profondo e poi: «Che *figata*! Altro che montagne russe!».

«Sto cercando di non farmela addosso» ho detto. Ero pronto a tornare a casa, ai film di James Bond, a rimanere in piedi fino a notte fonda, a mangiare popcorn, a dormire qualche ora, a passare il Natale con il Duca e con i suoi genitori. Avevo vissuto senza quelle cheerleader della Pennsylvania per diciassette anni e mezzo. Potevo sopportare di passare un altro giorno senza la loro compagnia.

JP non smetteva di parlare. «Ho pensato per tutto il tempo: "Sto per morire dentro una tuta da sci pervinca. Mia mamma dovrà identificare il mio corpo e passerà il resto della sua vita a credere che, in privato, suo figlio si divertisse a vestirsi come una pornostar degli anni Settanta con evidenti problemi di ipotermia".»

«Credo di poter sopravvivere se per una sera non mangio le crocchette» ha detto il Duca.

«Sì» ho concordato. «Puoi dirlo.» JP ha protestato a gran voce che voleva tornare sulle montagne russe, ma io ne avevo avuto abbastanza. Ho chiamato Keun, con il dito che mi tremava mentre cercavo il numero in rubrica.

«Ascolta un po', noi qui non riusciamo neanche a uscire da Grove Park. Troppa neve.»

«No, dai» ha detto Keun. «Riprovateci. Gli amici di Mitchell non sono ancora partiti, secondo me. E Billy ha chiamato due tizi del college, amici suoi, e gli ha detto di portare un fusto di birra, perché l'unico modo per ottenere che queste deliziose signore si degnino di parlare con lui è farle ubriac... Ahi! Scusa, Billy mi ha dato una sberla con il suo cappellino di carta. Sono il sostituto capo, Billy! E farò rapporto sul tuo comport... Ahi! Sì, dai, venite, vi prego. Non voglio ritrovarmi qui con Billy e una manica di ubriachi fradici. Il ristorante si ridurrà uno schifo, mi licenzieranno... dai, vi prego!»

Dietro di me, JP canticchiava: «Montagne russe! Montagne russe! Montagne russe!». Ho chiuso il telefono e mi sono voltato a guardare il Duca. Stavo per decidere definitivamente di tornare a casa quando il mio telefono ha squillato di nuovo. Mamma.

«Niente macchina. Siamo tornati in albergo» ha annunciato. «Mancano otto minuti a Natale, io volevo aspettare ma tuo padre è stanco e vuole andare a letto, quindi te lo diciamo adesso.» Papà si è avvicinato al telefono e mi è arrivato il suo fiacco: «Buon Natale», un'ottava sotto lo stesso chiassoso augurio di mamma.

«Buon Natale» ho risposto. «Chiamatemi se ci sono novità; noi abbiamo ancora due film di James Bond in programma per stanotte.» Un attimo prima che mamma riattaccasse, è partito l'avviso di chiamata. Keun. L'ho messo in vivavoce.

«Dimmi che siete usciti da Grove Park.»

«Ehi, bello, hai appena chiamato. Siamo ancora ai piedi della salita» ho detto. «E ora ce ne torniamo a casa.»

«Venite. Qui. Adesso. Ho appena scoperto chi ha chiamato Mitchell: Timmy e Tommy Reston. Stanno arrivando. Potete ancora batterli. Io lo so che potete! Dovete! Il mio cheertastico miracolo di Natale non può essere rovinato dai gemelli Reston!»

A quel punto ha riattaccato. Keun tendeva di suo al drammatico, ma stavolta lo capivo. I gemelli Reston erano capaci di rovinare qualunque cosa. Timmy e Tommy Reston erano gemelli che più diversi non si poteva. Timmy pesava centotrentacinque chili, ma non era grasso. Era solo molto forte e incredibilmente veloce, il che faceva di lui il miglior giocatore di football della nostra squadra. Tommy, al contrario, entrava tutto intero dentro una gamba dei jeans di Timmy, ma quello che gli mancava in dimensioni lo recuperava con la sua assurda aggressività. Alle medie capitava spesso che Timmy e Tommy se le dessero di santa ragione sul campetto da basket. Non credo che avessero più in bocca un solo dente dei loro originali.

Il Duca mi ha guardato. «Okay, non si tratta più solo di noi, o delle cheerleader. Si tratta di salvare Keun dai gemelli Reston.»

«Sappiamo bene che cosa succederà se restano intrappolati dalla neve nella Waffle House per più giorni, con il cibo che scarseggia» ha detto JP.

Il Duca è stata al gioco. Era forte in questo.

«Dovranno darsi al cannibalismo. E Keun sarà il primo a essere sacrificato.»

Ho scosso la testa. «E la macchina?» ho chiesto.

«Pensa alle cheerleader» mi ha implorato JP. Ma mentre annuivo non pensavo alle cheerleader. Pensavo a superare quella salita, per arrivare alle strade liberate dalla neve che ci avrebbero portato ovunque.

Capitolo 5

Come sempre il Duca aveva un piano. Eravamo ancora fermi in mezzo alla strada quando ce lo ha rivelato. «Allora, il problema è stato che abbiamo perso velocità salendo. Perché? Perché non ne avevamo acquistata abbastanza prima di affrontare la salita. Perciò torna indietro più che puoi, dritto in retromarcia, e poi giù con l'acceleratore. Arriveremo alla salita sparatissimi e la velocità ci porterà su in cima.»

Non mi è parsa un'idea particolarmente convincente, ma non sono riuscito a trovarne una migliore, così sono tornato indietro il più possibile, con la salita proprio di fronte a noi a malapena visibile attraverso la neve che scendeva giù fitta nella luce dei fari. Non mi sono fermato finché non sono quasi finito nel cortile di una casa, con il paraurti posteriore di Carla pericolosamente vicino a una quercia altissima. Ho fatto girare un po' le ruote per pressare la neve. «Cinture allacciate?» ho chiesto.

«Sì» hanno risposto JP e il Duca all'unisono.

«Airbag attivati?»

«Affermativo» ha detto il Duca. Le ho lanciato un'occhiata. Lei ha sorriso e alzato un sopracciglio. Ho annuito.

«Ci vuole un conto alla rovescia, gente.»

«Cinque» hanno detto in coro. «Quattro. Tre.» Ho messo in folle e ho cominciato ad alzare i giri del motore. «Due. Uno.» Ho ingranato la marcia di colpo e Carla è schizzata in avanti, accelerando a scatti quando non faceva *aquaplaning* sulla neve. Abbiamo preso la salita a settanta chilometri all'ora, quaranta più del limite di velocità di Grove Park. Mi sono alzato dal sedile, con la cintura che mi premeva sul torace e tutto il peso sull'acceleratore, ma la ruote giravano a vuoto e abbiamo cominciato a rallentare, perciò ho alzato il piede.

«Dai, su» ha detto il Duca.

«Ce la puoi fare, Carla» ha mormorato piano JP da dietro, e lei ha continuato ad avanzare, rallentando sempre di più, ogni minuto che passava.

«Carla, trascina il tuo culone succhiabenzina lassù in cima!» ho urlato, scuotendo il volante.

«Non trattarla così» ha detto il Duca. «Ha bisogno di essere incoraggiata con gentilezza. Carla, piccola, noi ti amiamo. Sei un'auto fantastica. E noi crediamo in te. Crediamo in te al cento per cento.»

JP dava segni di panico. «Non ce la faremo mai.»

Il Duca per contro era rassicurante. «Non ascoltarlo, Carla. Ce la farai.» Ho visto di nuovo la vetta della salita, e l'asfalto della statale appena liberata dalla neve. Carla era nella fase "Forse ce la faccio, forse ce la faccio", il Duca continuava ad accarezzare il cruscotto e a dirle: «Ti amo, Carla. Lo sai, vero? Mi sveglio la mattina, tutte le sante mattine, e la prima cosa che penso, sai qual è? Amo la macchina della mamma di Tobin. Lo so che è assurdo, piccola, ma è così. Ti amo. E so che ce la puoi fare».

Io continuavo a spingere sull'acceleratore, e le ruote continuavano a girare. Eravamo sotto i quindici chilometri all'ora. Ci stavamo avvicinando a un cumulo alto quasi un metro, accatastato dallo spazzaneve, proprio sulla nostra strada. Eravamo vicinissimi. Con il tachimetro che era crollato a otto chilometri all'ora. «Oddio, sarà una lunga discesa» ha detto JP, con la voce che gli si spezzava. Ho guardato lo specchietto retrovisore. Era vero. Avanzavamo, ma di pochissimo. La strada cominciava a farsi meno ripida ma, anche se per poco, non ce l'avremmo fatta. Continuavo a spingere invano l'acceleratore. «Carla» ha detto il Duca, «è arrivato il momento di dirti la verità. Io sono innamorata di te. Io voglio vivere con te, Carla. Non ho mai provato nulla del genere per nessun'altra mac...»

Le ruote hanno fatto di colpo presa sulla neve mentre io tenevo l'acceleratore a tavoletta, così siamo schizzati via, con la neve che ci arrivava al parabrezza, e abbiamo superato il cumulo, passandoci più in mezzo che sopra. Carla è atterrata dall'altra parte della montagnola, e io ho inchiodato mentre ci avvicinavamo allo stop. Carla ha sbandato di coda e tutt'a un tratto invece di essere allo stop ci siamo ritrovati sulla statale, e già col muso puntato nella direzione giusta. Io ho mollato il freno e ci siamo lanciati in pista. «SÌÌÌÌÌÌÌÌÌ!» ha gridato JP dal sedile di dietro. Si è sporto in avanti e ha scompigliato la massa di riccioli ribelli del Duca. «SIAMO STATI DEI GRANDISSIMI A NON MORIRE!»

«Tu sì che sai come si parla a un'automobile» ho detto al Duca. Sentivo il sangue pomparmi nelle vene. Lei aveva un'aria incredibilmente calma mentre si aggiustava i capelli con due dita.

«A mali estremi estremi rimedi» ha risposto.

I primi otto chilometri sono stati una pacchia: la strada saliva e scendeva seguendo la collina perciò la guida era impegnativa, ma eravamo l'unica auto in circolazione e il manto era sì umido, ma non ghiacciava perché era stato sparso il sale. E in più io guidavo alla prudente velocità di trenta chilometri all'ora, cosa che rendeva le curve molto meno drammatiche. Siamo rimasti a lungo in silenzio, ripensando alla salita di prima, immagino, con solo JP che a intervalli regolari espirava rumorosamente dalla bocca e diceva: «Non ci posso credere a quanto non siamo morti» o varianti dello stesso concetto. La neve era troppo spessa e la strada troppo bagnata per mettere la musica, perciò abbiamo continuato a viaggiare così, nel silenzio.

Dopo un po' il Duca ha chiesto: «Ma comunque, cos'è 'st'ossessione che hai per le cheerleader?». Lo stava dicendo a me, e io lo sapevo perché per qualche mese ero stato con una ragazza, Brittany, che era per l'appunto una cheerleader. La nostra squadra di cheerleader non era niente male; mediamente le ragazze erano di gran lunga più atletiche dei giocatori di football per cui facevano il tifo. Erano anche note per le scie di cuori infranti che si lasciavano dietro: Stuart Weintraub, il ragazzo che Keun aveva visto alla Waffle House, era stato letteralmente fatto a pezzi da una di loro, Chloe.

«Mmm, sarà perché sono tremendamente... sexy?» ha provato a dire JP.

«No» ho detto io, cercando di essere serio. «È stata una coincidenza. Mica mi piaceva *perché* era una cheerleader. Be', dai, ammettilo, è carina.»

Il Duca mi ha deriso. «Sì, quel carino alla Iosif Stalin, se-ti metti-contro-di-me-sei-morto.»

JP ha detto al Duca: «Brittany non era male. Solo che tu non le piacevi perché non capiva».

«Cosa non capiva?»

«Be', sai, il fatto che... che non eri una minaccia. Lo sai com'è, molte ragazze non vogliono che il loro ragazzo passi tutto il tempo con un'altra ragazza. E Brittany non capiva che tu... sì, dai, che non sei proprio una ragazza.»

«Se con questo intendi che detesto le riviste di pettegolezzi, che preferisco il cibo all'anoressia, che aborro i programmi TV sulle modelle e che odio il rosa, allora sì. Sono fiera di non essere proprio una ragazza.»

Era vero, a Brittany il Duca non piaceva, ma non le piaceva neanche JP. Non le piacevo molto neanche io, a dirla tutta. Più ci vedevamo, meno lei sopportava il mio senso dell'umorismo, le mie maniere a tavola e tutto il resto, che è la ragione per cui tra noi è finita. E non è che mi sia dispiaciuto più di tanto, devo dire. Quando mi ha mollato mi è presa male, è vero, ma non è stata una tragedia tipo quella di Weintraub. Non credo neanche di essere mai stato innamorato di lei, è questo che fa la differenza. Brittany era bella, intelligente e non noiosa, a parlarci, anche se non è che abbiamo mai parlato granché. Non ho mai sentito che tutto il mio mondo fosse in gioco con lei, perché ho sempre saputo come sarebbe andata a finire. Lei non era quella per cui valeva la pena di rischiare.

Che noia, detestavo parlare di Brittany, ma il Duca la tirava in ballo di continuo, forse solo per il piacere puro e semplice di mettermi in difficoltà. O forse anche perché non aveva mai avuto nessuna particolare storia *sua* di cui parlare. Piaceva a molti, ma lei non sembrava interessata a nessuno.

Non era il tipo che si metteva a parlare per ore di un ragazzo, di quanto era bello, delle volte che era carino con lei, delle volte che non lo era e stronzate del genere. E questo mi piaceva di lei. Il Duca era una normale, le piaceva scherzare, parlare dei film, non le piaceva litigare con gli altri o che gli altri litigassero con lei. Era molto più simile a una persona di quanto lo fossero le altre ragazze.

«Non ho un'ossessione per le cheerleader» ho ripetuto.

«Ma» ha detto JP «entrambi abbiamo un'ossessione per le belle ragazze a cui piace il Twister. Non è questione di amare le cheerleader, Duca: è questione di amare la libertà, la speranza e l'indomito spirito americano.»

«Sì, vabbè, forse non sono patriottica, ma io questa cosa non la capisco proprio. Fare le ragazze pompon non è sexy. L'oscurità è sexy. L'ambivalente è sexy. Più-profond-o-di-come-sembra è sexy.»

«Giusto» ha detto JP. «Ecco perché esci con Billy Talos. Nessuno sa essere più tenebroso e profondo di un cameriere della Waffle House.»

Ho guardato nello specchietto retrovisore per vedere se JP stava scherzando, ma non sembrava. Il Duca si è sporta, lo ha colpito su un ginocchio e ha detto: «È solo il suo lavoro».

«Che cosa? Esci con Billy Talos?» ho chiesto. Ero sorpreso in primo luogo perché non credevo che al Duca interessasse uscire con qualcuno, ma anche perché Billy Talos era il genere di ragazzo birra e football, mentre il Duca era più il genere di ragazza Shirley Temple e teatro.

Lei ci ha messo un po' a rispondere. «No. Mi ha solo invitato al Ballo d'Inverno.»

Non ho commentato. Mi sembrava assurdo che l'avesse detto a JP e non a me. JP ha continuato: «Senza offesa, ma non è un tantino unto? Secondo me se gli strizzano i capelli tutti i giorni o anche un giorno sì e uno no, risolvono il problema della dipendenza dell'America dal petrolio straniero».

«Nessuna offesa» ha risposto il Duca, ridendo. Evidentemente non era così tanto presa da Billy Talos. Ciononostante, non riuscivo a immaginare il Duca con lui: capelli unti a parte, non mi sembrava un tipo, per dire, divertente, interessante. Ma tant'è, contenta lei. Il Duca e JP hanno cambiato argomento e si sono lanciati in una discussione infervorata sul menu della Waffle House e sulla questione: è meglio il toast con pane all'uvetta o quello con pane normale? Un sottofondo piacevole per guidare. I fiocchi cadevano sul parabrezza e si scioglievano all'istante. Il tergicristallo li spazzava via. Gli abbaglianti illuminavano la neve e la strada bagnata, e io vedevo l'asfalto abbastanza da distinguere la corsia e sapere dove stavo andando.

Avrei potuto guidare su quella strada per un pezzo prima di stancarmi, ma era quasi ora di svoltare in Sunrise Avenue per attraversare il centro, diretti all'interstatale e alla Waffle House.

Erano le 00:26. Del mattino.

«Ehi» ho detto, interrompendoli.

«Cosa?» ha chiesto il Duca.

Ho staccato gli occhi dalla strada per voltarmi verso di lei. «Buon Natale.»

«Buon Natale» mi ha risposto. «Buon Natale, JP.»

«Buon Natale, minchioni.»

Capitolo 6

Sui due lati della Sunrise Avenue svettavano pareti di neve alte come la macchina, e avevo la sensazione di guidare dentro un'infinita rampa da snowboard. JP e il Duca non parlavano, eravamo tutti e tre concentrati sulla strada. Mancavano tre chilometri al centro della città e poi da lì un altro chilometro e mezzo per la Waffle House, che era a est, sull'interstatale. Il nostro silenzio è stato interrotto da un pezzo rap anni Novanta che è partito dal telefono di JP. «Keun» ha detto JP, e ha messo in vivavoce.

«DOVE CAZZO SIETE?»

Il Duca si è chinata in avanti per farsi sentire bene. «Keun, guarda fuori e dimmi che cosa vedi.»

«No, ti dico quello che *non* vedo. Non vedo te, JP e Tobin nel parcheggio della Waffle House. Gli amici del college di Mitchell non si sono ancora fatti vivi, ma Billy ha appena sentito i gemelli, e stanno per prendere la Sunrise.»

«Perfetto, allora. Noi siamo *già* sulla Sunrise» ho detto io.

«MUOVETEVI! Le cheerleader vogliono il Twister! Aspettate un attimo, restate lì... Stanno facendo la piramide, e hanno bisogno che io le assista. Che le *assista*, capite? Se cadono, mi cadono *tra le braccia*. Devo andare.» Ho sentito il *clic* di Keun che riattaccava.

«Accelera» ha detto JP. Io ho riso e non ho cambiato velocità. Ci bastava mantenere il nostro vantaggio.

Se devi sciare su una strada con un SUV, la Sunrise Avenue non è male perché a differenza della maggior parte dei viali di Gracetown è abbastanza dritta. Con le piste lasciate dalle altre auto a guidarmi, sono arrivato gradualmente a toccare i quaranta chilometri all'ora. Ho calcolato che avremmo raggiunto il centro in un paio di minuti e che in dieci avremmo addentato gli speciali waffle al formaggio fuori menu. Ho pensato a quei waffle ricoperti di sottilette Kraft, al loro sapore insieme dolce e salato, un sapore così ricco, così intenso come solo le emozioni possono essere. *I waffle al formaggio*, pensavo, *sanno dell'amore senza la paura che l'amore finisca*, e quando siamo arrivati alla curva a gomito che la Sunrise Avenue fa prima di proseguire dritta verso il centro, mi sembrava di assaporarli già.

Ho preso la curva esattamente come mi avevano insegnato alla scuola guida, con le mani alle 10:10, girando piano il volante a destra e intanto frenando leggermente.

Ma Carla non ha risposto come avrebbe dovuto. Ha continuato ad andare dritta.

«Tobin» ha detto il Duca. E poi: «Gira gira Tobin gira».

Io non ho detto nulla: ho continuato a girare il volante a destra e a frenare. Abbiamo cominciato a rallentare, ma di sterzare non se ne parlava. Siamo finiti invece contro la parete di neve con un boato da aereo che infrange il muro del suono.

Cacchio. Carla era inclinata sulla sinistra. Il parabrezza ormai era un muro bianco sporco.

Mi sono voltato in tempo per vedere dietro di noi la neve che veniva giù dalla parete e cominciava a sommergerci. Ho commentato quello sviluppo degli eventi con il raffinato linguaggio che mi contraddistingue: «Merda merda merda merda merda merda merda merda merdosa merdosa merdosa merdosa merda».

Capitolo 7

Il Duca si è allungata e ha spento il motore. «Rischiamo di intossicarci con il monossido di carbonio» ha detto, pragmatica, come se non fossimo già completamente spacciati a quindici chilometri da casa.

«Usciamo da dietro!» ha ordinato, e la sua voce autoritaria è riuscita a calmarmi. JP si è catapultato nel bagagliaio, ha aperto il portellone e si è lanciato fuori. Poi è toccato al Duca e infine a me. A mente più fredda, ero finalmente in grado di esprimere con eloquenza i miei sentimenti: «Merda merda merda!». Ho dato un calcio al paraurti posteriore di Carla mentre la neve mi cadeva spessa sulla faccia. «Che idea cretina oddio che cretino oddio i miei merda merda merda.»

JP mi ha messo una mano sulla spalla. «Andrà tutto bene.»

«No» ho detto. «Non è vero. E lo sai.»

«Sì, invece» ha insistito lui. «E anzi, andrà *benissimo* perché io adesso tiro via la neve dall'auto, e poi arriverà qualcuno che ci darà una mano, fossero anche i gemelli. Che cavolo, non ci lasceranno mica a morire congelati qui.»

Il Duca mi ha guardato e ha sorriso. «Vorrei solo farti

notare» ha detto «che presto ti pentirai amaramente di non avermi dato retta sulle scarpe.»

Ho guardato la neve che si posava sulle mie Puma e ho fatto una smorfia.

JP restava ottimista. «Ma sì! Ce la faremo! Ci sarà pure una ragione se Dio mi ha dato queste braccia possenti e questi pettorali, amico. È grazie a loro che riuscirò a tirar fuori di lì la tua macchina. E non ho neanche bisogno che mi aiutiate. Statevene pure lì a chiacchierare, mentre Hulk fa la sua magia.»

Ho guardato JP. Pesava sì e no sessantacinque chili. Uno scoiattolo era più muscoloso di lui. Ma dalla sua aveva l'imperturbabilità. Si è tirato giù le linguette paraorecchie del cappello. Si è chiuso l'aderentissima tutona da sci, ha indossato i guanti di lana ed è tornato verso la macchina.

Io non avevo nessuna intenzione di aiutarlo perché sapevo che era un'impresa disperata. Carla era per due metri dentro un cumulo di neve alto quanto me e non avevamo neanche una pala. Sono rimasto sulla strada accanto al Duca, e mi sono strizzato una ciocca di capelli che spuntava zuppa di neve dal berretto. «Mi dispiace» le ho detto.

«Ma non è colpa tua, è colpa di Carla. Tu hai sterzato, è lei che non ti ha dato retta. Lo sapevo che non dovevo innamorarmene. È come tutti gli altri, Tobin: appena le ho rivelato che l'amavo, mi ha abbandonato.»

Ho riso. «Io non ti ho mai abbandonato» le ho detto, dandole una pacca sulla spalla.

«Be', punto primo, non ti ho mai rivelato il mio amore, punto secondo, tu neanche mi consideri una ragazza.»

«Siamo proprio nella merda» ho detto, distratto dalla visione di JP che si scavava un passaggio nella neve sul lato del passeggero di Carla. Sembrava una piccola talpa, e sorprendentemente efficace.

«Sì, io sono già mezza congelata» ha detto il Duca, e mi si è messa accanto. Non capivo come potesse avere freddo sotto quel suo giaccone gigantesco, ma in fondo che importava. Mi aiutava a ricordare che almeno lì fuori non ero da solo. Le ho scompigliato il cappello e le ho passato un braccio sulle spalle. «Che facciamo, Duca?»

«Be', mettiamola così: è comunque più divertente della Waffle House.»

«Ma alla Waffle House c'è Billy Talos» ho detto, allusivo. «Ora conosco il vero motivo per cui volevi andarci. Non c'entrano le crocchette!»

«Le crocchette c'entrano sempre» ha risposto lei. «Come ha scritto il poeta: "Oh, quante cose dipendono dalle crocchette, cosparse di olio e accompagnate dalle uova strapazzate".»

Non sapevo di cosa stesse parlando. Ho annuito e guardato la strada, chiedendomi quanto ci avrebbe messo una macchina a venire in nostro soccorso.

«Lo so, è una situazione di merda, ma di certo è il Natale più avventuroso della storia.»

«Esatto, il che mi ricorda perché di solito odio le avventure.»

«Che male c'è a correre qualche rischio ogni tanto?» ha detto il Duca, guardandomi.

«Non potrei essere più in disaccordo con te, e quello che è successo prova che ho ragione. Ho corso un rischio, e guarda qui, Carla è bloccata nella neve e presto sarò diseredato dai miei.»

«Ti prometto che andrà tutto bene» ha detto il Duca con un tono calmo e rassicurante.

«Sei brava, eh?» ho detto. «A dirmi cose assurde in un modo per cui io poi ci credo.»

Lei si è alzata sulle punte, mi ha preso per le spalle e mi ha guardato, il naso rosso e bagnato di neve, la faccia vicinissima alla mia. «Le cheerleader non ti piacciono. Sono delle stupide oche, e tu lo sai. A te piacciono le ragazze in gamba, divertenti, emo, quelle con cui potrei uscire anch'io.»

Ho scrollato le spalle. «Okay, stavolta non mi hai convinto.»

«Maledizione» ha detto lei, e ha sorriso.

JP è emerso dal suo tunnel di neve, si è scrollato la tuta pervinca e ha annunciato: «Tobin, avrei una notizia un tantino cattiva da darti, ma non vorrei che la prendessi male».

«Dimmi» ho detto nervoso.

«Non so bene come dirtelo. Mmm, secondo te, quante ruote dovrebbe avere idealmente Carla?»

Ho chiuso gli occhi e lasciato che la testa mi girasse, con la luce dei lampioni che filtrava attraverso le palpebre e la neve fredda sulle labbra.

«Perché se devo essere del tutto onesto, io credo che il numero migliore di ruote per Carla sia quattro. Mentre al momento ha solo tre ruote fisicamente attaccate, un numero non proprio ideale. La cosa buona è che la quarta è comunque a brevissima distanza dalla macchina, la cosa negativa è che io non so come rimettere a posto le ruote.»

Mi sono tirato giù il berretto sulla faccia. Mi sentivo schiacciato dalla montagna di merda sotto cui ero finito, e per la prima volta ho avuto freddo, freddo ai polsi, dove i guanti non combaciavano perfettamente con le maniche del giaccone, freddo alla faccia e freddo ai piedi, dove la neve sciolta mi stava già bagnando i calzini. I miei genitori non mi avrebbero picchiato e marchiato a fuoco con una gruccia incandescente. Erano troppo buoni. Ed era questo, in fin dei conti, che mi faceva stare così male: non meritavano un figlio che faceva saltare una ruota alla loro adorata Carla solo per poter passare qualche ora della mattina di Natale insieme a quattordici cheerleader.

Qualcuno mi ha tirato via il berretto. JP. «Spero che tu non intenda permettere che un piccolo ostacolo come non avere la macchina ci impedisca di arrivare alla Waffle House» ha detto.

Il Duca, appoggiata alla metà scoperta del retro di Carla, ha riso. Io no.

«JP, non è il momento di fare ah-ah lo stupido» ho detto.

Ha raddrizzato le spalle, come a ricordarmi che era un po' più alto di me, e poi ha marciato verso il centro della strada, in modo da mettersi esattamente sotto il fascio di luce del lampione. «Non sto facendo ah-ah lo stupido» ha detto. «È ah-ah da stupidi credere nei propri sogni? È ah-ah da stupidi superare le avversità per poter realizzare quei sogni? Huckleberry Finn è stato ah-ah uno stupido quando ha percorso il Mississippi su una zattera per chilometri e chilometri in modo da poter andare a limonare con qualche cheerleader dell'Ottocento? È stato ah-ah da stupidi che migliaia di uomini e donne abbiano dedicato la loro vita all'esplorazione dello spazio in modo che Neil Armstrong potesse spassarsela con delle cheerleader lunari? *No!* E non è ah-ah da stupidi credere che in questa straordinaria notte dei miracoli noi tre uomini duri dobbiamo andare avanti e marciare convinti verso la luce gialla dell'insegna della Waffle House!»

«Io non sono un uomo» ha precisato il Duca.

«Oh, dai!» ha detto JP. «Non vi ho convinto? Per niente?!» Adesso stava urlando, dentro quella neve che attutiva ogni rumore, e la sua voce mi sembrava l'unico suono del mondo. «Volete di più? Vi darò di più. Signore e signori, quando i miei genitori hanno lasciato la Corea portando con sé solo i loro vestiti e la considerevole ricchezza accumulata nell'import-export, avevano un sogno. Sognavano che un giorno, sulle colline innevate del North Carolina occidentale, il loro figlio perdesse la verginità con una cheerleader nel bagno delle donne di una Waffle House sull'interstatale. Quanti sacrifici hanno fatto per il loro sogno! Ed è per questo che noi dobbiamo andare avanti, nonostante tutte le difficoltà e traversie! Non per me e men che meno per la povera cheerleader in questione, dobbiamo farlo per i miei genitori e di certo per tutti gli immigrati che vengono in questo grande Paese nella speranza che prima o poi, in qualche modo, i loro figli possano avere ciò che a loro è stato sempre negato: un po' di sano sesso con le cheerleader.»

Il Duca ha applaudito. Io ridevo e annuivo guardando JP. Ma più ci pensavo, più quella prospettiva di raggiungere un gruppo di cheerleader sconosciute, che sarebbero rimaste in città solo per una notte, mi sembrava stupida. Non che avessi niente contro il limonare con una cheerleader, ma avevo avuto qualche esperienza in materia e per quanto fosse stato piacevole, non è che valesse proprio la pena di trascinarsi nella neve per chilometri e chilometri. D'altra parte che cosa avevo da perdere ormai, che non avessi già perso? La mia vita, solo quella, e avevo più chance di sopravvivere percorrendo i cinque chilometri che mi separavano dalla Waffle House che i quindici che mi avrebbero riportato a casa. Mi sono infilato nel retro del SUV, ho afferrato qualche coperta, mi sono assicurato che le portiere non fossero rimaste aperte e ho chiuso a chiave Carla. Ho appoggiato una mano sul paraurti e le ho detto: «Torneremo da te».

«Certo, puoi giurarci» ha aggiunto il Duca rassicurante. «Non lasciamo mai indietro i nostri caduti.»

Avevamo fatto sì e no trecento metri oltre la curva quando ho sentito il rombo di un motore.

I gemelli.

Capitolo 8

I gemelli viaggiavano su una vecchia Ford Mustang modificata e ribassata, rosso ciliegia. Non esattamente il tipo di automobile famoso per l'eccellente tenuta in condizioni di brutto tempo. Ero sicuro che alla curva sarebbero andati anche loro fuori strada, finendo molto probabilmente per tamponare Carla. Ma mentre il rumore dell'auto è cresciuto in un ruggito, il Duca si è premurata comunque di spingere JP e me a bordo strada.

Sono arrivati alla curva con la Mustang che sollevava la neve dietro di sé e sbandava di coda ma rimaneva miracolosamente in carreggiata, mentre il piccolo Tommy Reston muoveva il volante come un pazzo. Era una specie di genio della guida nella neve, quel vermiciattolo.

La differenza di stazza tra i due era tale che la Mustang era visibilmente inclinata sul lato sinistro, dove il corpo gigantesco di Timmy Reston era stato in qualche modo costretto a entrare nel sedile del passeggero. Mi sono accorto che sorrideva, le fossette profonde almeno due centimetri in quelle sue guance enormi e carnose. Tommy si è fermato di colpo a una decina di metri da noi, ha abbassato il finestrino e si è sporto a guardarci.

«Casini con la macchina?» ha chiesto.

Mi sono incamminato verso di loro. «Eh, sì. Siamo finiti dritti nella neve. Sono contento di vedervi. Ci date un passaggio, anche solo fino in centro?»

«Certo» ha risposto lui. «Saltate su.» Tommy ha allungato lo sguardo dietro di me e ha detto, cantilenando: «Guarda chi c'è, Angie». Che, tecnicamente, è il nome del Duca.

«Ciao» ha detto lei. Io mi sono voltato e ho fatto segno a JP e al Duca di avvicinarsi. Ero quasi arrivato alla macchina. Mi tenevo dalla parte del guidatore, visto che infilarsi sul sedile posteriore dietro a Timmy pareva impossibile.

Ero ormai all'altezza del cofano quando Tommy ha detto: «Sai che c'è? Qui dietro ho spazio per due sfigati». E poi, alzando la voce in modo che JP e il Duca lo potessero sentire, ha aggiunto: «Ma non per due sfigati *e* una puttana». Ha schiacciato l'acceleratore e per un secondo le ruote della Mustang hanno girato a vuoto. Mi sono lanciato sulla maniglia della portiera, ma quando le mie dita sono riuscite a toccarla, la Mustang era bella che partita. Ho perso l'equilibrio e sono caduto nella neve. La Mustang che si allontanava mi ha sparato la neve in faccia e sul collo e sul petto. Ho sputato e guardato Timmy e Tommy che sfrecciavano verso JP e il Duca.

Erano sul ciglio della strada, il Duca faceva il dito a Timmy e Tommy con entrambe le mani. Mentre la Mustang si avvicinava, JP è avanzato di un passetto verso il centro della strada e ha sollevato una gamba in aria. Nel momento in cui la Mustang gli è sfilata davanti, ha sferrato un calcio alla fiancata. Un calcio fiacco, un po' da femmina. Non sono riuscito neanche a sentire il rumore dell'urto. Eppure in qualche modo questo ha alterato il delicato equilibrio del veicolo quel tanto che bastava, e di colpo la Mustang si è messa di traverso. Tommy probabilmente ha provato ad accelerare durante la scivolata, ma non gli è servito a nulla. La Mustang è uscita di strada e si è andata a seppellire sotto un cumulo di neve, lasciando come unica spia della sua presenza le luci dei freni.

Sono scattato in piedi e sono corso verso JP e il Duca.

«Porca merda!» ha detto JP, guardandosi il piede. «Ma quanto cacchio sono forte?»

Il Duca è avanzata risoluta verso la Mustang. «Dobbiamo tirarli fuori» ha detto. «Rischiano di rimanerci, lì sotto.»

«E chi se ne frega» ho fatto io. «Dai, dopo quello che ci hanno appena fatto? E ti hanno anche chiamato puttana!» In quel momento l'ho vista avvampare, nonostante le sue guance fossero già rosse per il freddo. Ho sempre odiato quella parola e sentirla riferita al Duca mi aveva fatto particolarmente arrabbiare, perché anche se era una cosa ridicola e palesemente falsa in relazione a lei, l'aveva comunque messa in imbarazzo, e lei sapeva che noi sapevamo che era in imbarazzo e… niente, mi aveva fatto arrabbiare. Ma non volevo amplificare la cosa parlandone ancora.

Il Duca però si è ripresa quasi all'istante. «Oh, sì!» ha detto alzando gli occhi al cielo. «Tommy Reston mi ha chiamato puttana. *Uh-uh.* È un attacco bello e buono alla mia femminilità. E vabbè, guarda, sono solo contenta se qualcuno mi riconosce la possibilità di una vita sessuale.»

L'ho guardata perplesso. Ho continuato a camminare verso la Mustang insieme a lei e alla fine ho detto: «Niente di personale, ma non mi va di immaginare la vita sessuale di *nessuno* che se la faccia con Billy Talos».

Lei si è bloccata, si è voltata e mi ha guardato dritto negli occhi. Mi ha detto, serissima: «La smetti con questa storia? Ma se neanche mi piace».

Non capivo perché, di tutte, questa era la cosa che la faceva arrabbiare di più. Ci eravamo sempre presi in giro, noi due. «Cosa?» ho detto sulla difensiva.

E lei: «Oh, Cristo, lascia stare. Aiutami solo a evitare che questi misogini decerebrati s'intossichino con il monossido di carbonio». E lo avremmo fatto, ne sono certo. Se fosse stato necessario, avremmo passato ore a disseppellire i fratelli Reston. Ma non c'è stato bisogno dei nostri sforzi perché Timmy Reston, ovvero l'uomo più forte del mondo, ha aperto tranquillamente la sua portiera spostando qualche tonnellata di neve. Si è alzato, emergendo con le spalle e la testa dal mucchio di neve, e ha urlato: «Io. Ti. Uccido».

Non ero sicuro che avesse detto proprio "ti", riferito a JP che aveva già cominciato a correre, e non "vi" al plurale, riferito a un gruppo di persone che includeva anche me. In ogni caso mi sono allontanato, strattonando il Duca. Mi sono messo dietro di lei, perché non volevo che scivolasse senza che io me ne accorgessi. Mi sono voltato per controllare i progressi dei gemelli e ho visto spalle e testa di Timmy Reston avanzare nella massa di neve. Ho osservato la testa di Tommy sbucare dal punto in cui prima Timmy era uscito dall'auto. Urlava un fiume in piena di parole incomprensibili, così impastate l'una con l'altra che l'unica cosa che riuscivo a decifrare chiaramente era la sua rabbia. Li abbiamo superati mentre erano ancora intenti a trovare il modo di riemergere da quel mare bianco e abbiamo continuato a correre.

«Muoviti, Duca» ho detto.

«Ci sto provando» ha risposto lei, respirando affannosamente. Li sentivo gridare adesso, e quando mi sono voltato a guardarli ho visto che erano fuori dalla neve e che correvano verso di noi guadagnando terreno. C'era troppa neve per cercare una via alternativa alla strada. Ma andando avanti così, prima o poi i gemelli ci avrebbero raggiunto e ci avrebbero staccato la testa a morsi. Ho sentito dire che in momenti molto critici l'adrenalina delle persone può schizzare a livelli tali da far loro provare una momentanea forza sovrumana. E forse questo spiega come sono riuscito ad afferrare il Duca, a caricarmela sulla spalla destra e a correre come un velocista olimpionico sulla neve scivolosa.

L'ho trasportata così per diversi minuti prima di sentirmi stanco, senza voltarmi mai e senza mai avvertire il bisogno di voltarmi, perché lo faceva il Duca per me e mi incitava: «Vai vai vai vai sei più veloce più veloce più veloce», e anche se mi parlava come aveva parlato a Carla su per la salita, io le credevo, e funzionava. Mi aiutava a far trottare i piedi, a tenere le braccia strette intorno alla sua vita, e ho corso finché non siamo arrivati a un piccolo cavalcavia su una strada a doppia corsia. Ho visto JP per terra, a pancia in giù, a lato della strada. Ho immaginato che fosse scivolato e ho rallentato con l'intenzione di aiutarlo, ma lui mi ha urlato: «No, no, vai avanti, vai avanti!». E io sono andato avanti. Il mio respiro era un po' affannato, il Duca cominciava a pesarmi sulla spalla. «Senti, che dici, posso metterti giù ora?» le ho chiesto.

«Sì, sì, va bene, mi sta anche venendo la nausea.»

Mi sono fermato, l'ho messa giù e le ho detto: «Vai tu

avanti». Lei è partita subito. Io sono crollato, mani sulle ginocchia, e ho guardato JP che mi si avvicinava di corsa. Vedevo i gemelli in lontananza, o meglio, vedevo Timmy, e immaginavo che Tommy fosse nascosto dietro la mole infinita del fratello. Sapevo che la situazione era disperata, i gemelli ci avrebbero presi di sicuro, ma noi dovevamo lottare fino alla fine. Ho tratto un paio di respiri profondi e veloci mentre JP mi raggiungeva, e poi mi sono messo a correre, ma lui mi ha preso per la giacca e ha detto: «No. No. Sta' a vedere». E così ci siamo fermati lì, in mezzo alla strada, l'umidità che mi bruciava i polmoni e Tommy che macinava terreno, il faccione contratto dalla rabbia. E poi, all'improvviso, è caduto faccia a terra, come se gli avessero sparato alla schiena. Non ha avuto neanche il tempo di allungare le braccia in avanti per attutire la caduta. Timmy è inciampato sul corpo di Tommy ed è finito spiaccicato nella neve a sua volta.

«Che cacchio hai fatto?» ho chiesto mentre ci rimettevamo a correre per raggiungere il Duca.

«Ho usato tutto il filo interdentale che mi restava e l'ho teso tra i due lati del ponte. Dopo che tu e il Duca siete passati, l'ho alzato all'altezza delle caviglie.»

«Grande» ho commentato.

«Le mie gengive stanno già protestando» ha borbottato lui in risposta. Ho continuato a correre ma non sentivo più i gemelli, e quando mi sono voltato ho visto solo la neve che infuriava ancora.

Quando abbiamo ripreso il Duca, eravamo ormai circondati dalle vecchie case del centro e abbiamo lasciato finalmente la Sunrise per immetterci sul Corso, appena liberato dalla neve. Correvamo ancora, anche se tra il freddo e la stanchezza non mi sentivo più i piedi. I gemelli non si sentivano più, ma la paura non era passata. Mancavano un paio di chilometri. Se trottavamo, in venti minuti saremmo stati lì.

Il Duca ha detto: «Chiama Keun e senti se i tipi del college ci hanno già battuti».

Senza rallentare, ho infilato la mano in tasca, tirato fuori il telefono e chiamato Keun. Qualcuno – non lui – mi ha risposto al primo squillo.

«C'è Keun?»

«Chi sei, Tobin?» Ho riconosciuto la voce. Era Billy Talos.

«Sì» ho risposto. «Ciao, Billy.»

«Ciao. C'è anche Angie con te?»

«Mmm, sì.»

«Siete vicini?»

Ho deciso di restare sul vago, chissà che non volesse usare quell'informazione per aiutare i suoi amici. «Ragionevolmente vicini, sì» ho detto.

«Okay, ecco Keun» ha risposto lui.

A quel punto la voce chiassosa di Keun ha fatto irruzione. «Ehi, allora? Dov'è che siete? Oh oh, mi sa che Billy si è innamorato. Guarda lì, adesso si è seduto accanto a una Madison. Una delle varie Madison. Ce ne sono un botto. Il mondo è pieno di Magiche Madison!» Ho guardato il Duca per vedere se aveva sentito qualcosa di quello che ci stavamo dicendo, ma lei fissava dritta davanti a sé e continuava a correre. Io avevo pensato che Billy chiedesse del Duca perché voleva vederla, non perché non voleva che lei lo beccasse a limonare con qualcun'altra. Che sfigato.

«TOBIN!» mi ha urlato Keun nell'orecchio.

«Sì, che c'è?»

«Eh? Ma se mi hai chiamato tu.»

«Ah, sì. Ci siamo quasi. Siamo sul Corso. Dovremmo essere lì tra un quarto d'ora.»

«Perfetto. Dovreste farcela ancora ad arrivare per primi. Pare che i ragazzi del college siano rimasti bloccati per strada, da qualche parte.»

«Ottimo. Ti chiamo quando siamo vicini, okay?»

«Grande. Ah, senti, ce l'avete il Twister, vero?»

Ho guardato JP, poi il Duca. Ho messo un dito sul microfono e ho detto, a bassa voce: «Lo abbiamo preso, il Twister?».

JP ha smesso di correre. Il Duca anche. «Merda, lo abbiamo lasciato dentro Carla.»

Ho tolto il dito dal microfono e ho detto: «Keun, mi dispiace ma abbiamo lasciato il Twister in macchina».

«Male» ha risposto lui con un tono vagamente minaccioso.

«Abbiamo fatto una cazzata, lo so. Scusa.»

«Ti richiamo» ha detto, e ha messo giù.

Abbiamo continuato a correre per un altro minuto, poi Keun ha richiamato.

«Senti» ha detto, «abbiamo messo la cosa ai voti, e purtroppo vi tocca tornare indietro a prendere il Twister. La maggioranza ha deliberato che senza il Twister nessuno sarà ammesso qui dentro.»

«Cosa? Chi ha votato?»

«Io, Billy e Mitchell.»

«Su, dai, Keun. Corrompili in qualche modo! Per tornare da Carla ci vogliono venti minuti a piedi, c'è un vento pazzesco, senza considerare che abbiamo i gemelli Reston alle calcagna. Trova il modo di convincere almeno uno a cambiare il voto!»

«Purtroppo il risultato è stato di tre a zero.»

«Che cosa? Keun? Hai votato *contro* di noi?»

«Non lo vedo come un voto contro di voi» ha spiegato. «Lo vedo più come un voto a favore del Twister.»

«Tu stai scherzando» ho detto. Il Duca e JP non avevano sentito le ultime parole di Keun, ma sembravano nervosi.

«Io non scherzo sul Twister» ha risposto Keun. «Ce la potete ancora fare! Presto, muovetevi!» Ho chiuso il telefono e mi sono tirato giù il berretto sulla faccia. «Keun dice che senza il Twister non ci fa entrare» ho mugugnato.

Mi sono rifugiato sotto il tendone di un bar e ho provato a scrollarmi la neve dalle Puma ghiacciate. JP correva avanti e indietro, in preda all'agitazione. Nessuno ha detto nulla per un po'. Io ho continuato a controllare la strada, ma i Reston non si vedevano.

«Ci andiamo, alla Waffle House» ha detto JP.

«Sì, certo» ho detto io.

«Ci andiamo» ha continuato. «Facciamo una strada diversa per tornare indietro, in modo da evitare i Reston, prendiamo il Twister, e poi andiamo dritti alla Waffle House. Se ci sbrighiamo ci vorrà un'oretta, non di più.» Mi sono voltato verso il Duca, che era lì, accanto a me, sotto la tenda del bar. Ora glielo avrebbe detto. Avrebbe detto a JP che non ci restava che arrenderci e chiamare i soccorsi per farci venire a prendere. «Voglio le crocchette» ha detto invece. «Le voglio croccanti e unte. Le voglio supercondite e supergoduriose.»

«Tu vuoi Billy Talos» ho detto io. Mi ha dato una gomitata.

«Ti ho detto di *smetterla* con questa storia, cacchio. Non è così. Io voglio le crocchette. Questo è quanto. Sono affamata, di quel tipo di fame che solo le crocchette possono soddisfare, ragion per cui torneremo indietro a prendere il Twister.» E con ciò si è avviata, seguita da JP. Sono rimasto per un attimo sotto la tenda, finché non ho deciso che essere di cattivo umore insieme ai tuoi amici è comunque meglio di esserlo senza di loro. Quando li ho raggiunti, avevamo tutti e tre i cappucci tirati su e allacciati per affrontare il vento sferzante e imboccare una strada parallela alla Sunrise. Dovevamo urlare per farci sentire, e il Duca ha detto: «Sono contenta che sei qui» e io le ho risposto: «Grazie» e lei ha urlato: «Sinceramente, le crocchette non sono niente senza di te». Io ho riso e le ho fatto notare che Le Crocchette Non Sono Niente Senza Di Te sarebbe stato un gran nome per una band. «O per una canzone» ha detto il Duca, e si è messa a cantare tutta glam rock, improvvisando una ballata a cappella con il guanto davanti al viso che impugnava un microfono immaginario. «Oh, quanto ho fritto per te / E ora piango per te / Oh, baby, erano tante, erano per noi due / Le crocchette non sono niente le crocchette non sono niente, no LE CROCCHETTE NON SONO NIENTE senza di te.»

Capitolo 9

Il Duca e JP marciavano di gran lena, non correvano, ma di certo camminavano spediti. Avevo i piedi congelati e mi ero stancato portando il Duca in spalla, perciò non tenevo il loro passo, e il vento implacabile faceva sì che io potessi sentire quello che si dicevano ma che a loro non arrivasse niente di quello che dicevo io. Il Duca stava dicendo (di nuovo) che fare la cheerleader non era uno sport, e per tutta risposta JP le ha puntato un dito contro scuotendo la testa con disapprovazione e le ha detto: «Non voglio sentire un'altra parola negativa sulle cheerleader. Se non fosse per le cheerleader, chi ci direbbe quando e come gioire durante gli eventi sportivi? Se non fosse per le cheerleader, come farebbero le belle ragazze americane a fare quell'esercizio così fondamentale per una vita sana?».

Ho accelerato per raggiungerli e poter dire la mia. «E poi, senza cheerleader che fine farebbe l'industria delle minigonne di poliestere?» Parlare mi ha fatto sentire meno la fatica del cammino e la forza del vento.

«Esatto» ha detto JP, strofinandosi il naso contro la manica della tuta di mio padre. «Per non parlare dell'industria del pompon. Hai idea di quante persone in tutto il mondo siano impiegate nella produzione, distribuzione e vendita dei pompon?»

«Venti?» ha proposto il Duca.

«Migliaia!» ha ribattuto JP. «Ci saranno milioni di pompon al mondo, attaccati a milioni di cheerleader! E se è sbagliato volere che tutti quei milioni di cheerleader sfreghino i loro milioni di pompon contro il mio petto nudo, be', io voglio essere sbagliato. Io voglio essere sbagliato, Duca.»

«Sei un pagliaccio» ha commentato lei. «E un genio.»

Sono inciampato ancora nella neve, dietro di loro, ma ho continuato a camminare, io che non ero un pagliaccio e neanche un genio. Mi divertiva sempre tanto vedere JP fare sfoggio della sua ironia e il Duca dargli corda. Ci abbiamo messo un quarto d'ora a tornare da Carla facendo una strada alternativa per evitare la Sunrise (e, con un po' di fortuna, i gemelli). Mi sono infilato dentro dal portabagagli, ho afferrato il Twister, abbiamo scavalcato una rete metallica e siamo passati da un cortile privato, diretti a ovest. Abbiamo immaginato che i gemelli avessero preso la strada che avevamo fatto noi all'andata. Era più veloce, ma dato che non avevamo visto il Twister in mano a Timmy e neanche a Tommy, anche se arrivavano prima di noi non era un problema.

Abbiamo camminato a lungo in silenzio tra case di legno buie. Io mi tenevo il Twister sopra la testa per evitare che la neve mi finisse in faccia. Su un lato della strada era arrivata alle maniglie delle porte. Ho riflettuto su quanto la neve sia capace di cambiare i posti. Avevo sempre vissuto lì. Avevo camminato o guidato lungo quelle vie migliaia di volte. Mi ricordavo la moria che aveva fatto fuori tutti gli alberi e di quando ne avevano piantati di nuovi. E oltre gli steccati ho visto la zona del Corso, che conoscevo anche meglio: conoscevo ogni galleria d'arte per turisti, ogni negozio di scarpe che vendeva proprio il genere di scarponi da trekking che avrei voluto indossare in quel momento.

Ma tutto era nuovo, ora, ricoperto da un manto bianco così puro, così perfetto da risultare vagamente minaccioso. Non c'era la strada, non c'era il marciapiede sotto di me, e non c'erano gli idranti. Solo bianco, nient'altro che bianco, ovunque, come se il luogo fosse stato avvolto in una carta da regalo bianca. E non era solo diverso nell'aspetto, aveva un odore diverso, l'aria resa pungente dal freddo e dall'umidità acre della neve. E quel silenzio inquietante, il ritmo regolare dei nostri passi, delle scarpe che affondavano nella neve. Non riuscivo neanche a sentire ciò che JP e il Duca si stavano dicendo a due passi da me perché mi ero perso in quel mondo di panna. E mi stavo quasi convincendo che eravamo le uniche persone ancora sveglie di tutto il North Carolina occidentale quando, svoltando su Maple Street, non ho visto le insegne luminose del supermercato Il Duca e la Duchessa.

Il motivo per cui chiamiamo il Duca "il Duca" è che durante l'ultimo anno delle scuole medie siamo andati una volta dal Duca e la Duchessa, e la particolarità di questo supermercato è che invece di chiamarti "signore" o "signora" o "ehi, tu" o che cavolo ne so, i commessi ti chiamano "Duca" o "Duchessa".

Premetto che il Duca è arrivata un po' tardi all'appuntamento con la pubertà e, soprattutto, che ha sempre indossato solo jeans e cappellini da baseball, specie alle medie. E così è successa la cosa più prevedibile: un giorno eravamo al Duca e la Duchessa per comprare gomme Big League o Mountain Dew Code Red o qualunque schifezza stessimo assumendo quella particolare settimana per devastarci i denti, e dopo che il Duca ha pagato, il ragazzo alla cassa le ha detto: «Grazie, Duca».

Le è rimasto attaccato. A un certo punto, direi in prima superiore, a pranzo, io, JP e Keun ci siamo offerti di ricominciare a chiamarla Angie, ma lei ha detto che detestava essere chiamata Angie, e così è rimasta il Duca. Le stava bene. Aveva una postura elegantissima ed era una specie di leader nata, e anche se ormai non assomigliava neanche più vagamente a un maschio, continuava a comportarsi come uno di noi.

Mentre percorrevamo la Maple, JP ha rallentato per aspettarmi.

«Che c'è?»

«Senti qua, ma tu stai bene?» mi ha chiesto, e mi ha sfilato il Twister per metterselo sotto il braccio.

«Mmm, sì, perché?»

«Perché cammini come se, non so come dire, tipo come se non avessi le caviglie e le ginocchia?» Ho abbassato gli occhi e in effetti ho notato che stavo camminando in modo molto strano, le gambe allargate, tutte storte, le ginocchia che quasi non si piegavano. Sembravo un cowboy reduce da una lunga cavalcata. «Mmm» ho detto, osservando la mia assurda andatura. «Mmm. Mi sa che mi si sono ghiacciati i piedi.»

«IMMEDIATA FERMATA D'EMERGENZA!» ha urlato JP. «Abbiamo un possibile principio di congelamento, qui!»

Ho scosso la testa; stavo bene, in realtà, ma il Duca si è girata, mi ha visto camminare e ha detto: «Andiamo al D&D!».

Loro sono corsi avanti, io li ho seguiti camminando a papera. Sono arrivati molto prima di me al D&D, e quando sono entrato, il Duca era già alla cassa e stava pagando un pacco da quattro paia di calzini di cotone bianchi.

Non eravamo gli unici clienti. Mi sono seduto a un tavolino del minuscolo caffè del D&D e ho guardato il tavolo accanto, dove, davanti a una tazza fumante, c'era Stagnola.

Capitolo 10

«Come va?» ha chiesto JP a Stagnola mentre io mi sfilavo le scarpe inzuppate.

Non è facile descrivere Stagnola: un normalissimo tizio più vecchio di noi, brizzolato, che non esce mai di casa, in nessun caso, se non ha prima interamente ricoperto il suo corpo di carta stagnola. Mi sono sfilato i calzini semicongelati. I piedi erano diventati azzurrognoli. JP mi ha offerto un fazzoletto per asciugarli.

«Come state voi tre in una notte come questa?» Stagnola parlava sempre così, come se la vita fosse un film horror e lui il maniaco con il coltello. Ma in giro si sapeva che non avrebbe fatto male a una mosca. Anche se lo aveva chiesto a tutti e tre, in realtà stava guardando solo me.

«Dunque, vediamo» ho risposto. «La nostra macchina ha perso una ruota e io non mi sento più i piedi.»

«Sembravi così solitario là fuori» ha continuato Stagnola. «Un eroe epico contro la furia degli elementi.»

«Sì… E tu come stai?» gli ho chiesto, per essere gentile. *Ma perché ti metti a fare domande?*, mi sono rimproverato. Stupide buone maniere del Sud.

«Mi godo la mia bella porzione di noodle» ha detto.

«Non c'è niente come dei buoni noodle. E poi credo che andrò a farmi un'altra camminata.»

«Ma non hai freddo, vestito solo di carta stagnola?» Non riuscivo proprio a impedirmi di fare domande!

«Quale carta stagnola?» mi ha chiesto.

«Mmm» ho detto. «Okay.» Il Duca mi ha portato i calzini. Mi sono infilato il primo paio, poi il secondo, e poi anche il terzo. Ho tenuto da parte il quarto nell'eventualità che mi servissero delle calze asciutte più tardi. Ho fatto fatica a rientrare nelle Puma, ma comunque quando mi sono alzato per andarmene mi sono sentito un uomo nuovo.

«È sempre un piacere» mi ha detto Stagnola.

«Oh, sì, certo» ho detto io. «Buon Natale.»

«Che i maiali del destino vi riportino a casa sani e salvi» mi ha risposto.

Molto bene. Mi sono sentito male per la tizia dietro al bancone, che al contrario di noi non se la poteva squagliare. Quando stavo ormai per uscire, proprio lei mi ha detto: «Duca?». Mi sono voltato. «Sì?»

«Non ho potuto fare a meno di sentire» ha detto. «Della macchina.»

«Eh, sì» ho detto io. «Che sfiga.»

«Senti un po'» ha continuato. «Possiamo tirarla fuori noi. Abbiamo un carro attrezzi.»

«Davvero?» ho fatto.

«Sì, aspetta, dammi qualcosa su cui scriverti il numero.» Ho frugato nella tasca del giaccone e ho trovato uno scontrino.

Lei ci ha scritto il suo numero e il suo nome, Rachel, con una calligrafia tutta cerchietti e pallini. «Wow, grazie, Rachel.»

«Sì, fanno centocinquanta più tre dollari a chilometro, visto che oggi è festivo e il tempo è quello che è.»

Io ho fatto una smorfia ma ho annuito. Un carro attrezzi costoso era comunque molto meglio di nessun carro attrezzi.

Ci eravamo appena rimessi in cammino – con me che procedevo forte di una ritrovata e gradita consapevolezza delle mie dita dei piedi – quando JP mi è venuto accanto e mi ha detto: «Dai, onestamente, il fatto che Stagnola abbia quarant'anni e sia ancora vivo mi fa sperare di poter avere una vita abbastanza decente».

«Mmm, sì.» Il Duca camminava davanti a noi e sgranocchiava le sue Cheetos.

«Ehi, amico» ha detto JP, «ma che fai, guardi il culo del Duca?»

«Cosa? Ma no.» E mentre dicevo quella bugia mi sono reso conto che la stavo davvero guardando, sebbene non puntassi nello specifico il suo sedere.

Il Duca si è voltata. «Di che parlate?»

«Del tuo culo!» ha urlato JP contro il vento.

Lei si è messa a ridere. «Lo so che lo sogni nelle tue notti solitarie, JP.»

Ha rallentato e noi l'abbiamo raggiunta. «Onestamente, Duca» ha detto JP, mettendole un braccio intorno alle spalle, «non voglio ferirti ma devo essere sincero: se mai facessi un sogno erotico con te, poi mi toccherebbe localizzare il mio subconscio, rimuoverlo dal mio corpo e percuoterlo a morte con una mazza.»

Lei lo ha freddato con il suo solito aplomb. «Non mi ferisci affatto. Se non lo facessi tu, dovrei farlo io per te.» E poi si è voltata a guardare me. Ho immaginato che volesse controllare se stavo ridendo, e in effetti sì, ridevo, in silenzio.

Stavamo costeggiando il Governor's Park, dove c'è il parco giochi più grande della città, quando ho sentito il rumore, forte e potente, di un motore a distanza. Per un secondo ho pensato che potessero essere i gemelli, ma poi mi sono voltato e quando l'auto è passata sotto un lampione ho visto le luci sul tettuccio. «La polizia» ho detto, correndo a nascondermi nel parco. Anche JP e il Duca si sono allontanati di corsa dalla strada. Ci siamo accovacciati, un po' sotto, un po' dentro il muro di neve, mentre l'auto ci sfilava lentamente davanti, e la luce di una torcia perlustrava i dintorni. Solo dopo che se n'è andata, mi è venuto in mente di dire: «Avrebbero potuto darci un passaggio».

«Sì, un passaggio in prigione» ha detto JP.

«Ma non stiamo facendo niente di illegale» ho replicato.

JP ci ha rimuginato un po' su. Essere fuori di casa alle due e mezza della mattina di Natale aveva un che di losco, ma non significava che fosse per forza losco. «Non fare il minchione» mi ha detto.

Ben detto. Ho fatto la cosa meno minchiona in assoluto che mi è venuta in mente, e cioè qualche passo nel parco, con la neve che mi arrivava ai polpacci. Poi mi sono buttato all'indietro a braccia aperte, confidando nell'abbraccio spesso e morbido della neve. Sono rimasto lì per qualche istante e ho fatto l'impronta di un angelo. Il Duca si è buttata giù a pancia sotto. «Un angelo con le tette!» ha detto. JP ha preso la rincorsa e si è tuffato nella neve atterrando su un fianco, con il Twister stretto tra le braccia. Poi si è alzato in piedi con cautela, accanto all'impronta del suo corpo.

«Sagoma del cadavere sulla scena del crimine!»

«Che cosa gli è successo?» ho chiesto.

«Qualcuno ha cercato di strappargli di mano il Twister, e lui è morto eroicamente per difenderlo.»

Sono scivolato fuori dal mio angelo e ne ho creato un altro, stavolta però ho usato i guanti per fargli le corna.

«Un diavolo!» ha urlato il Duca allegra.

Con tutta quella neve intorno a noi, mi sentivo come un bambino piccolo su un castello gonfiabile: potevo anche cadere, ma non mi sarei fatto male. Non mi sarei fatto male con niente. Il Duca mi è corsa incontro, spalle giù, testa bassa, e si è lanciata decisa contro il mio petto, placcandomi. Siamo caduti insieme e per lo slancio sono rotolato sopra di lei. La sua faccia era così vicina alla mia che i nostri respiri ghiacciati si sono mescolati. Ho sentito il suo peso sotto di me, e quando mi ha sorriso, il mio stomaco ha fatto una capriola. C'è stata una frazione di secondo in cui avrei potuto staccarmi ma non l'ho fatto, così è stata lei a spingermi via e ad alzarsi, scrollandosi la neve dal giaccone e facendola cadere sul mio corpo ancora a terra. Ci siamo alzati, ci siamo rimessi in strada, di nuovo in marcia. Ero più bagnato e infreddolito che mai, ma eravamo a un solo chilometro dall'interstatale e da lì la Waffle House era a un tiro di schioppo. Abbiamo camminato insieme, con il Duca che mi ripeteva di fare attenzione a non congelarmi i piedi e io che le dicevo che avrei fatto chilometri e chilometri pur di fare in modo che ritrovasse il suo unto ragazzo e lei che mi prendeva a calci e JP che ci chiamava minchioni. Dopo un po' la strada ha ripreso a coprirsi di neve, e mi sono ritrovato a camminare sulla pista tracciata dalle gomme dell'auto della polizia. JP camminava su un tracciato, io sull'altro, e il Duca era poco più avanti. «Tobin» ha detto JP di colpo. L'ho guardato: avanzava alzando le ginocchia nella neve immacolata, vicinissimo a me. «Non che l'idea mi faccia necessariamente piacere» ha detto, «ma secondo me a te piace il Duca.»

Capitolo 11

Camminava davanti a me con i suoi anfibi, il cappuccio tirato su e la testa abbassata. C'è qualcosa nel modo in cui le ragazze camminano – soprattutto quando non portano tacchi ma scarpe basse, tipo sneaker – qualcosa nel modo in cui le loro gambe sono connesse alle anche. Vabbè, insomma, il Duca camminava e aveva quel qualcosa e io ero quasi disgustato da me stesso perché stavo pensando a quel qualcosa. Sì, voglio dire, anche le mie cugine probabilmente quando camminano hanno quel qualcosa ma il fatto è che ci sono delle volte in cui lo noti e altre in cui non lo noti. Se a camminare è Brittany, la cheerleader, lo noti. Se è il Duca, no. Di solito.

Ho passato tanto di quel tempo a pensare al Duca, al modo in cui camminava, ai riccioli che le scendevano scompigliati e fradici lungo la schiena, alle braccia che sembravano staccate dal corpo per via del giaccone, che ci ho messo un po' troppo a rispondere a JP. Ma alla fine gli ho detto: «Non dire cazzate».

E lui: «Però, ci hai messo davvero un casino a elaborare questo straccio di risposta».

«No. Il Duca non mi piace, non in quel senso. Te lo direi, ma dai, è come se ti piacesse tua cugina.»

«Divertente che tu faccia questo esempio, perché guarda un po', io ho una cugina molto molto sexy.»

«Sei disgustoso.»

«Duca» l'ha chiamata JP. «Che cosa mi dicevi l'altro giorno del sesso tra cugini? Che è del tutto sicuro, giusto?»

Lei si è voltata a guardarci e ha continuato a camminare, schiena al vento, con la neve che le soffiava tutto intorno e verso di noi. «No, non è del tutto sicuro. Aumenta leggermente il rischio di malattie congenite. Ma ho letto in un libro di storia che c'è tipo il 99,999 per cento delle probabilità che almeno uno dei nostri bis-bis-bis-bisnonni abbia sposato una cugina di primo grado.»

«Quindi mi stai dicendo che non c'è niente di male ad andare a letto con una cugina?»

Il Duca si è fermata e si è messa a camminare al nostro fianco. Ha sospirato. «Non sto dicendo questo. E mi sono anche un po' stufata di parlare di sesso tra cugini e di cheerleader sexy.»

«E di che cosa dovremmo parlare, allora? Del tempo? Così a occhio direi che c'è un po' di neve» ha detto JP.

«Onestamente, sì, preferirei parlare del tempo.»

Io ho detto: «Lo sai, Duca, che ci sono anche cheerleader maschi, vero? Puoi farci un pensierino».

Il Duca è rimasta in silenzio e ha sbroccato di colpo. Si è messa a urlare, la faccia tutta contratta. «E tu la sai una cosa? Tutto questo è sessista, capito? Detesto fare la parte del difensore delle donne, ma se voi passate un'intera serata a parlare di queste ragazze in minigonna che vi vorreste fare o di quanto sono sexy i pompon... È sessista, capito? Cheerleader in abitini che stuzzicano le fantasie dei maschi:

è sessista! Anche solo dare per *scontato* che loro muoiano dalla voglia di venire a letto con voi: è sessista! Ho capito che friggete dall'incessante bisogno di strofinarvi contro la pelle di qualche ragazza, ma potreste farmi il favore di parlarne un po' meno in mia presenza?»

Ho abbassato gli occhi sulla neve che scendeva sulla neve. Mi sono sentito come se mi avessero beccato a copiare a un esame. Avrei voluto dire che neanche mi importava più di andare alla Waffle House, ma sono rimasto zitto. Abbiamo continuato a camminare in fila, uno dietro l'altro. Il vento ora turbinava alle nostre spalle, io camminavo a occhi bassi sperando che mi spingesse verso la Waffle House.

«Mi dispiace» ho sentito dire dal Duca a JP.

«Naaa, colpa nostra» ha risposto lui senza alzare gli occhi. «Facevo il minchione. Dobbiamo solo... Non lo so, delle volte è anche difficile ricordarselo.»

«Sì, forse dovrei tirar fuori più spesso le tette.» Il Duca lo ha detto a voce alta, come se volesse farmelo sentire.

Il rischio c'è sempre: una cosa bella bella bella che di colpo diventa imbarazzante. Di colpo lei ti vede che la guardi e non vuole più scherzare con te, perché non vuole che sembri che stia flirtando con te, che tu le piaccia. È sempre un disastro quando, in un rapporto a due, uno comincia a erodere il muro che separa l'amicizia dai baci. Abbattere quel muro, però, è il genere di storia che può avere un lieto *durante*. Una cosa tipo ma guarda, abbiamo abbattuto questo muro, io ora ti vedrò come una ragazza e tu mi vedrai come un ragazzo e giocheremo a un simpatico gioco che si chiama Posso mettere la mano qui? E qui? E che ne dici di qui? E certe volte quel lieto durante può risultare così perfetto che arrivi a convincerti che non si tratta di un durante, ma di qualcosa che andrà avanti per sempre. Il durante, tuttavia, non è mai la fine. Certamente non lo era stato con Brittany. E io e Brittany non eravamo neanche tanto amici, prima. Non come me e il Duca. Il Duca era il mio migliore amico, se avessi dovuto sceglierne uno. Sì, voglio dire, chi avrei portato con me su un'isola deserta? Il Duca. Che CD mi sarei portato dietro? Un mix intitolato *La Terra è blu come un'arancia* che mi aveva fatto lei per Natale. Che libro? Il libro più lungo che mi fosse mai piaciuto, *Storia di una ladra di libri*, che mi aveva consigliato il Duca. E io non volevo avere un lieto durante con il Duca se questo mi doveva costare un per sempre inevitabilmente disastroso. Ma poi (ed ecco uno dei miei principali reclami su come funziona la coscienza umana), una volta che hai formulato un pensiero, è estremamente difficile tornare indietro e annullarlo. E io avevo formulato il pensiero. Ci lamentavamo del freddo. Il Duca continuava a tirare su col naso, perché non avevamo fazzoletti e non voleva soffiare il muco a terra. Avendo accettato di non parlare più delle cheerleader, JP si era buttato sulle crocchette, ma intendeva il termine *crocchette* come un sostituto di cheerleader, il che era evidente perché diceva frasi come: «La cosa che mi piace di più delle crocchette della Waffle House è che indossano minigonne deliziose», «Le crocchette sono sempre di gran buonumore. Ed è contagioso. Vedere le crocchette felici mi fa sentire felice».

A quanto pareva, finché era JP a parlare così il Duca non lo trovava irritante. Rideva e rispondeva parlando *davvero* delle crocchette. «Mmm, saranno caldissime» diceva. «Così croccanti, dorate, deliziose. Io ne voglio quattro maxiporzioni. E voglio anche il pane all'uvetta. Dio, quanto mi piace il pane all'uvetta. Mmm, sarà il paradiso del carboidrato.» Ho visto il cavalcavia dell'interstatale a distanza, con la neve accumulata su entrambi i lati del ponte. Mancava ancora mezzo chilometro, ma ormai la strada era tutta dritta fino alla Waffle House. Fino alle lettere nere nei riquadri gialli che promettevano waffle al formaggio, fino al sorriso malizioso di Keun e a quelle ragazze che rendevano facile annullare i pensieri.

E poi, mentre continuavamo a camminare, ho cominciato a vedere una luce attraverso il velo spesso della neve. Non era ancora l'insegna, solo la luce che emetteva. Finché poi non è apparsa l'insegna vera e propria che torreggiava sul piccolo edificio, più grande e luminosa di quanto quella baracca di tavola calda potesse mai essere, con le lettere nere nei riquadri gialli che promettevano calore e cibo: WAFFLE HOUSE. Mi sono inginocchiato al centro della strada e ho urlato: «Non un castello, non una fortezza, è la Waffle House la nostra salvezza».

Il Duca si è messa a ridere e mi ha tirato su prendendomi per le ascelle. Il berretto coperto di neve ghiacciata le scendeva sulla fronte. L'ho guardata, lei ha guardato me, e non ci siamo mossi. Siamo rimasti fermi lì, e i suoi occhi erano così *interessanti.* E non perché erano blu blu o grandi grandi o sovrastati da ciglia assurdamente lunghe. Quello che era interessante degli occhi del Duca era il colore, così difficile da definire. Lei diceva sempre che erano del colore del fondo dei bidoni della spazzatura, un miscuglio di verde, marrone e giallo. Ma si sottovalutava. Si sottovalutava sempre. Cristo. Era un pensiero difficile da annullare.

Sarei potuto rimanere a fissarla per sempre mentre anche lei mi guardava con aria interrogativa, se non avessi sentito il motore di un'auto. Mi sono voltato e ho visto una Ford Mustang rossa svoltare a notevole velocità. Ho preso il Duca per un braccio e ci siamo lanciati verso un cumulo di neve. Ho guardato la strada alla ricerca di JP, che era un bel po' più avanti di noi. «JP!» ho gridato. «I GEMELLI!»

Capitolo 12

JP si è girato su se stesso. Ha guardato me e il Duca che formavamo un tutt'uno con la neve. Ha guardato l'auto. È rimasto paralizzato per un istante. Poi si è buttato in strada e ha preso a correre, le gambe che turbinavano a una velocità sovrumana. Filava dritto verso la Waffle House. La Mustang dei gemelli ha sfilato rombando accanto a me e al Duca. Il piccolo Tommy Reston si è affacciato dal finestrino abbassato con una scatola del Twister tra le mani e ha dichiarato: «Voi, vi ammazziamo dopo».

Per il momento sembrava si sarebbero accontentati di ammazzare JP, e mentre sfrecciavano verso di lui, io ho urlato: «Corri, JP! Corri!». Di sicuro non poteva sentire la mia voce coperta dal rombo della Mustang, ma io ho urlato comunque, l'ultimo disperato grido in quella landa selvaggia. Da quel momento io e il Duca siamo stati semplici testimoni.

Il vantaggio di JP è rapidamente evaporato. Correva come un matto, ma non aveva la minima speranza di battere una Ford Mustang superbamente guidata e arrivare per primo alla WH.

«Io ci tenevo davvero, alle crocchette» ha detto il Duca, imbronciata.

«Eh» ho risposto io. La Mustang stava raggiungendo JP, ma lui si è rifiutato di rallentare o di togliersi dalla strada. Il clacson suonava, le luci lampeggiavano, ma JP continuava a correre. E a quel punto ho capito la sua folle strategia: aveva calcolato che con quei cumuli di neve sui due lati, la strada non era abbastanza larga perché la Mustang lo superasse, ed era convinto che i gemelli non gli sarebbero passati sopra. Mi è sembrata una valutazione molto generosa della magnanimità dei gemelli, eppure per il momento stava funzionando. Il clacson della Mustang strepitava furiosamente ma invano, visto che JP continuava a correrle davanti.

Qualcosa è cambiato nella mia visione periferica. Ho alzato gli occhi e sul cavalcavia ho visto i profili di due uomini robusti che imboccavano la rampa d'uscita trascinando un barile dall'aria molto pesante. Il fusto di birra. I ragazzi del college. Li ho indicati al Duca, lei mi ha guardato sgranando gli occhi.

«Scorciatoia!» ha urlato, e si è lanciata in direzione dell'interstatale tagliando attraverso la neve. Non l'avevo mai vista correre così veloce e non sapevo che cosa avesse in mente, ma di certo un'idea ce l'aveva, e l'ho seguita. Ci siamo arrampicati sul terrapieno della strada; la neve era dura abbastanza da reggerci. Mentre scavalcavo il guardrail ho visto JP sbucare dall'altro lato dell'interstatale: correva ancora. La Mustang invece si era fermata, e Timmy e Tommy Reston lo inseguivano a piedi.

Io e il Duca correvamo verso i tizi del college. Uno dei due a un certo punto ci ha visto e ha detto: «Ehi, voi siete...» ma non ha neanche finito la frase. Li abbiamo superati di corsa e il Duca mi ha gridato: «Tira fuori il tappeto! Il tappeto!». Io ho aperto la scatola del Twister e l'ho buttata via, in mezzo alla strada.

Correvo con il tappeto in mano e la lancetta in bocca quando, finalmente, mi sono reso conto di quello che il Duca intendeva fare. Forse i gemelli erano più veloci di noi, ma grazie alla brillante idea del Duca avevamo una chance.

Quando siamo arrivati alla discesa della rampa di uscita, ho lanciato a terra il tappeto del Twister, facendolo aprire in un colpo solo. Il Duca ci è saltata su di culo, io l'ho seguita un attimo dopo, mettendomi la lancetta sotto le gambe. Lei ha urlato: «Per girare a destra, devi infilare la mano destra nella neve» e io ho risposto: «Okay, okay». Abbiamo cominciato a scivolare giù acquistando velocità, e quando la rampa ha iniziato a curvare, io ho infilato la mano nella neve e abbiamo curvato anche noi, continuando ad accelerare. Ormai vedevo JP aggrappato alla schiena di Timmy Reston, cercando invano di fermare quel corpo colossale in marcia verso la Waffle House.

«Possiamo ancora farcela» ho detto, ma avevo i miei dubbi. E poi ho sentito un rombo sopra di noi, e mi sono voltato per ritrovarmi davanti alla vista di un barile di birra che correva giù dalla rampa d'uscita a una velocità notevole. Stavano cercando di ucciderci. Decisamente poco sportivo da parte loro!

«BARILE!» ho urlato, e il Duca ha voltato la testa di scatto. Il fusto è rimbalzato minaccioso mentre correva nella nostra direzione. Non sapevo quanto pesassero i fusti di birra, ma considerato lo sforzo che quei ragazzi stavano facendo prima per trasportarlo, ho immaginato che fosse più che abbastanza per far fuori due promettenti liceali in gita natalizia su una slitta-Twister. Il Duca ha tenuto la testa voltata verso il barile che si avvicinava, io ero troppo spaventato per guardare. E lei ha gridato: «Adesso adesso gira gira gira» e io ho affondato il braccio nella neve, lei è finita sopra di me e per poco non mi ha buttato fuori dal tappeto; poi tutto è rallentato e io ho guardato il barile che ci veniva addosso, rotolando proprio sopra i cerchi rossi dove prima stava il Duca, per poi schizzare via, andare a sbattere contro il guardrail e rimbalzare giù. Non ho visto quello che è successo dopo, ma l'ho sentito: un grosso fusto pieno di schiuma ha colpito qualcosa di appuntito ed è esploso come una gigantesca bomba di birra.

Il boato è stato tale che Tommy, Timmy e JP si sono bloccati per almeno cinque secondi. Quando hanno ricominciato a correre, Tommy è finito su una lastra di ghiaccio ed è caduto faccia a terra. Alla vista di suo fratello che crollava, il gigantesco Timmy ha cambiato strategia di colpo: anziché rincorrere JP è saltato sulle montagne di neve a bordo strada e ha puntato direttamente verso la Waffle House. Qualche metro più avanti JP ha fatto lo stesso, così da angolazioni leggermente diverse ecco che i due marciavano verso la stessa porta. Io e il Duca eravamo vicini ormai, vicini abbastanza alla fine della rampa per sentire che deceleravamo e vicini abbastanza ai due gemelli per sentirli urlare contro JP e tra loro. Vedevo le finestre mezze annebbiate della Waffle House. Cheerleader in costumini verdi. E code di cavallo.

Ma quando ci siamo tirati su e abbiamo raccolto il tappeto del Twister, mi sono reso conto che non eravamo abbastanza vicini. Timmy era il più avvantaggiato nella volata verso la porta, il Twister ridicolmente piccolo in quella sua manona che si muoveva a ritmo della corsa. JP stava arrivando da una traiettoria leggermente diversa, correndo come un matto con la neve agli stinchi. Anche io e il Duca andavamo forte ma eravamo molto indietro. Io ho continuato a confidare in JP, finché Timmy non è arrivato a pochi passi dalla porta e mi sono reso conto che ormai sarebbe di sicuro arrivato per primo. Ho sentito una botta di sconforto. JP ci era andato così vicino. I suoi genitori immigrati avevano fatto così tanti sacrifici. Il Duca avrebbe dovuto dire addio alle sue crocchette e io ai miei waffle al formaggio.

E proprio allora, nel momento in cui Timmy allungava la mano verso la porta, JP ha fatto un balzo. Si è slanciato nell'aria come un ricevitore di football alla caccia di un passaggio troppo lungo, disegnando una parabola degna di un salto dal trampolino. Ha sferrato una spallata in pieno petto a Timmy Reston, e i due sono caduti insieme sopra una siepe innevata accanto all'ingresso. JP si è rialzato per primo, si è scaraventato alla porta, l'ha aperta e se l'è chiusa subito alle spalle. Io e il Duca a quel punto eravamo a un tiro di schioppo, abbastanza vicini da sentire il grido di esultanza che è partito da dietro il vetro. JP ha alzato le braccia, i pugni chiusi, e il suo urlo di gioia ha continuato per quelli che a me sono parsi minuti.

Mentre JP se ne stava a braccia alzate guardando verso di noi nell'oscurità, ho visto Keun – che indossava un cappello nero WH con visiera, una maglietta a righe bianche e gialle e un grembiule marrone – assalirlo da dietro. Lo ha afferrato per la vita e lo ha sollevato, e JP glielo ha lasciato fare, sempre tenendo le braccia alzate, davanti alle cheerleader che lo guardavano accalcate intorno ad alcuni tavoli. Io ho osservato il Duca, che non stava guardando quella scena, ma me, e ho riso, e anche lei ha riso.

Tommy e Timmy hanno battuto per un po' contro la vetrina, mentre Keun alzava le mani come a dire "Che ci posso fare? Non è colpa mia", e alla fine se ne sono tornati con la coda tra le gambe alla Mustang. Avvicinandoci alla Waffle House, li abbiamo incrociati e Timmy ha fatto un balzo minaccioso verso di me, ma poi ha lasciato perdere. Quando mi sono voltato per vederli allontanarsi, ho distinto le sagome dei tre ragazzi del college che si scapicollavano giù dalla rampa di uscita.

Alla fine io e il Duca siamo arrivati davanti all'entrata, io ho tirato la porta e Keun ci ha aperto dicendo: «Tecnicamente non dovrei farvi entrare, perché solo JP ha battuto i Reston. Però voi avete il Twister». Siamo entrati scansandolo, e mi è arrivata una vampata di aria calda in faccia. Non mi ero reso conto di quanto il mio corpo fosse intorpidito, ma col calore ha cominciato a formicolare tornando in vita. Ho lanciato sul pavimento il tappeto inzuppato e la lancetta e ho gridato: «È arrivato il Twister!».

Keun ha urlato: «Urrà!» ma la notizia si è guadagnata appena un'occhiata della macchia verde dall'altra parte della sala. Io ho agguantato Keun, gli ho messo un braccio intorno alle spalle e con l'altra mano gli ho scompigliato i capelli che spuntavano dalla visiera.

«Ho un gran bisogno di un waffle al formaggio.» Il Duca ha ordinato le sue crocchette e poi è crollata su un divanetto accanto al jukebox. Io e JP siamo sgattaiolati al bancone e ci siamo messi a parlare con Keun, che era ai fornelli.

«Non posso fare a meno di notare che le cheerleader non sono esattamente ai tuoi piedi.»

«Eh, sì» ha risposto lui, dandoci le spalle mentre trafficava con la piastra per i waffle. «Io confido nell'azione del Twister. Hanno cercato di abbordare Mr Sono-un-macho-anche-se-ho-un-codino» ha detto Keun, indicando un tizio sdraiato su un divanetto, «ma a quanto pare lui pensa solo alla sua ragazza.»

«Sì, direi proprio che il Twister sta funzionando alla grande» ho detto io. Il tappeto fradicio giaceva spiegazzato sul pavimento, del tutto ignorato dalle cheerleader.

JP si è sporto oltre me per guardare le ragazze e poi ha scosso la testa. «Mi rendo conto solo ora che posso gettare occhiate di straforo alle cheerleader mentre mangio praticamente tutti i giorni, in mensa.»

«Già» ho detto io.

«Voglio dire, è evidente che non hanno mezza voglia di parlare con noi.»

«In effetti» ho detto io. Erano stipate intorno a tre tavoli in una specie di massa umana di forma allungata. Parlavano fitto fitto tra loro. Ho captato qualche parola, ma erano del tutto prive di significato per me: *herkies*, *kewpies*, *extensions*. Discutevano di una qualche gara. Ci sono argomenti che trovo anche meno interessanti di una gara di cheerleader. Ma non poi così tanti.

«Ehi, il bell'addormentato si sta svegliando» ha detto JP.

Ho guardato verso il divanetto e ho visto un ragazzo con gli occhi scuri e il codino che mi scrutava di sottecchi. Un attimo dopo l'ho riconosciuto.

«Ma lui va alla Gracetown» ho detto.

«Sì» ha risposto Keun. «Jeb.»

«Giusto» ho detto. Jeb era in terza. Lo conoscevo di vista. Anche lui mi aveva riconosciuto, perché si è alzato dal divano ed è venuto verso di me.

«Tobin?» mi ha chiesto.

Io ho annuito e gli ho stretto la mano.

«Hai presente Addie?» mi ha domandato.

L'ho guardato senza espressione.

«Una di terza? Bellissima?» ha detto.

Ho stretto gli occhi. «Mmm, no.»

«Capelli lunghi biondi, un po' sopra le righe?» ha detto con un tono per un verso disperato e per un altro incredulo del fatto che non conoscessi quella tizia di cui continuava a parlare.

«No, mi dispiace. Non mi dice niente.»

Ha chiuso gli occhi. Si è afflosciato.

«Ci siamo messi insieme la vigilia di Natale» ha detto, gli occhi persi nel vuoto.

«Ieri?» ho chiesto, pensando: *State insieme da un giorno e tu sei messo così? Una ragione in più per evitare il lieto durante.*

«Non ieri» ha detto, sbuffando. «Un anno da ieri.»

Mi sono voltato verso Keun. «Ehi» ho detto, «questo qui non se la passa benissimo.»

Keun ha annuito mentre disponeva le crocchette del Duca sulla griglia. «Gli do un passaggio in centro, appena disseppelisco l'auto» ha detto. «Anche se… qual è la regola, Jeb?»

Jeb ha risposto come se Keun gliel'avesse ripetuta già almeno mille volte. «Finché l'ultima cheerleader non se ne va, noi non ce ne andiamo.»

«Ben detto, amico. Ora è meglio se te ne torni a dormire.»

«Però» ha detto Jeb, «però se per caso la vedi le puoi dire per favore che ho avuto mmm… un contrattempo?»

«Se la vedo» ho risposto. Ma non dovevo essere stato molto convincente perché lui si è voltato a cercare lo sguardo del Duca.

«Dille che sto arrivando» le ha detto, e la cosa più assurda di tutte è che lei ha capito. O almeno così sembrava perché ha annuito in un modo che diceva "Certo, glielo dico io, se per qualche ragione incontro questa ragazza che non conosco sotto una montagna di neve alle quattro del mattino, glielo dico". E mentre lei gli sorrideva comprensiva, io ho avuto di nuovo quel pensiero inannullabile.

Lui ha apprezzato quel sorriso ed è tornato a raggomitolarsi sul suo divano.

Ho chiacchierato con Keun finché non ha finito di cuocere il mio waffle e me lo ha consegnato caldo fumante. «Mmm, sembra divino, Keun!» ho detto, ma lui si era già voltato per occuparsi delle crocchette del Duca.

Aveva appena finito di prepararle il piatto quando Billy Talos gli è comparso davanti, glielo ha sfilato, lo ha consegnato al Duca e le si è seduto vicino.

Io mi sono voltato a guardarli un paio di volte: erano tutti intenti a parlare e si sporgevano l'uno verso l'altra attraverso il tavolo. Avrei voluto piombare lì e dirle che mentre noi ci facevamo strada nella neve, lui aveva flirtato con una delle tante Madison, ma poi ho deciso che non erano fatti miei.

«Vado a fare due chiacchiere con qualcuna di quelle» ho annunciato a JP e Keun.

JP era incredulo. «Con qualcuna chi? Una cheerleader?»

Ho annuito.

«Senti, bello» ha detto Keun. «Io è tutta la notte che ci provo. Se ne stanno troppo appiccicate tra loro per parlare con una da sola. E se provi a chiacchierare con tutte, ti ignorano.»

Ma io dovevo parlare con qualcuna, o almeno dare a vedere che lo stavo facendo. «È come tra leoni e gazzelle» ho detto guardando intensamente il capannello di ragazze. «Individui quella che è rimasta indietro e...» – una biondina minuta ha distolto lo sguardo dal gruppo – «le balzi addosso» ho detto, saltando giù dallo sgabello.

Mi sono incamminato deciso verso di lei. «Piacere, Tobin» le ho detto, dandole la mano.

«Amber» ha risposto lei.

«Che bel nome» ho commentato.

Lei ha annuito mentre i suoi occhi guizzavano a destra e sinistra. Cercava una via d'uscita, ma io non potevo dargliela, non ancora. Mi sono fatto venire in mente una domanda. «Mmm, novità sulle condizioni del vostro treno?» ho chiesto.

«Il nostro treno rischia di non partire neanche *domani.*»

«Ahi che guaio» ho detto, sorridendo. Ho guardato dietro di me con la coda dell'occhio, in direzione di Billy e del Duca, ma lei se n'era andata. Le crocchette continuavano a fumare dal suo piatto; aveva versato il ketchup su un altro piattino per intingerle come era solita fare, ma poi se n'era andata. Ho lasciato Amber e ho raggiunto Billy.

«È andata fuori» ha detto lui.

Quale persona sana di mente andrebbe mai *fuori* quando crocchette, calduccio e quattordici cheerleader sono *dentro*?

Ho preso il berretto che avevo lasciato sul bancone, me

lo sono tirato sulle orecchie, poi mi sono infilato i guanti e mi sono avventurato fuori, nel vento. Il Duca era seduta sul bordo del marciapiede, nel parcheggio, sotto il tendone del locale che la proteggeva a stento dalla neve che continuava a cadere.

Mi sono seduto accanto a lei. «Nostalgia del moccio?»

Lei ha tirato su col naso e neanche mi ha guardato. «Vai dentro» ha detto. «Non è niente.»

«Che cosa non è niente?»

«Niente, niente non è niente. Vai dentro e basta.»

«"Niente non è niente" è un gran nome per una band» ho detto. Volevo che mi guardasse per poter capire come stava, e alla fine lo ha fatto, e aveva il naso rosso e io ho immaginato che avesse freddo ma poi ho pensato che forse invece aveva pianto, il che era strano perché il Duca non piange.

«Io vorrei solo... vorrei solo che non lo facessi davanti a me. Che cacchio c'è di interessante in lei? Davvero, dimmi che cos'ha di interessante. Lei o una delle altre.»

«Non so cosa dire» ho risposto. «Tu stavi parlando con Billy Talos.»

Mi ha fissato e stavolta ha sostenuto il mio sguardo mentre mi parlava. «Gli stavo dicendo che non ho intenzione di andare con lui a quello stupido ballo perché non riesco proprio a togliermi dalla testa un altro.»

Il pensiero si è fatto strada lentamente dentro di me. Mi sono voltato verso il Duca, che mi ha detto: «Lo so che loro sorridono maliziose mentre io rido e basta, che mostrano il loro décolleté mentre io non ho niente da sfoggiare, ma per tua informazione anche io sono una ragazza».

«Lo so che sei una ragazza» ho detto sulla difensiva.

«Davvero? Qualcuno lo sa? Perché se entro da D&D mi chiamano Duca. E sono uno dei tre uomini duri. E se penso che James Bond sia figo dico una cosa da gay. E tu non mi hai mai guardato come guardi le ragazze eccetto... Lasciamo stare. Lasciamo stare lasciamo stare. Mentre venivamo qua, prima che arrivassero i gemelli, ho pensato per un istante che invece mi stavi guardando come una ragazza e mi sono detta: *Ehi, forse Tobin non è poi quello stronzo superficiale che pensavo*, ma poi mentre sto mollando Billy alzo gli occhi ed eccoti là che parli con una tizia come non hai mai parlato con me e... lasciamo stare, va'.»

E a quel punto, meglio tardi che mai, ci sono arrivato. La cosa a cui stavo cercando di non pensare era una cosa a cui anche il Duca aveva pensato. Stavamo cercando di non pensare alla stessa cosa. Io piacevo al Duca. Ho abbassato lo sguardo. Avevo bisogno di pensarci prima di guardarla. Okay. *Okay*, ho deciso, *adesso la guardo e se anche lei mi sta guardando, la fisso con attenzione, un solo sguardo, e poi abbasso gli occhi e decido cosa fare. Un solo sguardo.*

L'ho guardata. La testa era piegata verso di me, gli occhi spalancati racchiudevano tutti i colori del mondo. Ha risucchiato le labbra screpolate, poi le ha liberate mentre un ciuffo di capelli le usciva dal berretto e ha tirato su con il naso arrossato. Non volevo smettere di guardarla ma alla fine l'ho fatto. Ho abbassato di nuovo gli occhi sul suolo innevato del parcheggio sotto i miei piedi.

«Puoi dire qualcosa, per favore?» mi ha chiesto.

E io, guardando a terra: «Ho sempre pensato che non si deve rinunciare a un lieto durante nella speranza di un lieto fine perché il lieto fine non esiste. Hai capito che cosa intendo? C'è troppo da perdere».

«Sai perché volevo venire? Sai perché ci tenevo a fare quella salita, Tobin? Non crederai mica che mi fregasse qualcosa se Keun doveva cuccarsi i gemelli Reston o che volessi vedere te cinguettare con quelle cheerleader.»

«Io pensavo che fosse per Billy» ho risposto.

Adesso mi fissava proprio, e io vedevo il suo respiro nel gelo tutto intorno a me. «Volevo che vivessimo un'avventura, io e te. Perché le amo, queste stronzate. Perché io non sono come-cacchio-si-chiama-lei. Perché non penso: "Mioddio che fatica, sei chilometri a piedi nella neve". Io voglio tutto questo. Io *amo* tutto questo. Quando eravamo a casa tua, a guardare quel film, volevo che nevicasse di più. Di più di più! È molto più interessante così. Forse tu non sei come me, ma secondo me invece sì.»

«Anche io lo volevo» ho detto, quasi interrompendola e continuando a non guardarla per paura di quello che avrei fatto se l'avessi guardata. «Volevo che continuasse a nevicare.»

«Davvero? Figo. Figo, sì. E quindi, chi se ne frega se tutta questa neve rende il lieto fine meno probabile? La macchina rischia di scassarsi, e allora? Noi rischiamo di rovinare la nostra amicizia, e allora? Ho baciato ragazzi per cui non provavo niente, con l'unico risultato di desiderare di poter baciare qualcuno per cui provavo tut...»

Sul "non provavo niente" ho alzato gli occhi e ho aspettato fino al "tut" e a quel punto non sono riuscito più ad aspettare e la mia mano era sulla sua nuca, le sue labbra sulle mie, l'aria fredda di colpo evaporata e sostituita dal calore della sua bocca, morbida e dolce e crocchettosa, e ho aperto gli occhi e i miei guanti hanno toccato la pelle del suo viso pallido per il troppo freddo, e mai, mai prima di allora, avevo dato un primo bacio a una ragazza di cui fossi innamorato. Quando ci siamo staccati l'ho guardata, timido, e ho detto: «Wow», e lei ha riso e mi ha tirato a sé, e poi da sopra e da dietro ho sentito il *ding-dong* della porta della Waffle House che si apriva.

«PORCO CAZZO. MA CHE. CACCHIO. SUCCEDE. QUI.»

Ho guardato JP, cercando di togliermi dalla faccia quel sorriso ebete che avevo.

«KEUN!» ha urlato JP. «MUOVI QUEL TUO CULONE COREANO E VIENI SUBITO QUI.»

Keun è comparso sulla porta e ci ha guardato. JP ha urlato: «DITEGLI COSA AVETE APPENA FATTO, VOI DUE».

«Mmm» ho detto io.

«Ci siamo baciati» ha detto il Duca.

«Ma è da gay» ha detto Keun.

«IO SONO UNA RAGAZZA.»

«Sì, lo so, ma anche Tobin lo è» ha commentato Keun.

JP stava ancora gridando, come se non fosse capace di modulare il tono della voce. «POSSIBILE CHE IO SIA L'UNICA PERSONA SERIAMENTE PREOCCUPATA DELL'EQUILIBRIO DEL NOSTRO GRUPPO? NESSUN ALTRO CI PENSA, AL BENE DEL GRUPPO?»

«Vai a lumare le cheerleader» gli ha detto il Duca.

JP è rimasto a fissarci, poi ha sorriso. «Basta che non vi mettete a fare gli appiccicosi.» Si è voltato ed è rientrato.

«Le tue crocchette si stanno raffreddando» ho detto.

«Okay, rientriamo. Ma non si flirta con le cheerleader.»

«L'ho fatto solo per attirare la tua attenzione» ho ammesso. «Posso baciarti di nuovo?» Lei ha annuito e io l'ho baciata, e non c'è stata alcuna delusione da secondo bacio. Sarei potuto andare avanti per sempre, ma poi lei ha detto, continuando a baciarmi: «Sto morendo di fame. Ora le vorrei proprio quelle crocchette», così le ho aperto la porta, lei è sgattaiolata sotto il mio braccio e alle tre del mattino abbiamo cenato.

Ci siamo nascosti sul retro, tra i congelatori giganti, interrotti di tanto in tanto solo da JP che veniva a riferirci particolari esilaranti dei tentativi inutili suoi e di Keun di coinvolgere le cheerleader in una qualche conversazione. E poi io e il Duca ci siamo addormentati insieme sulle piastrelle rosse della cucina della Waffle House, la mia spalla il suo cuscino, la mia giacca il mio. JP e Keun ci hanno svegliato alle sette, e nel giro di poco Keun ha rotto il suo voto di non abbandonare mai le cheerleader e ci ha portato dal Duca e la Duchessa. È saltato fuori che Stagnola guidava il loro carro attrezzi, perciò è stato lui a rimorchiarci, io ho messo la ruota in garage e ho lasciato la macchina nel vialetto di casa con il mozzo appoggiato sul cric, in modo che non si spezzasse l'asse, e poi io e il Duca siamo andati a casa sua ad aprire i regali, e ho fatto di tutto per non rendere terribilmente evidente ai genitori del Duca quanto fossi terribilmente sdolcinato con lei e poi i miei sono rientrati e li ho informati che la macchina era andata fuori strada mentre riportavo il Duca a casa; loro si sono arrabbiati, hanno urlato, ma non più di tanto visto che era Natale, che avevano l'assicurazione e che in fondo era solo una macchina. Quella sera ho chiamato il Duca, JP e Keun, dopo che le cheerleader avevano finalmente lasciato la Waffle House e che tutti noi avevamo terminato la cena di

Natale. Sono venuti a casa mia, abbiamo guardato due film di James Bond e siamo rimasti in piedi fino a notte fonda a rievocare le nostre bravate. E poi ci siamo addormentati tutti e quattro in quattro sacchi a pelo, come avevamo sempre fatto, e non era cambiato niente tranne che io non mi sono addormentato davvero, e neanche il Duca si è addormentata, e siamo rimasti a guardarci tutto il tempo finché non ci siamo alzati alle quattro e mezza, tipo, e abbiamo camminato nella neve per un chilometro, diretti da Starbucks, io e lei e basta. Sono riuscito in qualche modo a prendere un latte macchiato, bisognoso com'ero di caffeina, nonostante l'incasinato francese delle ordinazioni, e poi io e il Duca ci siamo seduti su due poltrone vicine, due soffici poltrone viola, ci siamo stravaccati, stremati come non mai. Io ero così stanco che a stento riuscivo a sorridere. E abbiamo parlato di niente, cosa che lei aveva ancora la forza di fare, e poi c'è stata una pausa, mi ha guardato con i suoi occhi assonnati e ha detto: «Fin qui tutto bene» e io ho detto: «Oddio, ti amo» e lei ha detto: «Oh» e io ho detto: «Oh nel senso di bello?» e lei: «Nel senso di meraviglioso» e a quel punto ho posato il *Latte* sul tavolo, immerso nel lieto durante della mia avventura più grande.

Il santo patrono dei maiali

Lauren Myracle

Traduzione di Giulia De Biase

A papà e a Brevard, deliziosa cittadina di montagna
del North Carolina, entrambi pieni di grazia.

Capitolo 1

Essere me era uno schifo. Esserlo proprio in una sera bellissima come quella, poi, con la neve che si accumulava silenziosamente in mucchi di mezzo metro fuori dalla finestra della mia stanza, era uno schifo anche doppio. Se ci mettete il fatto che era il giorno di Natale, lo schifo diventava triplo. Per non parlare della triste, dolorosa, devastante assenza di Jeb… e *ding-ding-ding*! La campanella sulla punta dello schifometro squillava all'impazzata.

Altro che *jingle bells* e campanellini di Natale. Per me solo campane a morto. Che allegria.

Speravo tanto che Dorrie e Tegan si spicciassero a venire. Mi sentivo come un piatto di figgy pudding natalizio, che non so nemmeno con che è fatto ma che comunque è quella cosa che sta a guardarti da un angolo del buffet, intatta e abbandonata a se stessa perché nessuno la vuole. Ecco, quella ero io. Fredda, sola e già un po' indurita.

Grrr. Odiavo commiserarmi, ed è per questo che avevo chiamato Tegan e Dorrie, supplicandole di venire da me. Ma loro non erano ancora arrivate e, comunque, commiserarmi era l'unica cosa che mi andava di fare.

Perché Jeb mi mancava da morire.

Perché se ci eravamo lasciati – da appena una settimana, per cui la ferita era ancora aperta e sanguinava di brutto – era tutta colpa mia, stupida che non sono altro.

Perché avevo scritto a Jeb una (patetica?) mail in cui gli chiedevo per favore per favore per favore se potevamo vederci da Starbucks per parlare il giorno dopo, ovvero la Vigilia. E lui non si era fatto vedere. Non aveva nemmeno chiamato.

E poi perché, dopo aver aspettato da Starbucks per quasi due ore, avevo odiato me stessa e la mia vita talmente tanto che mi ero trascinata dall'altra parte del parcheggio ed ero entrata dritta da Fantastic Sam's, dove singhiozzando avevo chiesto alla parrucchiera di farmi un bel taglio netto e tingere di rosa quel poco che sarebbe rimasto. E lei lo aveva fatto, perché cosa le importava se avevo deciso di commettere un suicidio estetico?

Per forza mi commiseravo: ormai non ero altro che un pollo spennato tutto rosa che aveva il cuore infranto e odiava se stesso.

«Addie, accidenti!» era stato il commento di mia mamma quel pomeriggio, quando infine ero tornata a casa. «È un taglio… impegnativo, diciamo. E li hai anche colorati… i tuoi capelli biondi, così belli.»

Le avevo lanciato il mio sguardo del tipo "Per caso vuoi anche uccidermi, già che ci sei?", al quale lei aveva risposto piegando la testa di lato, un segnale di avvertimento che diceva "Stai attenta, tesoro, lo so che qualcosa non va, ma questo non ti autorizza a prendertela con me".

«Già, peccato» mi ero limitata a dire. «Mi ci devo abituare.»

«Oddio, non sarà facilissimo... Ma perché l'hai fatto?»

«Non so... avevo bisogno di un cambiamento, credo.»

Lei aveva posato le fruste. Stava preparando il Cherries Jubilee, che a casa mia è il dessert tradizionale del cenone, e l'odore piuttosto forte delle ciliegie mi pizzicava gli occhi.

«Per caso ha a che fare con quello che è successo alla festa di Charlie sabato scorso?» aveva domandato.

Avevo sentito le guance accendersi. «Non so di cosa parli» avevo risposto sbattendo nervosamente le palpebre. «E comunque, *tu* che ne sai di cosa è successo alla festa di Charlie?»

«Be', tesoro, da allora sei andata a dormire piangendo tutte le sere...»

«Non è vero.»

«E poi sei stata al telefono con Dorrie o Tegan praticamente 24/7.»

«Quindi hai origliato le mie telefonate?» le avevo gridato. «Hai spiato tua figlia?»

«Be', non si chiama origliare se non hai altra scelta.»

La guardavo a bocca aperta. Cercava di sembrare materna, con quel grembiulone e il dolce alle ciliegie fatto secondo la vecchia ricetta di famiglia, ma in realtà era... era... Be', non sapevo cosa fosse, sapevo solo che era scorretto e immorale ascoltare di nascosto le conversazioni altrui.

«E non dire 24/7. Sei troppo vecchia per dirlo così.»

La mamma si era messa a ridere, il che mi aveva fatto incazzare anche di più, visto che dopo aver cercato di reprimere l'ilarità, mi aveva guardato con la faccia da "È un'adolescente, poverina, la fase cuore spezzato le tocca".

«Oh, Addie» aveva esclamato. «Per caso stavi cercando di punirti, tesoro?»

«Dio santo!» avevo risposto. «Questa è *troppo* la cosa sbagliata da dire a una che si è appena fatta un nuovo taglio di capelli!» E a quel punto ero corsa in camera mia per disperarmi in privato.

Ventiquattr'ore dopo ero ancora lì. Ero sgattaiolata fuori solo per il dolce alle ciliegie la sera prima, e al mattino per l'apertura dei regali, ma senza godermi nulla. Di certo non sentivo dentro di me la gioia e la magia del Natale. A dirla tutta, non ero sicura di crederci più, alla gioia e alla magia del Natale.

Mi sono girata nel letto per prendere l'iPod dal comodino. Ho selezionato la playlist "giorni bui", fatta di tutte le canzoni tristi che siano mai esistite, e ho schiacciato Play. Il mio iPenguin collegato all'iPod ha iniziato subito a muovere malinconicamente le ali al ritmo di *Fools in Love* che si diffondeva dal suo corpicino di plastica.

Poi sono tornata sul menu generale e ho fatto scorrere lo schermo finché non ho trovato la cartella "foto". Sapevo che mi stavo addentrando in un territorio pericoloso, ma non m'importava. Ho selezionato l'album che volevo sfogliare e ho premuto.

Subito è apparsa la prima foto che avessi mai scattato a Jeb, fatta di nascosto col cellulare poco più di un anno prima. Anche quel giorno nevicava, e nella foto si vedevano piccoli fiocchi di neve tra i capelli neri di Jeb. Indossava una giacca di jeans anche se fuori si gelava, e ricordo di essermi chiesta se per caso lui e sua madre non avessero qualche problema di soldi. Avevo sentito dire che si erano trasferiti a Gracetown dalla riserva Cherokee, che è a centocinquanta chilometri da qui. Lì per lì avevo pensato che fosse intrigante. Mi sembrava così esotico…

Comunque seguivamo tutti e due il corso di Inglese II, e lui con quella coda di cavallo nerissima e gli occhi grigio fumo era bello da fermarti il cuore. Però era anche un tipo superserio, un tratto del tutto anomalo per una con la tendenza al cazzeggio come me. A ogni lezione lo vedevo chino sul banco a prendere appunti, e continuavo a lanciargli di nascosto un'occhiata dopo l'altra, estasiata da quei capelli così lucidi e da quegli zigomi che mi sembravano la cosa più bella che avessi mai visto. Ma lui era riservato fin quasi all'indifferenza, anche quando mi mostravo più spumeggiante che mai.

Quando avevo affrontato la spinosa questione con Dorrie e Tegan, Dorrie mi aveva suggerito che forse Jeb non si sentiva molto a suo agio in questa cittadina di montagna dove sono tutti del Sud, cattolici e bianchi.

«Non c'è niente di male in nessuna di queste tre cose» avevo risposto sulla difensiva, visto che anch'io corrispondevo alla descrizione.

«Lo so» fece Dorrie. «Dico solo che *può darsi* che lui si senta un po' escluso, tutto qui.» Essendo una dei due – dico due di numero – studenti ebrei della scuola, immagino che Dorrie sapesse bene di cosa stava parlando.

E così cominciai a chiedermi se per caso Jeb non si sentisse *davvero* un escluso. Forse era per questo che pranzava sempre con Nathan Krugle, il più escluso di tutti, con quella sua eterna collezione di magliette di Star Trek? Forse era per questo che al mattino, prima che si aprissero i cancelli della scuola, se ne stava appoggiato al muro con le mani in tasca, da solo, invece di unirsi a noi e dire la sua sull'ultima puntata di *American Idol*? E forse era per questo che non aveva ceduto al mio fascino durante la lezione: perché si sentiva troppo *a disagio* per aprirsi?

Più ci pensavo, più ero preoccupata. Nessuno dovrebbe sentirsi escluso nella propria scuola, soprattutto chi è adorabile come Jeb, e soprattutto se i suoi compagni di classe sono simpatici e carini come noi.

Be', di sicuro Dorrie, Tegan e le altre nostre amiche lo erano. Anzi, eravamo *fin troppo* simpatiche e carine con lui. Il gruppo dei fattoni non lo era altrettanto. Loro erano molto *poco* gentili. E nemmeno Nathan Krugle lo era, perché era uno sfigato inacidito. Anzi, a dire il vero non mi allettava molto l'idea che Nathan avesse modo di seminare nella testa di Jeb le sue idee malate.

E poi un giorno, mentre prendevo in esame per la millesima volta tutti questi elementi, passai dalla preoccupazione a una specie di irritazione, perché... insomma! Per quale motivo al mondo Jeb doveva scegliere di passare tutto il suo tempo con uno come Nathan invece che con... me?!

E così quel giorno in classe gli lanciai una penna, dicendo: «Santo cielo, Jeb, ma sorridere, una volta?».

Lui fece un salto dallo spavento e un libro gli cadde in terra. Mi sentii un mostro. Pensai: *Brava Addie, sempre delicata. La prossima volta perché non gli fai uno squillo di tromba nelle orecchie?*

Ma in quel momento le labbra di Jeb si distesero, e un accenno di divertimento gli balenò negli occhi. Insieme a qualcos'altro: qualcosa che mi fece battere il cuore più forte.

Il sangue gli affluì al viso, e lui si chinò in fretta per prendere il libro.

Oh, capii con una fitta al cuore. *È solo timido.*

Appoggiata al cuscino, guardavo la foto sull'iPod senza staccare un attimo gli occhi, finché il dolore non è diventato insopportabile.

Allora ho premuto il tasto centrale ed è comparsa la foto successiva. Era uno scatto della Grande Battaglia dell'Hollyhock, avvenuta il giorno della vigilia di Natale dell'anno scorso; a pensarci, appena un paio di settimane dopo che avevo detto a Jeb di sorridere. Poiché la Vigilia è uno di quei giorni senza fine, in cui non si ha mai nulla da fare se non star lì ad aspettare, con un gruppo di amici ci eravamo trasferiti in massa a Hollyhock Park, per stare un po' fuori di casa. Io avevo chiesto a uno dei ragazzi di chiamare anche Jeb e, miracolosamente, lui aveva detto di sì.

Andò a finire che scoppiò una battaglia di palle di neve, maschi contro femmine, e ci divertimmo un mondo. Io, Dorrie e Tegan avevamo costruito una piccola fortezza di neve e organizzato una specie di catena di montaggio in cui Tegan faceva le palle, io le ammucchiavo e Dorrie bombardava il nemico con precisione micidiale. Li stavamo letteralmente stracciando quando a un certo punto Jeb ci venne alle spalle e cominciò a placcarmi, usando il suo corpo per spingere il mio contro le munizioni. Cadere su una pila di palle di neve fa un male cane, e mi ritrovai pezzi di ghiaccio perfino nel naso, ma ero troppo eccitata per badarci. Ridendo come una pazza, mi girai a pancia in su e la sua faccia era *lì*, a pochi centimetri dalla mia.

Quello era il momento catturato dalla fotografia: l'aveva

scattata Tegan con il suo cellulare. Jeb ha addosso la giacca di jeans – il blu sbiadito contrasta in quel modo sexy con la sua pelle scura – e anche lui sta ridendo. Guardando i nostri visi felici nella foto, mi sono ricordata che lui non si era allontanato subito. Si era appoggiato sui gomiti in modo da non schiacciarmi, mentre la sua risata si spegneva in un sussurro interrogativo che mi aveva mandato in subbuglio lo stomaco.

Dopo le palle di neve, io e Jeb andammo a bere un mocaccino, solo noi due. Ero stata io a suggerirlo, ma lui aveva detto subito di sì. Entrammo da Starbucks e prendemmo posto sulle due poltrone viola all'ingresso. Io ero su di giri; lui sembrava intimidito. Ma poi divenne un po' meno timido, o più determinato, si avvicinò e mi prese la mano. Io non me l'aspettavo, e per la sorpresa rovesciai la tazza.

«Oh, Addie» disse. Il suo pomo d'Adamo andava su e giù. «Posso soltanto... baciarti?»

Il mio cuore in quell'istante impazzì e improvvisamente quella timida ero io, il che suona davvero assurdo. Jeb mi prese la tazza dalle mani e la posò sul tavolo, poi si chinò e mi sfiorò le labbra con le sue. I suoi occhi, quando alla fine si ritrasse, erano dolci e morbidi come cioccolato fuso. Sorrise, e anch'io mi sciolsi come una colata di cioccolato.

Era stata la vigilia di Natale più perfetta della mia vita.

«Addiiiie!» mi ha chiamato mio fratello dal piano di sotto, dove lui, mia madre e mio padre stavano giocando con la Wii che gli aveva portato Babbo Natale. «Vuoi giocare alla boxe con me?»

«No, grazie!» gli ho gridato.

«Allora tennis?»

«No!»

«Bowling?»

Ho sbuffato. La Wii non mi faceva lo stesso effetto che a lui. Ma Chris aveva otto anni. Stava solo cercando di tirarmi su il morale.

«Più tardi, okay?» ho gridato.

«Okay» e ho udito i suoi passi allontanarsi.

L'ho sentito dire ai miei «Ha detto di no», e la malinconia si è fatta ancora più forte. La mamma, il papà e Chris erano giù in salotto insieme, a manovrare allegramente il Nunchuck della Wii dandosi dei gran pugni in faccia e io invece ero lì, sola e triste.

E di chi è la colpa se sei sola e triste?, ho domandato a me stessa.

Oh, sta' zitta!, ho risposto.

Ho ripreso a guardare le foto.

Jeb in posa da scemo con una barretta al burro di arachidi in mano, perché era la mia preferita e mi aveva fatto una sorpresa.

Jeb d'estate, senza maglietta, alla festa in piscina di Megan Montgomery. Dio, era così bello.

Jeb tutto insaponato – adorabile! – all'autolavaggio che avevamo improvvisato nel parcheggio di Starbucks per beneficenza. A rivedere quella foto mi sono sentita sciogliere. Era stata una giornata così divertente... e non solo divertente, perché era anche per una buona causa. Christina, la mia responsabile da Starbucks, aveva partorito prima del previsto, e noi dello staff avevamo voluto aiutarla a pagare le spese sanitarie che l'assicurazione non copriva.

Jeb si era offerto di dare una mano, e si era comportato

in modo meraviglioso. Arrivò alle nove di mattina e rimase fino alle tre, a lavare e strofinare senza sosta. Sembrava uscito direttamente da uno di quei calendari di aspiranti Mister Universo pieni di ragazzi strafighi. E fece molto più di quello che il suo dovere di fidanzato avrebbe richiesto, rendendomi felice nel profondo del cuore. E infatti, dopo che l'ultima macchina fu ripartita dal parcheggio, gli gettai le braccia al collo e lo guardai. «Non c'era bisogno di fare tanto» gli sussurrai, respirando il suo odore di sapone. «Mi avevi già conquistata alla macchina numero uno.»

Glielo dissi così, per flirtare un po', facendo il verso a Renée Zellweger in quella scena di *Jerry Maguire*, quando dice a Tom Cruise: «Mi avevi già conquistata al "ciao"». Ma Jeb aggrottò la fronte e disse: «Sì? Ah, okay. Ma non so se ho capito che vuoi dire».

«Ah ah» risposi io, immaginando che stesse cercando di farsi fare altri complimenti. «Volevo solo dirti che sei stato carino a restare tutto il tempo. E che se lo hai fatto per stupirmi... be', non ce n'era bisogno. Tutto qui.»

Inarcò le sopracciglia. «Pensi che io abbia lavato tutte quelle macchine per *stupirti*?»

Sentii le guance scaldarsi mentre mi rendevo conto che lui non stava affatto scherzando.

«Ehm... ora non più.»

Imbarazzata, cercai di ritrarmi dall'abbraccio. Lui non mi lasciò andare. Mi baciò i capelli e disse: «Addie, mia madre mi ha cresciuto da sola».

«Lo so.»

«Quindi so bene quanto può essere dura. Tutto qui.»

Per un attimo mi venne da mettere il broncio. Che era

ridicolo, lo so. Ma pur sapendo quanto fosse nobile da parte di Jeb voler aiutare Christina, non mi sarebbe dispiaciuto se almeno un paio di tutte quelle macchine le avesse lavate per me.

Jeb mi tirò a sé. «Ma sono contento di averti stupito» disse. Sentii il tocco delle sue labbra sulla pelle, e il calore del suo corpo attraverso la sua maglietta bagnata. «Stupire la mia ragazza è la cosa che voglio di più.»

Ma io non ero del tutto pronta a farmi tornare il buonumore. «Quindi stai dicendo che io sarei la tua ragazza?»

Lui si mise a ridere, quasi gli avessi chiesto se il cielo era azzurro. Ma io non mollai, e feci un passo indietro guardandolo come a dire "allora?".

I suoi occhi scuri divennero seri, e lui mi prese le mani nelle sue. «Sì, Addie, sei la mia ragazza. E lo sarai per sempre.»

Ora, nella mia stanza, stavo stringendo forte gli occhi perché era troppo dura. Ricordare era troppo difficile, troppo doloroso, troppo simile a perdere un pezzo di me, cosa che in realtà era già accaduta. Ho premuto "Off" e lo schermo dell'iPod si è oscurato. La musica si è fermata, il pinguino ha interrotto il suo balletto, emettendo quel suono triste che sembra dire "Perché mi spegni?". Mi veniva da rispondere "Ci spegniamo tutti e due, sia io che tu, Pengu".

Sono sprofondata nel cuscino e mi sono messa a fissare il soffitto, rimuginando su come le cose fossero andate storte tra me e Jeb. Su come avessi smesso di essere la sua ragazza. Conoscevo le ovvie ragioni (no, non volevo neanche pensarci) eppure non riuscivo a impedirmi di analizzare ossessivamente tutti i passi che ci avevano portato a quel punto, perché anche prima della festa di Charlie le cose tra noi non andavano esattamente alla grande. Il problema non era che lui non mi amasse: mi amava, lo sapevo. E da parte mia, lo amavo da impazzire.

Quello che ci fregava, credo, era il modo in cui dimostravamo quell'amore. O, nel caso di Jeb, il modo in cui *non* lo dimostrava; almeno, questa era la mia sensazione. Secondo Tegan, che non si perdeva una puntata di *Dr. Phil*, parlavamo due linguaggi dell'amore diversi. Io volevo che Jeb fosse dolce, romantico e affettuoso, com'era stato quella prima volta da Starbucks la vigilia di Natale. Avevo finito per trovare lavoro proprio lì, il mese dopo, e ricordo di aver pensato: *Che bello, sarà come rivivere mille volte quel primo bacio.*

Ma non fu così, neanche una volta. Anche se lui passava a trovarmi molto spesso, e ogni volta il mio linguaggio del corpo gli comunicava in modo abbastanza esplicito che desideravo un bacio, il massimo che riusciva a fare era sporgersi sul bancone e tirarmi le stringhe del grembiule verde.

«Ehi, ragazza del caffè» diceva. Che era carino, ma... non abbastanza.

E quello era soltanto un problema. Ce n'erano anche altri, come il fatto che io avrei voluto mi chiamasse tutte le sere per darmi la buonanotte. Oppure che quando eravamo a casa sua non era a suo agio perché l'appartamento era troppo piccolo e «non voglio che mia madre mi senta in versione sdolcinata». O, per esempio, il fatto che gli altri ragazzi non si facevano nessun problema a girare in corridoio mano nella mano con le loro ragazze, ma se io gli prendevo la mano, lui si limitava a una stretta veloce e poi la lasciava andare.

«Non ti piace toccarmi?» gli chiedevo.

«Certo che sì» rispondeva. Mi guardava con l'espressione che avevo sperato di suscitare, e aveva la voce rauca per l'emozione. «Lo sai che è così, Addie. Adoro stare da solo con te. Ma vorrei che fossimo davvero *soli*, quando siamo soli.»

Per molto tempo, anche se notavo questi atteggiamenti, me li ero tenuti per me. Non volevo essere la tipica fidanzatina piagnucolosa.

Ma più o meno quando passammo il traguardo dei sei mesi insieme (per l'occasione gli avevo regalato una compilation di canzoni romantiche, lui niente), qualcosa dentro di me si guastò definitivamente. Un vero schifo, perché stavo insieme a un ragazzo che amavo e volevo con tutto il cuore che il rapporto funzionasse, ma non potevo volerlo solo io. E se questo faceva di me una fidanzatina piagnucolosa, pazienza.

Come per esempio per i sei mesi. Jeb capì benissimo che ci ero rimasta male e continuava a chiedere perché, finché alla fine gli dissi: «Secondo te?».

«È perché non ti ho regalato niente?» fece lui. «Non sapevo che festeggiassimo.»

«Be', avresti dovuto» borbottai. Il giorno dopo mi regalò una catenina con un cuore, di quelle che prendi dai distributori automatici con un quarto di dollaro. Però l'aveva tolta dalla tipica scatoletta di plastica a forma di uovo trasparente e l'aveva messa in un astuccio di quelli da gioielleria. Ci rimasi di sasso. Il giorno dopo Tegan mi prese da parte e mi disse che Jeb aveva paura che il suo regalo non mi fosse piaciuto, dal momento che non me lo vedeva addosso.

«Il suo regalo viene da Il Duca e la Duchessa» spiegai. «Hai presente quei cosi che infili un quarto di dollaro e non sai cosa ti capiterà? Ecco, in quello all'uscita del negozio, tra le varie cianfrusaglie, c'è una catenina identica.»

«Tu sai quante monetine ha dovuto metterci Jeb per avere quella catenina?» ribatté Tegan. «Trentotto. Ha dovuto fare avanti e indietro non so quante volte dal distributore al bancone per farsi cambiare i soldi.»

Una specie di nube di tristezza si addensò su di noi. «Vuoi dire...»

«Voleva regalarti esattamente quella. Che aveva il cuore.»

Non mi piaceva il modo in cui Tegan mi guardava. Distolsi lo sguardo. «Comunque, fanno meno di dieci dollari.»

Tegan non disse nulla. E io avevo troppa paura di guardarla in faccia. Alla fine, commentò: «Lo so che non dici sul serio, Addie. Non essere stronza».

Io non *volevo* essere stronza... e naturalmente non mi importava il prezzo del regalo. Ma a quanto pareva desideravo da Jeb più di ciò che era disposto a darmi, e più si andava avanti così, peggio stavamo.

Un salto in avanti di alcuni mesi... e indovinate un po'? Io continuavo a farlo stare da schifo, e viceversa. Non era proprio sempre così, ma più spesso di quanto avessimo un rapporto, diciamo, "salutare".

«Tu mi vorresti diverso da quello che sono» mi ha detto la sera prima di lasciarmi. Eravamo seduti nella Corolla di sua madre, fermi davanti alla casa di Charlie, senza entrare. Se potessi tornare indietro fino a quel momento, e non entrare affatto, lo farei. Senza pensarci su un secondo.

«Non è vero» gli ho risposto. Le mie dita hanno trovato una fenditura su un lato del sedile e si sono insinuate nella gommapiuma.

«Invece è vero, Addie» ha ribattuto lui.

Ho deciso di cambiare tattica. «E va bene, se anche fosse, è davvero così terribile? Le persone cambiano per amore. Prendi tutte le grandi storie d'amore… c'è sempre qualcuno disposto a cambiare pur di far funzionare le cose. Tipo in *Shrek*… quando Fiona gli dice che è stufa di tutti quei rutti e scoregge e robe varie. E lui: "Sono un orco, fattene una ragione". E lei: "E se non ci riesco?". Così lui prende la pozione e diventa un bellissimo principe. Lo fa per amore di Fiona…»

«Quello è *Shrek 2*» ha fatto Jeb. «Non l'originale.»

«Quel che è.»

«E a quel punto Fiona capisce che non vuole affatto che lui sia un bellissimo principe. Vuole che ritorni a essere un orco.»

Ho aggrottato la fronte. Non me lo ricordavo così, io.

«Il succo di tutta la storia è che lui voleva cambiare.»

Jeb ha sospirato. «Perché dev'essere sempre il maschio a cambiare?»

«Be', anche le ragazze» ho risposto. «Ma che importa. Quello che sto dicendo è che se ami qualcuno, dovresti anche dimostrarglielo. Perché, Jeb, questa è la nostra unica vita. La nostra unica vita.» Ho sentito la morsa familiare della disperazione. «Non puoi almeno provarci, se non altro perché sai quanto è importante per me?»

Jeb ha guardato fuori dal finestrino.

«Io… io vorrei che tu mi seguissi su un aereo e mi cantassi una serenata in prima classe, come Robbie con Julie in *Prima o poi me lo sposo*» ho continuato. «Vorrei che costruissi una casa per me, come Noah fa per Allie in *Le pagine della no-*

stra vita. Vorrei che mi facessi volare sull'oceano, aggrappata alla prua di un transatlantico! Come il ragazzo di *Titanic*... ti ricordi?»

Jeb si è girato. «Quello che poi annega?»

«Be', non voglio che tu anneghi, ovviamente. Non sto parlando di annegamenti. Sto parlando di amarmi talmente tanto da essere disposto ad annegare per me, se fosse necessario.» La voce mi si è incrinata. «Vorrei... vorrei il gran gesto.»

«Addie, ma lo sai che ti amo» ha risposto.

«O anche un gesto di media grandezza...» ho insistito, incapace di cambiare argomento.

Frustrazione e angoscia si facevano la guerra sulla faccia di Jeb.

«Non potresti fidarti del nostro amore, senza chiedermi ogni cinque secondi di darti una prova?»

A quanto pare no, come dimostra ciò che era successo subito dopo. No, non ciò che è successo. Ma ciò che io ho fatto succedere. Perché mi sono comportata da schifo e sono stata una stronza, e perché mi sono scolata l'equivalente di trentotto monetine da un quarto in birre, se non di più. Forse non trentotto, ma comunque un sacco. Non che possa dare la colpa alla birra, so anche questo.

Io e Jeb siamo entrati alla festa, ma ognuno se n'è andato per conto proprio perché eravamo ancora arrabbiati. Io mi sono ritrovata giù nella tavernetta con Charlie e altri ragazzi, mentre Jeb è rimasto al piano di sopra. Dopo qualcuno mi ha detto che lui e un paio di fissatoni si erano messi a guardare un vecchissimo film sulla TV a schermo piatto dei genitori di Charlie, *Un amore splendido*... Così terribilmente paradossale che, se non fosse stato tragico, sarebbe stato quasi divertente.

Giù nella tavernetta abbiamo fatto il gioco della monetina, e Charlie mi incitava a bere, perché Charlie è il diavolo. Quando gli altri hanno perso interesse al gioco, lui mi ha chiesto se potevamo andare in un posto a parlare, e io come un'idiota l'ho seguito, ubbidiente, barcollando fino alla stanza di suo fratello più grande. Ero un po' sorpresa, perché io e lui non avevamo mai avuto conversazioni intime. Ma Charlie faceva parte del nostro gruppo di amici. Era un tipo arrogante e viscido, insomma diciamo pure un *minchione*, per usare l'espressione preferita di un nostro compagno di scuola coreano, ma... era pur sempre Charlie. E vista la somiglianza con un modello californiano, poteva essere un minchione e cavarsela sempre e comunque.

Nella stanza di suo fratello, Charlie mi ha fatto sedere sul letto e mi ha detto che aveva bisogno di un consiglio su Brenna, una ragazza del nostro anno con cui usciva ogni tanto. Mi guardava con quell'aria sfrontata che diceva "So di essere carino e so che ottengo sempre tutto quello che voglio", e poi mi ha detto che Jeb era molto fortunato a uscire con una ragazza fantastica come me.

Io ho sbuffato e replicato qualcosa tipo: «Sì, lascia perdere».

«Perché, non avrete mica dei casini?» ha chiesto. «Per favore, dimmi che non avete casini. Siete la coppia del secolo.»

«E già, ecco perché Jeb è al piano di sopra a fare chissà cosa e io sono quaggiù con te.» *Perché sono quaggiù con te?*, ricordo di aver pensato in quel momento. *E chi ha chiuso la porta?*

Charlie ha insistito per sapere i dettagli, tutto gentile e comprensivo, e quando mi sono spuntate le lacrime, si è fatto più vicino per consolarmi. Io ho protestato, ma lui ha premuto le sue labbra sulle mie, e alla fine mi sono arresa. Un ragazzo mi stava dando tutte quelle attenzioni – un ragazzo molto carino e affascinante – e a chi importava se non era sincero?

Be', a me importava. Anche nell'istante in cui ho tradito Jeb, a me importava. Ho rivissuto quel momento mille volte, ed è proprio quello che mi fa più male. Perché... cosa diavolo avevo in testa? Io e Jeb avevamo dei casini, sì, ma io lo amavo ancora. Lo amavo allora e ho continuato a farlo. Lo avrei amato per sempre.

Ma adesso che lui, dopo la mia mail, non si era fatto vedere da Starbucks, il suo messaggio era chiaro: lui, invece, non mi amava più.

Capitolo 2

Un rumore secco alla finestra è venuto a disturbare la mia festicciola di autocommiserazione. Mi ci è voluto un momento per tornare alla realtà. Poi c'è stato un altro colpo, e a quel punto ho allungato il collo e ho scorso Tegan tutta infagottata e Dorrie ancora più infagottata in cima a un monticello di neve fuori dalla mia finestra. Mi facevano segno con le mani avvolte nelle manopole, e Dorrie con un urlo reso muto dal vetro che ci separava mi ha invitata a raggiungerle.

Mi sono messa in piedi a fatica, e la strana leggerezza che sentivo alla testa mi ha ricordato il disastro dei capelli. Che schifo. Mi sono guardata intorno, ho preso un plaid e me lo sono messo sulla testa a mo' di mantello. Tenendo ferma la stoffa sotto il mento, ho raggiunto la finestra e l'ho aperta di scatto.

«Porta il tuo culetto in pista da ballooo!» gridava Dorrie, e adesso la sua voce si sentiva eccome.

«Quella non è una pista. È la neve. Ed è fredda e congelata.»

«È così bella» è intervenuta Tegan. «Vieni a vedere.» Si è fermata, guardandomi con aria interrogativa sotto il suo cappello di lana a righe.

«Addie? Perché hai una coperta in testa?»

«Eeeh» ho risposto, facendo un gesto di congedo con la mano. «Andate a casa. Sono una palla al piede. Va a finire che tiro giù anche voi.»

«Oh, non cominciare» ha detto Dorrie. «Fase A: chiami e dici che sei in crisi. Fase B: eccoci qui. Ora scendi e vieni a sentire anche tu questa meraviglia della natura.»

«Prossima volta.»

«Ti farà sentire meglio, te lo garantisco.»

«Impossibile. Scusate.»

Dorrie ha alzato gli occhi al cielo. «Che rompina. Andiamo, Tegan.»

Sono uscite a saltelli dalla mia visuale e pochi secondi dopo è suonato il campanello. Nella mia stanza, ho cercato di aggiustarmi meglio la coperta sulla testa, facendola sembrare un po' più un simil-turbante. Mi sono seduta sul letto e sono entrata nella parte della nomade del deserto, con stupefacenti occhioni verdi e un'espressione desolata. In fondo ero una grande esperta di desolazione.

Dal soggiorno si sentivano fiumi di parole mammesche: «Buon Natale! Oooh, siete venute fin qui con tutta questa neve?», cui Dorrie e Tegan, in modo piuttosto irritante, hanno scelto di ribattere con lo stesso tono. Due vocine allegre che ripetevano idiozie natalizie, mentre io stavo per scoppiare e urlargli dalla soglia della mia stanza: "Voi due! Vi ricordate la povera anima derelitta che dovevate consolare? Be', è quassù!!!".

Alla fine due paia di piedi avvolti nelle calze hanno salito di corsa le scale. Dorrie si è precipitata dentro per prima.

«Uuh» ha sospirato, spostandosi i capelli dal collo e facendosi aria con le mani. «Se non mi siedo, faccio *plotz*.»

Dorrie amava dire *plotz*. Era la sua parola preferita. Voleva dire esplodere, in yiddish. Le piacevano anche le bevande all'amarena, i bagel, e far finta di essere venuta dal Vecchio Mondo, ovvero il posto dove gli ebrei vivevano prima di venire in America, credo. Dorrie era fissata con la sua origine ebraica, chiamava addirittura i suoi bei riccioli "stile *e*-fro". Il che la prima volta mi ha lasciata a bocca aperta, e poi mi ha fatto ridere. Una cosa molto da Dorrie, per farla breve.

Tegan è entrata di corsa dietro di lei, con le guance tutte rosse.

«Oddiomio! Sono sudatissima!» ha esclamato, togliendosi la camicia di flanella che aveva sopra la maglietta. «Venire fin qui mi ha quasi steso.»

«A me lo dici?» le ha risposto Dorrie. «Mi sono trascinata chilometri solo per arrivare fino a casa tua!»

«Per chilometri intendi… due metri?» ha ribattuto Tegan. Si è voltata verso di me. «Più o meno è così, no? Un paio di metri da uscio a uscio.»

Io le ho lanciato un'occhiata glaciale. Non eravamo lì per ammorbarci con quei discorsi sulla distanza tra le loro case.

«Allora, che ci fai con quel coso in testa?» ha chiesto Dorrie, crollando a sedere accanto a me.

«Niente» ho risposto io, perché avevo capito che neanche di quello mi andava di parlare. «Ho freddo.»

«Aaah, chiaro.» Mi ha tirato giù la coperta dalla testa e si è lasciata scappare un verso strozzato di orrore, in yiddish. «*Oy*. Che hai fatto?»

«Caspita, grazie mille» ho risposto amara. «Sei peggio di mia mamma.»

«Urca...» ha fatto Tegan. «Voglio dire... urca.»

«È per questo che sei andata in crisi, giusto?» ha chiesto Dorrie.

«Be', no.»

«Sicura?»

«Dorrie» l'ha zittita Tegan. «È ... carino, Addie. È un taglio molto coraggioso.»

Dorrie ha sbuffato. «Be'... se uno ti dice che il tuo taglio è molto coraggioso, come minimo ti vien voglia di tornare dal parrucchiere e chiedere un risarcimento di qualche tipo.»

«Va' via!» ho gridato. L'ho spinta con un piede.

«Ehi!»

«Sei cattiva con me mentre sono in difficoltà, quindi non sei più benaccetta su questo letto.» Ci ho messo un po' più di forza, e Dorrie è finita a terra con un tonfo.

«Credo che mi hai fatto rompere l'osso sacro.»

«Se ti rompi l'osso sacro, poi devi sederti sulla ciambella.»

«Io non mi siederò mai su una ciambella!»

«Dicevo così per dire.»

«Io invece non sono cattiva con te quando sei in difficoltà» si è intromessa Tegan. Ha indicato il letto con un cenno del capo. «Posso?»

«Credo di sì.»

Tegan si è seduta accanto a me prendendo il posto di Dorrie, e io mi sono allungata sul letto e le ho appoggiato la testa in grembo. Lei ha cominciato ad accarezzarmi i capelli, prima cautamente poi con più sicurezza.

«Allora... che succede?»

Non ho risposto. Volevo raccontare tutto, ma allo stesso tempo non volevo. Altro che capelli, il vero problema era talmente grave che non sapevo come parlarne senza scoppiare in lacrime.

«Oh, no» ha fatto Dorrie. La sua faccia rispecchiava quello che doveva aver visto sulla mia. «Oh, *bubbellah.*»

La mano di Tegan si è fermata. «È successo qualcosa con Jeb?»

Ho fatto sì con la testa.

«L'hai visto?» ha chiesto Dorrie.

Ho fatto no con la testa.

«Gli hai parlato?»

No.

Dorrie ha alzato lo sguardo, e ho capito che lei e Tegan si stavano dicendo qualcosa. Poi Tegan mi ha dato un colpetto sulla spalla per farmi mettere a sedere.

«Addie, dicci tutto e basta» ha detto Tegan.

«Sono così stupida» ho sussurrato.

Tegan mi ha posato una mano sulla gamba per dire "È tutto a posto, siamo qui". Dorrie si è chinata, appoggiando il mento sul mio ginocchio.

«C'era una volta...»

«C'eravamo una volta io e Jeb, che stavamo ancora insieme» ho detto tristemente, «lo amavo, e lui amava me. Poi io ho fatto la grande cazzata.»

«La cazzata Charlie» ha detto Dorrie.

«Questo lo sappiamo» ha detto Tegan, dandomi varie pacche consolatorie sulla spalla. «È successo una settimana fa. Adesso devi raccontarci la *nuova* crisi.»

«A parte i capelli» ha precisato Dorrie.

Hanno aspettato ancora.

«Gli ho scritto una mail» ho confessato.

«No» ha detto Dorrie. Ha sbattuto la testa sul mio ginocchio: *bam bam bam.*

«Avevi detto che gli avresti dato un po' di tempo per riprendersi» ha commentato Tegan. «Avevi detto che l'unica cosa buona che potevi fare per lui era stargli lontano, anche se era difficilissimo. Ricordi?»

Ho scrollato le spalle, incapace di fare altro.

«E non per deprimerti ancora di più, ma mi sa che Jeb sta uscendo con Brenna» ha aggiunto Dorrie.

Le ho lanciato uno sguardo truce.

«Voglio dire, no, non è che sia proprio così» si è corretta. «In fondo è passata solo una settimana. Ma lei gli fa la posta da un sacco, no? E a quanto ne sappiamo, lui non la respinge.»

«E brava Brenna» ho mormorato. «Quanto la odio.»

«Io credevo fosse tornata con Charlie» ha detto Tegan.

«Ovviamente la odiamo anche noi» ha continuato Dorrie. «Non è questo il punto.» Poi, rivolta a Tegan: «Noi *volevamo* che tornasse con Charlie, ma non è andata così».

«Ah» ha detto Tegan. Aveva l'aria confusa.

Ho sospirato.

«Vi ricordate quanto si vantava Brenna l'ultimo giorno di scuola? Non la smetteva più di dire che avrebbe visto Jeb durante le vacanze di Natale.»

«Pensavo che pensassimo che stava solo cercando di far ingelosire Charlie» ha detto Tegan.

«E infatti lo pensavamo. Metti che invece avessero davvero fatto dei programmi...» ha ribattuto Dorrie.

«Aah» ha detto Tegan. «Ho capito. Ma Jeb non è tipo da fare programmi, a meno che non lo voglia davvero.»

«Non voglio che Jeb faccia programmi con nessuno,

soprattutto con Brenna» ho osservato arcigna. «Con quei dreadlock finti...»

Dorrie ha espirato col naso. «Addie, posso dirti una cosa che non vorresti sentire?»

«Preferirei di no.»

«Tanto la dice lo stesso» ha commentato Tegan rassegnata.

«Lo so» ho detto. «Sto solo dicendo che preferirei di no.»

«È Natale» ha sentenziato Dorrie. «Le Feste fanno sentire la gente più sola.»

«Io non mi sento sola per via delle Feste!» ho protestato.

«Invece sì. Le vacanze tirano fuori il nostro bisogno di affetto più di qualunque altra cosa. E per te è una doppia fregatura perché sarebbe anche il vostro primo anniversario, o mi sbaglio?»

«Ieri» ho ammesso. «La Vigilia.»

«Oh, Addie» ha esclamato Tegan.

«Secondo voi, nel mondo quante coppie sono nate il giorno della vigilia di Natale?» ho domandato, chiedendomelo io stessa per la prima volta. «È tutto così magico e pieno di atmosfera... solo che poi improvvisamente non lo è più, e tutto diventa uno schifo.»

«Allora, questa mail?» ha chiesto Dorrie nel suo tono "per-favore-non-lasciamoci-distrarre". «Era una mail di buon Natale o cosa?»

«Non proprio.»

«Cosa diceva?»

Ho scosso la testa. «Fa troppo male.»

«Su, diccelo» ha insistito Dorrie.

Sono scesa dal letto. «No... no, no. Ma adesso la apro. Potete leggerla da sole.»

Capitolo 3

Mi hanno seguita alla scrivania, dove il mio MacBook bianco ci aspettava allegramente, fingendo di non essere parte della mia disgrazia. La sua superficie era decorata da adesivi morbidi di Chococat, che avrei dovuto staccare dopo aver rotto con Jeb, visto che me li aveva regalati lui. Ma non ce l'avevo fatta.

Ho aperto il computer e ho cliccato sull'icona di Firefox. Sono entrata in Hotmail, poi nella cartella "mail salvate" e ho spostato il cursore sulla mail della vergogna. Mi si è chiuso lo stomaco. Mocaccino era l'oggetto.

Dorrie è scivolata sulla sedia della scrivania e si è spinta da parte per far spazio a Tegan. Ha premuto sul trackpad e la mail che avevo scritto due giorni prima si è aperta sullo schermo, datata 23 dicembre.

> Ciao, Jeb. Ho una gran paura a scriverti queste parole. Il che è assurdo. Come posso aver paura di scrivere a TE? Comunque, ho buttato giù così tante versioni di questa mail, per poi cancellarle, che ormai ho il cervello in pappa. Quindi ora basta.
>
> Anche se c'è qualcosa che invece vorrei poter cancellare, e

sai cosa. Baciare Charlie è stato il più grande sbaglio della mia vita. Mi dispiace. Mi dispiace tantissimo. So che te l'ho già detto molte volte, ma potrei continuare per sempre e non sarebbe ancora abbastanza.

Sai com'è nei film, quando qualcuno fa qualcosa di così stupido tipo fare lo scemo alle spalle della sua fidanzata? Be', dicono sempre: «Non c'è stato niente! Lei non significa niente!». Be', quello che io ho fatto a te *non* è stato "niente". Ti ho fatto del male, e non ci sono scuse.

Ma Charlie, invece... lui davvero non significa niente. Non voglio neanche parlarne, di lui. Ci ha provato con me, c'è stato... questo gran casino, e poi basta. E io e te, Jeb, avevamo avuto quello stupidissimo litigio, e sentivo di aver bisogno d'affetto, o forse ero solo arrabbiata, e tutta quell'attenzione da parte sua mi dava una sensazione piacevole... e non ho pensato a te. Ho pensato solo a me.

È difficilissimo dirlo.

Mi fa sentire davvero uno schifo.

Ma quello che voglio dirti è che ho fatto una cazzata gigantesca, ma ho imparato la lezione.

Sono cambiata, Jeb.

Mi manchi. E ti amo. Se mi dai un'altra possibilità, ti darò il mio cuore tutto intero. Lo so che suona melenso, ma è la verità.

Ti ricordi la vigilia di Natale dell'anno scorso? Lascia stare, so che te la ricordi. Be', non riesco a smettere di pensarci. Di pensare a te. A noi.

Vieni a bere un mocaccino natalizio con me, Jeb. Alle tre da Starbucks, proprio come l'anno scorso. Domani è il mio giorno libero, ma sarò lì, ad aspettarti seduta in una delle poltrone viola. Potremo parlare… e anche di più.

So che non merito nulla, ma se mi vuoi… sono tua.

xoxo,

io

Ho capito quando Dorrie ha finito di leggere perché si è girata verso di me, mordendosi il labbro. Tegan, invece, ha emesso un desolato «Oooh», e si è avvicinata per abbracciarmi. Il che mi ha fatto scoppiare a piangere. Cioè, più che piangere mi ha fatto venire un attacco di singhiozzi che mi ha colto di sorpresa.

«Tesoro!» ha esclamato Tegan.

Mi sono asciugata il naso con la manica e ho tratto un profondo sospiro di autoincoraggiamento.

«Okay» ho detto con un sorriso lacrimoso. «Ora sto meglio.»

«Non mi sembra proprio» ha detto Tegan.

«No, infatti» ho ammesso, e mi sono lasciata andare di nuovo. Le lacrime erano calde e salate, e ho immaginato che mi avrebbero sciolto il cuore. Ma no. Lo rendevano solo molliccio ai bordi.

Respiro profondo.

Respiro profondo.

Respiro profondo e tremolante.

«Ti ha risposto?» ha chiesto Tegan.

«A mezzanotte» ho spiegato. «Non la mezzanotte di ieri, quella prima della Vigilia.» Ho deglutito, ho sbattuto le palpebre e mi sono asciugata di nuovo il naso. «Dopo che gli ho scritto, ho controllato la posta praticamente ogni ora, e niente. Quindi mi sono detta: *Lascia stare. Tu fai schifo e lui* ovviamente *non risponderà*. E poi ho deciso di controllare per l'ultima volta... Avete presente, no?»

Loro hanno annuito. Qualunque ragazza su questa Terra ha presente quell'ultima volta.

«E?» mi ha incalzata Dorrie.

Mi sono chinata su di loro, ho raggiunto la tastiera, e la mail di Jeb si è aperta sullo schermo.

"Addie..." aveva scritto, e in quei puntini sospensivi c'era quel suo silenzio complicato. Lo immaginavo mentre pensava, con le mani sospese sui tasti, respirando piano. Alla fine – o almeno, così me l'ero immaginato – aveva digitato: "Vedremo".

«È tutto quello che ha scritto? "Vedremo"?»

«Lo so. Tipico di Jeb.»

«Mmm» ha fatto Dorrie.

«Non mi sembra una cosa negativa» ha osservato Tegan. «Probabilmente non sapeva cosa scrivere. Ti amava così tanto, Addie. Sono sicura che quando ha visto la tua mail, gli si è allargato il cuore e poi, visto che è Jeb...»

«Visto che è un *ragazzo*» ha precisato Dorrie.

«Si è detto: *Aspetta, vacci piano.*»

«Basta» le ho interrotte.

Mi faceva troppo male.

«E forse è questo che voleva dire con "vedremo"» ha continuato Tegan, ignorandomi. «Che sta riflettendo. E questo è un bene, Addie!»

«Tegan...» ho mormorato.

La sua espressione si è fatta incerta. La sua faccia è passata dalla speranza all'incertezza alla preoccupazione. Gli occhi si sono posati sui miei capelli rosa.

Dorrie, che era più svelta in queste cose, è intervenuta: «Quanto hai aspettato da Starbucks?».

«Due ore.»

Ha indicato i capelli. «E dopo sei andata...?»

«Sì. Da Fantastic Sam's, lì di fronte.»

«Fantastic Sam's?» ha chiesto Dorrie. «Sei andata a farti il taglio postrottura da una che vende lecca-lecca e palloncini?»

«Non mi hanno dato né lecca-lecca né palloncini» ho risposto cupa. «Stavano per chiudere. Non volevano darmi neanche un appuntamento.»

«Davvero non capisco» ha detto Dorrie. «Sai quante ragazze avrebbero ucciso per avere capelli come i tuoi?»

«Be', se hanno voglia di rovistare in un cassonetto, possono averli, adesso.»

«Ti dico la verità» ha detto Tegan. «Questo rosa comincia a piacermi. E non lo dico tanto per dire.»

«Invece sì» ho risposto. «Ma che importa? È Natale, e io sono sola...»

«Non sei sola» ha protestato Tegan.

«E lo sarò per sempre...»

«Come fai a dire che sei sola se noi siamo qui insieme a te?»

«E Jeb...» La mia voce si è incrinata. «Jeb non mi ama più.»

«Comunque non riesco a credere che non sia venuto!» ha esclamato Tegan. «Mi sembra così poco da lui. Se anche non vuole tornare insieme a te, non credi che comunque si sarebbe fatto vivo?»

«Ma perché non vuole tornare insieme a me?» ho piagnucolato. «*Perché?*»

«Sei sicura che non ci sia stato qualche equivoco?» ha insistito lei.

«Non cominciare» l'ha avvertita Dorrie.

«Non cominciare, cosa?» Tegan si è girata verso di me. «Sei assolutamente certa che lui non abbia cercato di chiamarti o scriverti?»

Ho preso il telefono dal comodino. Gliel'ho lanciato. «Guarda.»

Tegan ha scorso la lista delle chiamate e ha letto i nomi a voce alta.

«Io, Dorrie, casa, casa, casa *di nuovo*...»

«Era mia mamma che cercava di scoprire dove fossi... visto che sono sparita per un sacco di tempo.»

Tegan ha aggrottato la fronte. «804 555 3631. Chi è?»

«Avevano sbagliato numero. Ho risposto ma non ha parlato nessuno.»

Lei ha premuto il tasto e si è portata il telefono all'orecchio.

«Che stai facendo?»

«Chiunque fosse, lo sto chiamando. Magari era Jeb da un altro numero.»

«Non era Jeb» ho risposto.

«804 è il prefisso della Virginia» ha detto Dorrie. «Magari Jeb ha fatto un giro in Virginia per qualche misteriosa ragione?»

«No» ho risposto. Era Tegan quella che si arrampicava sugli specchi, non io. In ogni caso, quando ci ha fatto segno di stare zitte, ho sentito il battito accelerare.

«Ehm, salve» ha fatto Tegan. «Posso sapere chi ha chiamato?»

«Sei tu che hai chiamato, babba!» ha esclamato Dorrie.

Tegan è arrossita. «Scusi, volevo dire, con chi parlo?»

Dorrie ha aspettato diciamo mezzo secondo. «Allora? Chi è?»

Tegan ha agitato la mano come per dire "Chiudi il becco che mi distrai!".

«Io?» ha chiesto alla persona misteriosa all'altro capo della linea. «No, perché mi sembra una follia. E poi se *io* avessi gettato il mio telefono nella neve, perché mai dovrei...»

Tegan ha allontanato il telefono dall'orecchio e abbiamo sentito delle vocine tipo Alvin e i Chipmunk.

«Scusate, ma quanti anni avete?» ha chiesto Tegan. «E smettetela di passarvi il telefono! Voglio solo sapere... Scusate, possiamo tornare a...» Poi si è fermata a bocca aperta. «No! Non esiste. Adesso attacco. E voi dovreste andare a giocare con le bambole.»

Ha chiuso la chiamata. «Incredibile» ha detto a me e Dorrie con aria indignata. «Hanno otto anni – otto! – e vogliono sapere da me come si bacia con la lingua. Santo cielo, avrebbero proprio bisogno di farsi resettare il cervello.»

Io e Dorrie ci siamo guardate. Poi lei ha guardato Tegan e ha detto: «La persona che ha chiamato Addie era una bambina di otto anni?».

«Non era una sola. Era un intero branco di oche... e tutte starnazzanti, *qua qua qua*.» Ha scosso la testa. «Spero solo che noi non fossimo così fastidiose alla loro età.»

«Tegan, cara, non ci stai dando molti indizi però» ha fatto Dorrie. «Potresti dirci per quale ragione un branco di ochette di otto anni ha telefonato al numero di Addie?»

«Ah, già. Scusate. Ehm, non credo siano state loro. Non

è il loro telefono. Hanno detto di averlo trovato qualche ora fa, dopo che una ragazza lo aveva gettato in un cumulo di neve.»

«Come scusa?» ha detto Dorrie.

Ho sentito un formicolio ai palmi delle mani. Non mi piaceva l'idea di questa ragazza.

«Sì, per favore, spiegaci meglio di che cavolo si tratta.»

«Be', non sono certa che loro sapessero di che si tratta... ma quello che hanno detto è che la ragazza...»

«La ragazza che ha gettato il telefono?» l'ha interrotta Dorrie.

«Sì. Che lei era con un ragazzo, e che erano *innamoraaaati* – cosa che la bambina sapeva perché aveva visto il ragazzo darle un bacio "succoso". È stato lì che mi hanno chiesto come si fa a baciare con la lingua!»

«Non si può insegnare a baciare al telefono» ha commentato Dorrie.

«E poi hanno otto anni! Sono delle lattanti. Non gli serve sapere come si bacia alla francese, punto. Un bacio succoso? Per favore!»

«Ehm, Tegan?» ho chiesto. «Il ragazzo era Jeb?»

L'ilarità di un attimo prima le è morta sulla faccia. Me ne sono accorta chiaramente.

Tegan si è morsa il labbro, ha riaperto il telefono e ha richiamato.

«Niente chiacchiere» ha detto senza preamboli quando le bambine hanno risposto. Ha allontanato il cellulare dall'orecchio, stringendo forte gli occhi per il fastidio, e poi lo ha riavvicinato. «No! Zitte! Ho solo una domanda, una soltanto. Il ragazzo... che aspetto aveva?»

Alvin e i Chipmunk hanno squittito di nuovo, ma non sono riuscita a capire cosa dicevano. Guardavo la faccia di Tegan e mi mordicchiavo le unghie.

«Ah, okay» ha detto Tegan. «Ah, sì? Che carino!»

«Tegan?» ho sibilato.

«Devo andare, ciao!» ha detto lei, e ha chiuso il telefono. Si è voltata verso di me. «Assolutamente no, non era Jeb: aveva i capelli ricci! Evviva! Caso risolto.»

«Perché hai detto "che carino"?» ha chiesto Dorrie.

«Perché a quanto pare il ragazzo ha fatto questo balletto un po' goffo dopo aver baciato la ragazza lancia-telefoni e poi ha alzato il pugno in aria e ha urlato: "Jubilee!".»

Dorrie si è rilassata e ha fatto una faccia come per dire "Okay, se lo dici tu".

«Perché?» ha chiesto Tegan. «Non ti piacerebbe se un ragazzo ti baciasse e poi urlasse "jubilee"?»

«Magari avevano appena mangiato il dolce» ho osservato io.

Mi hanno guardata. Io ho ricambiato i loro sguardi. Poi ho alzato le mani, per dire "Andiamo, ragazze". «Avete presente il Cherries Jubilee, no? La torta alle ciliegie? Mai sentito parlare?»

Dorrie si è girata verso Tegan. «No. Non mi piacerebbe se un ragazzo mi baciasse e poi mi urlasse che vuole anche... il dolce.»

Tegan ha ridacchiato sotto i baffi, poi si è zittita vedendo che io rimanevo seria.

«Ma non era Jeb» ha ripetuto. «E questa è una bella notizia, no?»

Non ho risposto. Ero contenta che Jeb non fosse finito a

baciare ragazze strane in Virginia, ma se quelle piccole vigilesse dei baci avessero avuto qualche informazione su di lui, sarei stata anche più contenta. Qualcosa tipo che il ragazzo che avevano visto *non* aveva i capelli ricci e invece di baciare una ragazza era, che so, rimasto prigioniero in un bagno chimico o qualcosa del genere. Se avessero detto questo a Tegan, be', allora sì che sarebbe stata una bella notizia, perché voleva dire che Jeb aveva un'ottima scusa per non essersi presentato da Starbucks.

Non che gli augurassi di rimanere chiuso in un bagno per davvero, intendiamoci.

«Addie, tutto bene?» mi ha chiesto Tegan.

«Tu ci credi nella magia del Natale?»

«Eh?»

«Io no, perché sono ebrea» si è intromessa Dorrie.

«Sì, questo lo so. Lasciate perdere, stavo dicendo una stupidaggine» ho tagliato corto.

Tegan ha guardato Dorrie. «Quindi credi nella magia di Hanukkah?»

«Cosa?»

«Anzi... lo so! Agli angeli!» ha esclamato Tegan. «Credi agli angeli?»

Ora sia io che Dorrie la fissavamo.

«L'hai tirato fuori tu» ha detto Tegan rivolta a me. «La magia del Natale, la magia di Hanukkah, la magia delle feste...» Ha spalancato le braccia, i palmi aperti, come se la risposta fosse ovvia. «*Gli angeli.*»

Dorrie ha sbuffato. Ma io no, forse perché era proprio lì che stava andando il mio cuore solitario, anche se non volevo dirlo.

«L'anno scorso, alla Vigilia, dopo che Jeb mi aveva baciata da Starbucks, è venuto a casa mia e abbiamo guardato *La vita è meravigliosa*, con la mamma, papà e Chris» ho detto.

«L'ho visto quel film!» ha detto Dorrie. «È quello dove James Stewart sta per buttarsi giù da un ponte perché è depresso?»

Tegan si è girata verso di me. «E un *angelo* lo aiuta a cambiare idea. Sì.»

«In realtà, non era ancora un angelo» ha precisato Dorrie. «Salvare James Stewart era la prova da superare per diventarlo. Doveva far capire a James che la sua vita valeva la pena di essere vissuta.»

«E ci è riuscito, e tutto è andato per il verso giusto, e c'era questa campanella d'argento in cima all'albero di Natale, e all'improvviso la campanella fa *rin ting ting*, senza che nessuno l'abbia toccata.»

Dorrie si è messa a ridere. «*Rin ting ting* mi piace!»

Tegan ha continuato senza badarle. «E allora c'è la battuta della bambina di James Stewart: "La maestra dice che quando suona una campana, un angelo mette le ali"» ha concluso, lasciandosi andare a un sospiro soddisfatto.

Dorrie ha girato la sedia del computer in modo che lei e Tegan fossero di fronte a me. Tegan ha perso l'equilibrio ma si è aggrappata al bracciolo ed è riuscita a mettersi di nuovo dritta.

«La magia del Natale, la magia di Hanukkah, *La vita è meravigliosa*...?» ha detto Dorrie rivolta a me. Ha inarcato un sopracciglio. «Allora, vuoi trarne qualche conclusione?»

«E non dimenticare gli angeli» ha aggiunto Tegan.

Mi sono seduta sul bordo del letto. «Lo so che ho fatto una cosa terribile, e so che ho davvero, davvero, davvero fatto del male a Jeb. Ma mi dispiace. Conta qualcosa?»

«Certo che sì» ha detto Tegan in tono comprensivo.

Sentivo un groppo in gola. Non avevo il coraggio di guardare Dorrie, perché sapevo che avrebbe alzato gli occhi al cielo. «Be', se è vero» improvvisamente era difficilissimo far uscire le parole, «allora dov'è il *mio* angelo?»

Capitolo 4

«Angeli un cavolo!» ha esclamato Dorrie. «Lascia perdere gli angeli.»

«No» si è opposta Tegan. «Non lasciarli perdere.» Ha dato un colpetto a Dorrie. «E tu non fare il Grinch della situazione. Non sei credibile.»

«Non faccio il Grinch, sono solo realista.»

Tegan si è alzata dalla sedia ed è venuta a sedersi vicino a me.

«Il fatto che Jeb non ti abbia chiamato non deve per forza avere un significato. Magari è andato a trovare suo padre nella riserva. Non aveva detto che alla ris il telefono prende male?»

Jeb spesso chiamava la riserva "ris", e avevamo cominciato a farlo anche noi. Ci faceva sentire parte di un gruppo esclusivo. Ma sentirlo dire da Tegan mi ha indispettita ancora di più.

«Sì, è andato alla ris» ho risposto, «ma è tornato. E io lo so perché la malefica Brenna *per caso* si è ritrovata da Starbucks lunedì, e sempre *per caso* ha sciorinato tutti i programmi natalizi di Jeb sotto il mio naso, mentre era in fila per il caffè. Era con Meadow, ed era tutta un "Oh che peccato che Jeb non c'è, ma torna in treno alla Vigilia, pensavo di andarlo a prendere in stazione…".»

«È per questo che hai scritto la mail?» mi ha chiesto Dorrie. «Perché hai sentito Brenna che parlava di lui?»

«Non è *per questo*, ma di sicuro non ha aiutato.» Non mi piaceva il modo in cui mi guardava. «Be'?»

«Forse è rimasto bloccato dalla tempesta di neve» ha suggerito Tegan.

«Ed è *ancora* bloccato? E magari gli è anche caduto il telefono nella neve come alla ragazza del bacio, ed è per questo che non ha chiamato? E non ha accesso a un computer perché ha dovuto costruire un iglù per passare la notte e nell'iglù non gli hanno installato l'impianto elettrico?»

Tegan ha scrollato le spalle nervosamente. «Può darsi.»

«Non riesco a capacitarmene» ho continuato. «Non è venuto, non ha chiamato, non ha scritto. Non ha fatto niente.»

«Forse aveva bisogno di spezzarti il cuore come tu l'hai spezzato a lui» ha suggerito Dorrie.

«Dorrie!» ho esclamato, mentre nuove lacrime mi spuntavano agli angoli degli occhi. «Come puoi dire una cosa così cattiva?»

«Oppure no, non so. Ma Adds, gli hai fatto davvero del male…»

«Lo so! L'ho appena detto!»

«Ma male male» ha continuato imperterrita lei. «Una ferita che durerà un sacco. Come quando Chloe ha mollato Stuart.» Chloe Newland e Stuart Weintraub erano famosi alla Gracetown High: Chloe perché aveva tradito Stuart, e Stuart perché non era mai riuscito a dimenticarla. E indovinate dov'era successo il tutto? Da Starbucks. Lei era lì con un altro – nel bagno… così *volgare*! – e lui era comparso all'improvviso. Ovviamente avevo dovuto assistere a tutta la scena.

«Addirittura» ho commentato. Il mio cuore si è messo a battere più forte, perché quel giorno avevo provato una grande rabbia nei confronti di Chloe. Avevo pensato che fosse stata così… spietata con il suo ragazzo, a tradirlo in quel modo. Ero tanto sconvolta che le avevo detto di andarsene, e Christina dopo aveva dovuto prendermi da parte e dirmi che, in futuro, era meglio se non cacciavo dal locale una cliente solo perché era una stronza senza cuore.

«Stai dicendo…» Cercavo di leggere l'espressione di Dorrie. «Stai dicendo che sono una Chloe?»

«Certo che no!» si è intromessa Tegan. «Non sta dicendo che tu sei una Chloe. Piuttosto sta dicendo che Jeb è uno Stuart. Vero, Dorrie?»

Dorrie non ha risposto subito. Sapevo che aveva un debole per Stuart, perché tutte le ragazze del nostro anno avevano un debole per Stuart. È un ragazzo carino. E Chloe lo trattava come feccia. Ma Dorrie era ancora più protettiva nei suoi confronti, e questo credo perché Stuart era l'altro ragazzo ebreo della scuola, e quindi tra i due c'era un legame speciale.

Mi sono detta che era per questo che aveva citato Chloe e Stuart. Non perché volesse paragonarmi a Chloe, che oltre a essere una stronza dal cuore di ghiaccio, metteva anche un rossetto di una tonalità che non si addiceva per niente alla sua carnagione.

«Povero Stuart» stava dicendo Tegan. «Vorrei che trovasse qualcuno. Qualcuno che lo meriti.»

«Sì, sì, tutti vogliamo che il povero Stuart trovi il vero amore. Ma, Dorrie, te lo chiedo di nuovo: io sarei Chloe, in questa storia?»

«*No*» ha risposto Dorrie. Ha strizzato gli occhi e si è massaggiata la fronte, come se le fosse scoppiato un gran mal di testa. Ha abbassato la mano e mi ha guardata dritta negli occhi. «Adeline, io ti voglio bene. E te ne vorrò sempre. Ma...»

Ho sentito un brivido corrermi lungo la schiena, perché una frase in cui c'erano le parole "ti voglio bene" seguite da "ma" non poteva far presagire nulla di buono. «Ma cosa?»

«Lo sai anche tu che a volte ti crei un bozzolo coi tuoi problemi. Voglio dire, lo facciamo tutti, non dico di no. Ma tu ne hai fatto una forma d'arte. E a volte...»

Mi sono alzata dal letto, trascinando con me la coperta, e me la sono riavvolta intorno alla testa tenendola chiusa sotto il mento. «Sì?»

«A volte ti preoccupi più di te stessa che degli altri, ecco.»

«Quindi *stai* dicendo che sono Chloe! Stai dicendo che sono una stronza autoreferenziale senza cuore!»

«Non senza cuore» ha precisato lei. «Quello mai.»

«E non una...» la voce di Tegan si è ridotta a un sussurro. «Lo sai. Non lo sei *per niente*.»

Non mi è sfuggito il fatto che nessuna delle due avesse negato l'"autoreferenziale".

«Dio mio! Sono in piena crisi e le mie migliori amiche si coalizzano contro di me.»

«Non ci siamo coalizzate contro di te!» ha protestato Tegan.

«Scusa, non ti sento. Sono troppo autoreferenziale.»

«No, non ci senti perché hai una coperta sulle orecchie» ha osservato Dorrie. Mi si è avvicinata a grandi passi. «Sto solo dicendo che...»

«La-la-la, non ti sento!»

«... che non credo dovresti tornare insieme a Jeb, a meno che tu non sia sicura.»

Era pazzesco quanto veloce mi battesse il cuore. Ero nella mia stanza, in compagnia delle mie due migliori amiche, eppure ero terrorizzata da quello che una di loro stava per dire.

«Sicura di cosa?» sono riuscita a dire.

Dorrie mi ha tirato giù il cappuccio. «Nella mail hai scritto che sei cambiata» ha detto cauta. «Ma mi chiedo se sia vero. Se hai, ecco, se ti sei davvero guardata dentro per capire che cosa *devi* cambiare.»

Mi sono sentita esplodere il cervello. Era altamente probabile che stessi andando in iperventilazione e che di lì a poco sarei svenuta e avrei battuto la testa e sarei morta, e la coperta si sarebbe inzuppata di sangue rosso vivo.

«Vattene!» ho gridato a Dorrie, indicando la porta.

Tegan si è fatta piccola piccola.

«Addie» ha detto Dorrie.

«Dico sul serio, vai. E io e Jeb *non siamo* tornati insieme. Perché lui non è venuto. Quindi chi se ne importa se sono "davvero" cambiata? Non conta un cavolo!»

Dorrie ha alzato le mani. «Hai ragione. Sono un'idiota. Ho sbagliato tutto.»

«Dillo a me. E dovresti essere una mia amica!»

«Lei *è* un'amica» è intervenuta Tegan. «Potete smettere di battibeccare? Tutte e due?»

Mi sono voltata dall'altro lato, e così facendo ho visto il mio riflesso nello specchio sulla cassettiera. Per un istante non mi sono riconosciuta: i capelli, la faccia arrabbiata, gli occhi pieni di angoscia. Ho pensato: *Chi è questa pazza?*

Ho sentito una mano posarsi sulla spalla.

«Addie, mi dispiace» ha detto Dorrie. «Ho parlato senza pensare, come faccio sempre... Io volevo solo...»

Si è interrotta, ma questa volta non ho chiesto: "Volevi solo cosa?".

«Mi dispiace» ha ripetuto.

Ho affondato le dita nel tessuto della coperta. Dopo alcuni lunghi secondi, ho annuito vagamente. *Ma sei comunque un'idiota*, ho detto dentro di me, anche se non lo pensavo.

Dorrie mi ha stretto la spalla, poi ha lasciato la presa. «Forse dobbiamo andare, vero, Tegan?»

«Mi sa» ha risposto lei, giocherellando con l'orlo della maglietta. «Però non voglio che finiamo male la serata. In fondo è Natale.»

«È già finita male» ho mormorato.

«No, non è vero. Abbiamo fatto pace, no?»

«Non parlavo di quello» ho risposto.

«Smettetela» ha detto Tegan. «Io ho qualcosa di bello da dirvi che non ha niente a che vedere con la tristezza e il cuore infranto e i litigi.» Ci ha rivolto uno sguardo implorante. «Mi ascoltate?»

«Certo» ho risposto. «Cioè, io sì. Non posso parlare anche per la nostra Grinch.»

«Io vorrei tanto sentire qualcosa di bello!» ha detto Dorrie. «Si tratta di Gabriel?»

«Gabriel? Chi è Gabriel?» ho chiesto. Poi mi sono ricordata. «Ah, Gabriel!» Non ho guardato Dorrie, perché temevo che usasse anche questo come prova del fatto che a me importava solo di me stessa e quelle idiozie lì.

«Prima che venissimo qui, ho ricevuto la notizia più bella che si possa immaginare» ha attaccato Tegan. «Ma non volevo parlarne mentre Addie era in crisi.»

«Credo che Addie abbia superato la crisi» ha risposto Dorrie. «Addie, è finita la crisi?»

Non finirà mai, ho pensato.

Mi sono seduta per terra e ho strattonato leggermente Tegan per farla sedere accanto a me. Ho fatto spazio perfino a Dorrie. «Raccontaci la buona notizia.»

«La buona notizia riguarda proprio Gabriel» ha annunciato lei. Ha sorriso. «Arriva domani!»

Capitolo 5

«Gli ho preparato il lettino» raccontava Tegan. «Gli ho anche preso un pupazzo del maialino Pimpi per farlo sentire a casa, e un pacco gigante di gomme Dubble Bubble all'uva.»

«Ah, sì, perché Gabriel adora le Dubble Bubble all'uva» ha commentato Dorrie.

«I maiali mangiano le gomme?» ho chiesto.

«Non le mangiano, le masticano» ha spiegato Tegan. «Poi ho preparato una copertina dove raggomitolarsi, un guinzaglietto e una lettiera. L'unica cosa che non gli ho potuto procurare è un po' di fango per rotolarsi, ma può sempre farlo nella neve, no?»

Stavo ancora pensando alle gomme, ma ho deciso di lasciar perdere. «Certo che può» ho detto. «Tegan, è una notizia fantastica!»

Le brillavano gli occhi. «Ora avrò finalmente il mio maialino! Un maialino tutto per me, ed è solo grazie a voi, ragazze!»

Non ho potuto impedirmi di sorridere. Oltre a essere di una simpatia irresistibile, c'era un altro elemento base nella Teganità di Tegan.

Aveva la fissa dei maiali.

Una gran fissa, se è per questo. E quindi se lei sosteneva che i maiali masticano le gomme, allora i maiali masticavano le gomme. Se non lo sapeva lei, chi altri avrebbe potuto saperlo?

La sua stanza era praticamente un Museo del Maiale: su qualunque superficie disponibile campeggiavano maialini di porcellana, maialini di ceramica, maialini scolpiti nel legno. A Natale, io e Dorrie di solito gliene regalavamo uno nuovo per arricchire la collezione. (Io e Tegan facevamo anche un regalo a Dorrie per Hanukkah, naturalmente. Quest'anno le avevamo ordinato una maglietta da un sito troppo forte chiamato Figlie del Rabbino. Era bianca con maniche a palloncino nere, e sopra c'era scritto: CE L'HAI LA CHUTZPAH?, che in yiddish vuol dire "faccia tosta".)

Tegan desiderava da sempre un maialino vero, ma i suoi genitori erano stati categorici. Anzi, suo padre, che si è sempre creduto un grande comico, di solito rispondeva con un grugnito seguito dalla frase: «Quando i porci avranno le ali, zuccherino».

La madre era meno irritante, ma non meno decisa.

«Tegan, quel piccolo e tenero maialino che tanto vorresti dopo un po' si trasforma in una bestia di trecento chili, questo lo sai, vero?» diceva.

In effetti, un po' aveva ragione. Quattrocento chili erano come dire otto Tegan una sull'altra. Forse non era una grande idea avere un animale domestico che pesasse otto volte la padrona.

Ma poi un giorno Tegan aveva scoperto... rullo di tamburi... l'esistenza dei maialini nani. Che sono carinissimi. Il mese precedente Tegan ce li aveva fatti vedere su un sito, e ci eravamo sdilinquite di fronte a quei piccini che stavano letteralmente dentro una tazza di tè. A quanto pare, arrivano a pesare un massimo di tre chili, che sarebbe poco più di un ventesimo del peso di Tegan: una proporzione di gran lunga più accettabile rispetto a quella con un suino di tre quintali.

Così Tegan aveva parlato con l'allevatrice, e poi aveva fatto parlare l'allevatrice con i suoi genitori, e in tutto quel parlare, anche io e Dorrie avevamo avuto l'occasione di parlare con l'allevatrice. Così, quando i genitori di Tegan si erano finalmente convinti, Tegan aveva scoperto che in realtà era già tutto pronto: l'ultimo maialino della cucciolata era già stato prenotato e perfino pagato.

«Ragazze!!!» aveva gridato Tegan. «Siete le migliori amiche che si possano desiderare! E se i miei avessero detto di no?»

«Be', abbiamo corso il rischio» aveva detto Dorrie. «Questi piccolini qua vanno via come il pane.»

«Sì» avevo confermato. «Anzi, *volano* via.»

Dorrie aveva brontolato, il che aveva avuto l'effetto di ringalluzzirmi.

Avevo aperto le braccia a mo' di ali e avevo gridato: «Vola, maialino, vola! Vola da noi!».

E a dire il vero eravamo tutti convinti che per Natale Gabriel sarebbe volato, per così dire, verso la sua nuova casa. Una settimana prima, l'allevatrice aveva avvisato Tegan che il maialino era stato svezzato, e Tegan e Dorrie avevano deciso di andare a prenderlo. L'allevamento Fancy Nancy si trova a Maggie Valley, a circa trecento chilometri di distanza, ma probabilmente sarebbero riuscite ad andare e tornare in giornata. Poi però è arrivata la tempesta di neve, e addio piani.

«Ma stasera ha chiamato Nancy, e indovinate un po'?» ha detto Tegan. «Le strade dalle parti di Maggie Valley sono abbastanza libere, e quindi lei ha deciso di andare ad Asheville per il Capodanno. E visto che Gracetown è di strada... lascerà Gabriel da Pet World, il negozio di animali, e io vado a prenderlo domani!»

«Quale negozio? Quello di fronte a Starbucks?» ho domandato.

«Perché lo lascia lì?» ha chiesto Dorrie. «Non poteva portarlo direttamente a casa tua?»

«No, perché le strade secondarie non sono state ancora liberate dalla neve» ha spiegato Tegan. «Nancy è amica del proprietario del negozio, e lui le lascia le chiavi. Ha detto che metterà un biglietto sul trasportino di Gabriel con su scritto: "Non dare in adozione a nessuno che non sia Tegan Shepherd!".»

«In adozione?» ho domandato.

«Sì, nel gergo dei negozi di animali vendere si dice "dare in adozione"» ha spiegato Dorrie. «E meno male che Nancy ha scritto così, perché sicuramente frotte di persone invadono quotidianamente Pet World alla ricerca disperata di maialini nani!»

«Chiudi il becco» le ha ordinato Tegan. «Andrò in città a prenderlo un nanosecondo dopo che sarà passato lo spazzaneve.» Ha giunto le mani. «Per favore, fa' che arrivi presto anche nel nostro quartiere!»

«Sì, sogna» ha fatto Dorrie.

«Ragazze» ho detto. Mi era appena venuta un'idea. «Domani ho il turno al mattino, e mio padre mi dà l'Explorer.»

Dorrie ha fatto finta di gonfiare i muscoli. «Addie ha l'Explorer! E chi ha bisogno dello spazzaneve?»

«Esatto» ho risposto. «Mica come… *ehm*… quella scassona della Civic!»

«Non parlare male della Civic!» ha protestato Tegan.

«Oh, tesoro, ma non si può non parlar male della Civic» ha sentenziato Dorrie.

«Comunque» l'ho interrotta. «Potrei passare a prendere io Gabriel.»

«Davvero?» ha detto Tegan.

«Ma quindi Starbucks sarà aperto?» ha chiesto Dorrie.

«Ragazzina» ho risposto io. «Pioggia, tempesta o bufera, Starbucks non dispera.»

«Ragazzina» ha replicato lei, «questo non era lo slogan delle Poste?»

«Be', a differenza delle poste Starbucks dice sul serio.» Mi sono voltata verso Tegan. «Comunque sì, Tegan, domani vado in centro fin troppo presto, e sì, posso prendere il tuo Gabriel.»

«Evviva!» ha esclamato Tegan.

«Aspettate un attimo» ci ha interrotte Dorrie. «Non state dimenticando qualcosa?»

Ho aggrottato la fronte.

«Ovvero, Nathan Krugle? Lavora al negozio e ti odia.»

Ho avvertito un vuoto nello stomaco. Tutto quel parlare di maiali, e mi ero dimenticata di Nathan. Come avevo potuto?

Ho sollevato il mento. «Come sei negativa. Nathan lo gestisco tranquillamente. Sempre che lavori domani, cosa molto improbabile, perché sarà sicuramente a qualche riunione di Star Trek o roba simile.»

«Stai già mettendo le mani avanti!»

«Ma va'. Sto dimostrando la mia totale mancanza di autoreferenzialità. Anche se Nathan ci sarà… be', qui stiamo parlando di Tegan.»

Dorrie non sembrava convinta.

Mi sono voltata verso Tegan. «Faccio pausa alle nove, domani, così sarò la prima persona a varcare la soglia di Pet World. Okay?» Poi mi sono avvicinata alla scrivania con passo deciso, ho strappato un post-it di Hello Kitty e ci ho scritto sopra: "Non dimenticare il maiale". Dopodiché ho aperto l'armadio, ho tirato fuori la maglietta che avrei indossato il mattino dopo e ci ho attaccato il post-it.

«Contente?» ho chiesto, tenendola in mano per mostrarla a Tegan e Dorrie.

«Contente» ha risposto Tegan sorridendo.

«Grazie, Tegan» ho detto in tono solenne, per far capire a Dorrie che aveva molto da imparare su cosa volesse dire dare fiducia a un'amica. «Ti prometto che non ti deluderò.»

Capitolo 6

Tegan e Dorrie si sono congedate, e per circa due minuti mi sono dimenticata dei miei dispiaceri, tutta presa da abbracci e saluti. Ma non appena se ne sono andate, ecco che le spalle mi si sono incurvate di nuovo. "Ciao" ha detto la tristezza, "sono tornaaata. Ti sono mancata?"

Questa volta la mente è andata al ricordo del sabato precedente, il mattino dopo la festa di Charlie e il giorno più brutto della mia vita. Ero andata a casa di Jeb – a sua insaputa – e all'inizio era stato contento di vedermi.

«Dove sei finita ieri sera?» mi ha chiesto. «Non riuscivo a trovarti da nessuna parte.»

Sono scoppiata a piangere. I suoi occhi neri si sono riempiti di preoccupazione.

«Addie, non sei ancora arrabbiata con me, vero? Per il litigio di ieri.»

Ho cercato di rispondere. Ma non mi è uscita una sola parola.

«Non è stato neanche un litigio» ha cercato di rassicurarmi. «È stato… niente.»

Ho cominciato a piangere più forte, e lui mi ha preso le mani.

«Io ti amo, Addie. Cercherò di diventare più bravo a dimostrartelo. Che ne dici?»

Se nella sua stanza ci fosse stata una scogliera a picco sul mare, mi sarei buttata giù. Se sul suo comodino ci fosse stato un pugnale, me lo sarei conficcato nel petto.

E invece, gli ho raccontato la Cosa di Charlie.

«Mi dispiace così tanto» ho balbettato in preda ai singhiozzi. «Pensavo che saremmo rimasti insieme per sempre. Volevo che stessimo insieme per sempre!»

«Addie...» ha detto lui. Stava ancora cercando di raccapezzarsi, ma in quel momento ciò che davvero lo sconvolgeva – e ne ero certa perché lo conoscevo – era il fatto che io fossi così disperata. *Questa* era la cosa che lo preoccupava di più, e mi ha stretto forte le mani.

«Smettila! Non puoi essere carino con me, non mentre ci stiamo lasciando!» ho gridato.

Era terribilmente confuso. «Ci... ci stiamo lasciando? Tu vuoi stare con Charlie invece che con me?»

«No. Dio, no». Ho fatto un passo indietro. «Io ti ho tradito, e ho rovinato *tutto*, quindi...» la voce strozzata da un singhiozzo «quindi lo so che devo lasciarti andare.»

Non aveva ancora capito come stavano le cose.

«Ma... e se io non volessi?» ha balbettato.

Piangevo talmente forte che non riuscivo a respirare, ma ricordo di aver pensato – anzi, di aver saputo con certezza – che Jeb era infinitamente migliore di me. Era il più grande, il più meraviglioso ragazzo al mondo, e io ero solo uno zero assoluto che non meritava neanche di fargli da zerbino d'ingresso. Ero una *minchiona* almeno quanto Charlie.

«Devo andare» ho detto, avviandomi verso la porta.

Lui mi ha afferrato un polso. La sua faccia diceva: "Non andare, per favore".

Ma io *dovevo andare.* Non riusciva a capirlo?

Mi sono divincolata per liberarmi dalla presa e mi sono costretta a dire quelle parole: «Jeb... è finita».

Lui ha serrato la mascella, e in quel momento ho avuto un moto di gioia perversa. *Doveva* essere furioso con me. Era *giusto* che mi disprezzasse.

«Vai» ha detto.

E io me ne sono andata.

E ora... eccomi. Me ne stavo alla finestra della mia stanza, a guardare Tegan e Dorrie che rimpicciolivano in lontananza. La luce della luna dava alla neve – tutta quella neve – riflessi d'argento e solo a vederla mi è venuto freddo.

Mi chiedevo se Jeb mi avrebbe mai perdonata.

Mi chiedevo se avrei mai smesso di sentirmi un tale schifo.

E mi chiedevo se Jeb si sentisse come me, e mi sono sorpresa a sperare di no. Voglio dire, volevo che si sentisse un po' male anche lui, o abbastanza male, ma non volevo che il suo cuore fosse ridotto a un grumo gelato di rimpianto. Aveva un cuore così buono, che era il motivo per cui il suo comportamento del giorno prima continuava a sembrarmi non da lui.

Comunque non era colpa sua se avevo rovinato tutto, e ovunque si trovasse in quel momento, ho sperato che il suo cuore fosse caldo.

Capitolo 7

«Brrr» ha detto Christina aprendo la porta d'ingresso di Starbucks alle quattro e mezza della mattina dopo. Quattro e mezza, per la miseria! Ci voleva ancora un bel po' perché sorgesse il sole, e il parcheggio era una landa desolata, punteggiata qua e là di macchine ricoperte di neve. Il ragazzo di Christina ha suonato il clacson mentre svoltava in Dearborn Avenue, e lei si è voltata a salutarlo con la mano. Poi lui è sparito, e siamo restate noi due nella neve, con il negozio ancora buio.

Christina ha aperto, e io mi sono affrettata a entrare dietro di lei.

«Fa un freddo là fuori» ha detto.

«Non dirlo a me» ho risposto. Il tragitto in macchina da casa mia era stato piuttosto accidentato, anche con le catene e le gomme da neve, e avevo visto almeno una dozzina di auto abbandonate da guidatori meno incoscienti di me. Su un monticello di neve c'era la sagoma di un intero SUV o qualche altro macchinone del genere. Com'era possibile? Come aveva fatto quell'idiota di conducente a non vedere un muro di neve di quasi due metri?

Finché non fosse passato lo spazzaneve, non c'era verso

che Tegan potesse farsi strada con quella vecchia carretta della Civic.

Ho battuto i piedi per terra per scuotere i rimasugli di neve, poi mi sono tolta gli stivali e mi sono avviata in calze verso lo stanzino sul retro. Ho premuto i sei interruttori vicino al bocchettone del riscaldamento e l'ambiente si è illuminato a giorno.

Siamo la stella cometa, accesa dagli angeli, ho pensato, immaginando l'effetto di quell'unica grande luce vista da qualunque punto della città ancora immersa nel buio. *Solo che Natale è passato, e di angeli non c'è neanche l'ombra.*

Mi sono tolta cappello e giubbotto e ho infilato le scarpe nere, coordinate con i pantaloni della divisa dello stesso colore. Ho controllato che il post-it del maiale fosse ancora attaccato alla maglietta, che come tutte quelle dei dipendenti di Starbucks aveva scritto sopra: TU LO CHIEDI NOI LO FACCIAMO. Dorrie la prendeva in giro tutte le volte, e in generale derideva tutto ciò che aveva a che fare con Starbucks, ma a me non importava. Lì mi sentivo al sicuro, anche se era il posto della tristezza, perché racchiudeva così tanti ricordi di Jeb. Ma la routine delle giornate, l'odore del caffè, mi davano un senso di conforto. E anche la musica. Chiamatela come volete, musica per dipendenti d'azienda o preconfezionata, ma le compilation di Starbucks a me piacevano.

«Ehi, Christina» ho gridato. «Che ne dici di un po' di *Hallelujah*?»

«Certo che sì!» ha gridato lei di rimando.

Ho infilato la compilation *Lifted: Songs of the Spirit* (sì, ovviamente faceva vomitare Dorrie) e ho selezionato la traccia numero 7. La voce di Rufus Wainwright ha invaso l'ambiente e io ho pensato: *Ah, la dolce colonna sonora di Starbucks.*

Quello che Dorrie non riusciva a capire – lei e quel trilione di antistarbucksiani là fuori – era che le persone che ci lavorano, da Starbucks, sono pur sempre *esseri umani*, proprio come tutti gli altri. Sì, Starbucks è di proprietà di qualche pezzo grosso, e sì, è una catena di negozi del tutto spersonalizzati. Ma Christina è una *persona*, e vive qui a Gracetown, esattamente come Dorrie. E come me. E così gli altri miei colleghi. Quindi qual era il problema?

Sono uscita dallo stanzino sul retro e ho cominciato a spacchettare i dolci lasciati da Carlos, il ragazzo delle consegne.

La mia attenzione continuava a essere attratta dalle poltrone viola all'ingresso, e le lacrime rendevano sfocati i contorni dei muffin al mirtillo.

Basta, ho ordinato a me stessa. *Torna in te, accidenti, o sarà una giornata molto lunga.*

«Wow» ha fatto Christina, i cui piedi sono apparsi improvvisamente nella mia visuale. «Ti sei tagliata i capelli.»

Ho alzato la testa. «Ah… sì…»

«E li hai tinti di rosa.»

«Non è un problema, vero?»

Starbucks adottava la politica del "non chiedere, non dire", che proibiva piercing al naso o in altri punti del viso, e tatuaggi visibili; il che voleva dire che potevi avere tutti i piercing e i tatuaggi che volevi, l'importante era che non si vedessero. Ma non avevo pensato che potesse esserci, da qualche parte nelle linee guida, il divieto di avere i capelli rosa. In effetti l'argomento non era mai venuto fuori.

«Mmm» ha fatto Christina, studiandomi. «No, direi che va bene. È che non me l'aspettavo proprio!»

«Già, neanch'io» ho detto in un sussurro.

Non pensavo mi avrebbe sentito, invece sì, a quanto pare.

«Addie, va tutto bene?»

«Certo» ho risposto.

Il suo sguardo si è spostato sulla mia maglietta. Ha aggrottato la fronte.

«Cos'è questo maiale che non devi dimenticare?»

«Eh?» Mi sono guardata la maglia. «Ah. Oh, niente.» Immaginavo che anche i maiali probabilmente fossero vietati da Starbucks, quindi non c'era ragione di inquietare Christina spiegandole tutta la storia. Avrei tenuto Gabriel nascosto nello stanzino, e lei non avrebbe mai saputo nulla.

«Sei sicura che va tutto bene?» mi ha chiesto di nuovo.

Io le ho rivolto un sorriso smagliante e ho staccato il post-it. «Mai stata meglio!»

Lei è tornata ad armeggiare con le macchine del caffè, e io ho piegato in due il post-it e l'ho infilato in tasca. Poi ho preso il vassoio dei dolci, mi sono messa i guanti di plastica, e ho cominciato a riempire i vassoi. La cover di *Hallelujah* continuava a riempire la stanza, e cantavo anch'io tra me e me. Era quasi piacevole, dello stile "la vita è uno schifo ma almeno esiste della buona musica".

Ma ascoltando le parole – ascoltandole davvero, non facendomele scivolare addosso – quella sensazione di quasi benessere è svanita. Per via di tutti gli alleluia disseminati nel testo, avevo sempre pensato che fosse una canzone spirituale su Dio o robe del genere. Ma tra un alleluia e l'altro c'erano delle parole. Parole non esattamente allegre.

Rufus cantava una canzone che parla d'amore, e di come l'amore senza fedeltà non può esistere. Sono rimasta impietrita, perché quello che diceva suonava fin troppo familiare alle mie orecchie. Ho ascoltato ancora, e con orrore mi sono resa conto che la canzone parlava di un uomo innamorato, che era stato tradito dalla donna che amava. E quegli alleluia così dolci da stringerti il cuore? Non erano alleluia di incoraggiamento. Erano… erano *cold* e *broken*, freddi e spezzati. Così diceva il ritornello.

Perché mai mi piaceva quella canzone? Era terribile!

Stavo per cambiare CD, quando è cominciata quella successiva. Una versione gospel di *Amazing Grace*. Ho pensato: *Be', pur sempre meglio di un alleluia freddo e spezzato.* E anche: *Dio, per favore, un po' di grazia anche per me.*

Capitolo 8

Verso le cinque, i preparativi erano ormai finiti. E infatti alle 5:01 il nostro primo cliente ha bussato alla porta di vetro, e Christina si è avvicinata per aprire ufficialmente i battenti.

«Buon giorno-dopo-Natale, Earl» ha detto al ragazzo ben piantato che aspettava fuori. «Non sapevo se con questo tempaccio ti avremmo visto.»

«Secondo te, ai miei clienti importa qualcosa del tempo?» ha chiesto lui. «Pensaci bene, cara.»

Si è fatto avanti lentamente nel locale, lasciando dietro di sé una scia di aria gelida. Aveva le guance arrossate, e indossava un cappello rosso e nero coi paraorecchie. Era un omone gigantesco, con la barba e l'aria da taglialegna – il che gli si addiceva, visto che lui di mestiere faceva appunto il taglialegna. Guidava un trattore con il rimorchio, uno di quei veicoli che non vorresti mai trovarti davanti su una delle tante strade di montagna che ci sono da queste parti. Primo, perché il peso di quello che trasportava lo costringeva a procedere alla travolgente velocità di trenta all'ora; secondo, perché il rimorchio era aperto e di solito strapieno di legname. Tronchi spesso *molto* grossi, accatastati in mucchi anche di cinque o sei. Tronchi che, se per caso si fossero allentate le corde che li tenevano, sarebbero rotolati giù per spiaccicare te e la tua macchina come un bicchiere di plastica.

Christina ha aggirato il bancone per accendere il vapore della macchina del caffè. «Però dev'essere bello sentirsi necessari a qualcuno, no?» ha detto.

Earl ha emesso un brontolio. Si è avvicinato alla cassa con passo pesante, poi mi ha guardato strizzando gli occhi e ha detto: «Che hai fatto ai capelli?».

«Li ho tagliati.» L'ho guardato in faccia. «E tinti.» E visto che continuava a non dire nulla: «Ti piacciono?».

«Che importanza ha?» ha replicato. «Sono i tuoi capelli.»

«Lo so, ma...» Mi sono resa conto che non sapevo come finire la frase. Effettivamente che mi importava se a Earl il mio nuovo look piaceva o meno? Abbassando lo sguardo ho afferrato i soldi. Prendeva sempre la stessa cosa, quindi non c'era altro da aggiungere.

Christina ha spruzzato un abbondante ricciolo di panna sulla cioccolata calda al lampone di Earl, poi ci ha versato sopra un po' di sciroppo rosso vivo e ha concluso l'operazione mettendo un coperchio di plastica trasparente sul bicchiere.

«Ecco» ha annunciato.

«Grazie, ragazze» ha detto Earl. Ha sollevato il bicchiere come per un brindisi e ha marciato fuori dalla porta.

«Secondo te i suoi compari taglialegna lo prendono in giro per il fatto che beve una roba così... da femmine?» ho domandato a Christina.

«Non più di una volta» ha risposto lei.

La porta ha tintinnato e un ragazzo l'ha tenuta aperta per far passare la sua ragazza. O almeno così ho pensato, perché avevano quell'aria da coppietta innamorata, un misto di goffaggine e aria sognante. Mi è tornato subito in mente Jeb – ero riuscita a stare, quanto?, forse due secondi senza pensarci – e mi sono sentita sola.

«Accidenti, altri clienti mattinieri» ha fatto Christina.

«Nottambuli, più che altro.» Il ragazzo, che ho riconosciuto perché andava alla mia stessa scuola, aveva gli occhi pesti e la camminata ondeggiante di uno che era stato in piedi tutta la notte. Anche la ragazza mi è sembrato avesse un viso noto, ma non ne ero sicura. Non la finiva di sbadigliare.

«Puoi smetterla?» ha chiesto il ragazzo alla Ragazza che Sbadigliava. Tobin, ecco come si chiamava. Era una classe più avanti di me. «Mi contagi.»

Lei ha sorriso. Poi ha sbadigliato di nuovo. Forse si chiamava Angie? Sì, Angie, ed era così poco femminile da farti sentire troppo femminile. Non credo lo facesse apposta. D'altra parte, non credo neanche che sapesse chi ero.

«Fantastico» ha detto lui. Poi si è rivolto a me e Christina, allargando le braccia. «Lei pensa che io sia noioso. La sto annoiando… ci credete?»

Ho conservato un'espressione amichevole, ma senza lasciarmi coinvolgere. Tobin era uno che indossava maglioni logori ed era amico del coreano a cui piaceva dire "minchione", e con i suoi amici formava il classico gruppetto di quelli talmente intelligenti da metterti a disagio. Del tipo che ti fanno sentire scema come una cheerleader, anche se io non ero una di loro, e a dire la verità non pensavo neanche che fossero sceme. Almeno, non tutte. Forse Chloe-che-ha-scaricato-Stuart sì.

«Ehi» ha detto Tobin, indicandomi. «Io ti conosco.»

«Già» ho risposto.

«Ma i tuoi capelli prima non erano rosa.»

«No.»

«Quindi lavori qui? Roba da matti.» Si è girato verso la ragazza. «Lavora qui. Magari ci ha lavorato per anni, e non me ne sono mai accorto.»

«Inquietante» ha detto la ragazza. Mi ha sorriso e ha piegato la testa da un lato, in un modo che sembrava voler dire "So che ti conosco, e scusa ma non mi ricordo come ti chiami, comunque ciao".

«Cosa volete ordinare?» ho chiesto.

Tobin ha studiato il tabellone del menu. «Ah, questo è il posto con tutti i nomi strani dei formati, vero? Tipo *grande* e simili?» Lo ha detto imitando uno strascicato accento francese, e io e Christina ci siamo scambiate uno sguardo.

«Sì, comunque *grande* è italiano» ha detto Christina. «E qui vuol dire medio. *Venti* è la misura più grande.»

«*Venti.* Santo cielo. Non posso ordinare in inglese normale?»

«Certo.» Era un equilibrio difficile da mantenere: essere gentili col cliente, al tempo stesso richiamarlo all'ordine se necessario. «Potrebbe venir fuori un pasticcio, ma se vuoi provarci...»

Le labbra di Angie si sono contratte. Questo me l'ha resa simpatica.

«Oh, no, no, no» ha detto Tobin, alzando le mani e agitandole come per ricredersi. «Paese che vai... eccetera eccetera. Allora... fammi pensare... vorrei un muffin al mirtillo *venti.*»

Non ho potuto non scoppiare a ridere. Aveva i capelli

ritti, l'aria completamente esausta, e sì, stava facendo il coglione.

Inoltre ero quasi certa che non ricordasse neanche il mio nome, anche se avevamo frequentato le stesse scuole elementari, medie e superiori. Eppure c'era qualcosa di dolce in lui, mentre guardava Angie che rideva insieme a me.

«Cosa c'è?» ha detto tutto sorpreso.

«I formati "strani" sono solo per la caffetteria» ha spiegato lei, poi gli ha messo una mano sulla spalla e lo ha fatto girare verso la vetrinetta dei dolci, dove sei muffin gonfi e identici facevano bella mostra di sé uno accanto all'altro. «I muffin sono taglia unica.»

«D'altra parte sono muffin» ha aggiunto Christina.

Tobin ha protestato, e all'inizio ho pensato che stesse continuando a recitare la sua parte. *Il povero, ignaro ragazzo costretto contro la sua volontà a entrare in contatto con quel brutto e cattivo mostro chiamato Starbucks.* Poi ho notato che continuava ad arrossire, e mi sono resa conto di una cosa. Tobin e Angie… stavano insieme da pochissimo. Da così poco che, per lui, essere toccato da lei era ancora una sorpresa emozionante e gloriosa.

Un'altra ondata di solitudine mi ha attraversata. Mi sono ricordata di aver provato anch'io quell'emozione che ti fa venire il formicolio alla pelle.

«Questa è la prima volta che entro da Starbucks» ha detto Tobin. «Sul serio. La prima volta in vita mia. Quindi siate clementi, ve ne prego.» Ha cercato le mani di Angie, e le loro dita si sono intrecciate. Anche lei è arrossita.

«Quindi… un muffin. Nient'altro?» ho domandato. Ho richiuso la vetrinetta scorrevole.

«Lascia stare, non lo voglio più il tuo muffin brutto e cattivo» ha detto, fingendo il broncio.

«Povero piccino» è stata allo scherzo Angie.

Tobin l'ha guardata. Il sonno, insieme a qualcos'altro, addolciva i suoi lineamenti.

«Mmm, e se prendessi il latte macchiato nella tazza più grande che avete?» ha detto. «Lo beviamo insieme.»

«Certo» ho risposto. «Ci volete un po' di sciroppo?»

Lui ha riportato l'attenzione su di me. «Sciroppo?»

«Alla nocciola, cioccolato bianco, lampone, vaniglia, caramello...» ho recitato, seguendo il mio elenco mentale.

«Alle crocchette di patate?»

Per un attimo ho pensato che mi stesse prendendo in giro, ma poi Angie ha riso e ho capito che lui si riferiva a un qualche scherzo tra loro, che non era una cattiveria nei miei confronti, e ho pensato che forse, in fondo, non *tutto* al mondo doveva sempre per forza riguardare me.

«Mi spiace, non ce l'abbiamo.»

«Ah, va bene» ha detto Tobin grattandosi la testa. «Allora... mmm, potremmo...»

«Un mocaccino con cioccolato bianco e cannella» ha detto Angie.

«Ottima scelta.» Ho battuto lo scontrino e Tobin ha pagato con una banconota da cinque, e poi ne ha infilata un'altra di mancia nel barattolo che aveva scritto sopra: PER I VOSTRI CAMERIERI. Forse non era così coglione, in fondo.

Ma quando si sono avviati verso i tavolini, all'ingresso del locale, non ho potuto impedirmi di pensare: *Non le poltrone viola! Non le poltrone mie e di Jeb!* Ma ovviamente hanno scelto quelle. D'altra parte erano le più belle e le più morbide. Le migliori.

Angie si è abbandonata su quella più vicina alla parete, e Tobin nell'altra. In una mano aveva il mocaccino. Con l'altra è andato a cercare Angie, intrecciando le dita con le sue e stringendo forte.

Capitolo 9

Verso le sette e mezza il sole era ormai ufficialmente sorto. Era tutto bellissimo, per carità, se a uno piace quella roba lì. Nuovi inizi, ripartiamo da zero, i raggi tiepidi della speranza…

Sì, sì. Non per me.

Alle sette c'è stato un picco di affollamento mattutino, e le richieste di cappuccini e caffè hanno messo a tacere il mio cervello per un po'.

È arrivato Scott per il suo solito tè, e come sempre ha ordinato un bicchierino di panna da portare via per Maggie, il suo labrador nero.

Diana, che lavorava nell'asilo nido in fondo alla strada, è passata a ordinare il suo latte caldo scremato, e mentre cercava nella borsa la carta fedeltà di Starbucks, mi ha ripetuto per l'ennesima volta che dovevo cambiare la mia foto sulla lavagna "Il vostro staff".

«Lo sai che odio quella foto» stava dicendo Diana. «Sembri un pesce con le labbra in fuori così.»

«A me piace» ho detto io. L'aveva scattata Jeb lo scorso Capodanno, mentre io e Tegan ci divertivamo a imitare Angelina Jolie.

«Be', non capisco perché» ha insistito Diana. «Sei così carina, anche con questo...» ha fatto un gesto con la mano indicando i capelli «look punk che ti sei fatta.»

Punk. Dio santo.

«Non è punk» ho replicato. «Al massimo è *pink*.»

In quel momento ha trovato la carta. «Ah, eccola!» ha esclamato, mostrandomela.

Io l'ho strisciata e poi gliel'ho restituita, e prima di andarsene, sventolandomela davanti mi ha ammonita: «E cambia quella foto!».

I John, tutti e tre, sono arrivati alle otto e hanno preso posto al solito tavolo d'angolo. Erano pensionati, e amavano passare la mattina da noi, a bere tè e a fare sudoku.

John Numero Uno mi ha detto che con il nuovo taglio ero proprio un bocconcino, e John Numero Due gli ha detto di smettere di fare lo scemo con me.

«Potresti essere suo nonno» ha osservato.

«Non si preoccupi» ho risposto. «Chiunque usi la parola *bocconcino* è fuori dai giochi comunque.»

«Quindi altrimenti sarei stato *dentro* i giochi?» ha chiesto John Numero Uno. Il suo cappellino da baseball dei Carolina Tar Heels gli stava appollaiato in cima alla testa come un nido d'uccello.

«No» ho risposto, e John Numero Tre si è messo a ridere. Lui e il Numero Due hanno scontrato i pugni, e io ho scosso la testa. Ragazzini.

Alle otto e quarantacinque mi sono slacciata il grembiule e ho annunciato che facevo una pausa.

«Ho una piccola commissione da sbrigare» ho detto a Christina, «ma non ci metterò molto.»

«Aspetta!» ha risposto lei. Mi ha afferrato un braccio per bloccarmi, e quando ho seguito il suo sguardo ho capito perché. Stava facendo il suo ingresso uno dei migliori soggetti di Gracetown, un autista di carro attrezzi di nome Travis che aveva il vezzo di indossare nient'altro che carta stagnola. Pantaloni di carta stagnola, una specie di giacca-camicia di carta stagnola, perfino un cappello a punta di carta stagnola.

«Ma perché mai deve vestirsi così?» ho chiesto, e non per la prima volta.

«Forse è un cavaliere» ha suggerito Christina.

«O un parafulmini umano.»

«Anzi, no, è una banderuola segnavento, ed è venuto a dirci che il vento sta per cambiare.»

«Oh, questa mi piace» ho risposto con un sospiro. «Sarebbe un bene se cambiasse il vento.»

Travis si è avvicinato. Aveva gli occhi talmente slavati che sembravano d'argento anche loro. Non sorrideva.

«Ciao, Travis» ha detto Christina. «Cosa posso fare per te?»

Di solito chiedeva solo un po' d'acqua, ma ogni tanto aveva abbastanza spiccioli da prendere uno *scone* allo sciroppo d'acero, il suo dolce preferito. Era anche il mio, per la cronaca. Sembravano secchi, e invece dentro non lo erano, e la glassa all'acero era squisita.

«Posso avere un assaggio?» ha chiesto.

«Certo» ha risposto Christina, prendendo uno dei bicchierini di plastica per gli assaggi. «Di che cosa?»

«Di niente, solo il bicchierino.»

Christina mi ha guardata, e io ho tenuto gli occhi fissi su di lui per non scoppiare a ridere, che sarebbe stato poco gentile.

A osservare bene, potevo vedere riflesse nella carta stagnola della sua specie di giacca un'infinità di me stesse. O meglio, frammenti di me, spezzettati tra le pieghe della pellicola.

«Lo zabaione al latte non è male» ha suggerito Christina. «È la nostra specialità delle feste.»

«Solo il bicchierino» ha ripetuto Travis. Si è dondolato sulle gambe, chiaramente in preda all'agitazione. «Voglio solo il bicchierino!»

«Va bene, va bene.» Christina gli ha porto il bicchiere.

Ho distolto lo sguardo dalle piccole me della sua giacca, che mi stavano quasi ipnotizzando.

«Come fai a vestirti così? Soprattutto oggi...» ho detto. «Spero che sotto la stagnola almeno tu abbia un maglione.»

«Quale stagnola?» ha chiesto lui.

«Ah-ah» ho risposto. «A parte gli scherzi, Travis, non hai freddo?»

«Io no. Tu?»

«Eh, *nooo.* Perché dovrei?»

«Non so. Perché?»

Mi sono messa quasi a ridere. Poi mi sono bloccata. Travis mi stava guardando con un cipiglio severo.

«Non ho freddo» ho detto, confusa. «No, sto benissimo, *dal punto di vista della temperatura.*»

«*Dal punto di vista della temperatura*» mi ha preso in giro lui. «Si tratta sempre di te, eh?»

«Cosa?! Non sto... parlando di me! Ti sto solo dicendo che non ho freddo!»

L'intensità del suo sguardo mi irritava la pelle.

«Okay, forse in questo preciso istante sto parlando di me» ho detto. «Ma non è che "si tratta" sempre di me.»

«Ci sono cose che non cambiano mai» ha risposto sprezzante. Se n'è andato con il suo bicchierino in mano, ma arrivato alla porta si è girato per lanciarmi un ultimo strale di saluto. «E non chiedermi un passaggio, sono fuori servizio!»

«Ah» ho detto. Anche se non volevo darlo a vedere, mi aveva ferito. «Una conversazione interessante.»

«Non credo di averlo mai sentito rifiutare un passaggio a qualcuno» ha commentato Christina. «Davvero, credo che tu sia la prima.»

«Non essere così scioccata, ti prego» ho risposto, e lei ha riso, che era l'effetto che volevo ottenere.

Ma mentre Christina riempiva il contenitore dei tovagliolini, le parole di Travis mi sono tornate alla mente: "Si tratta sempre di te, eh?".

Suonavano assurdamente simili a quelle che mi aveva detto Dorrie: "Ti sei davvero guardata dentro? Hai capito che cosa devi cambiare?".

O qualcosa del genere.

«Ehm... Christina?»

«Sì?»

«C'è qualcosa che non va in me?»

Lei ha alzato lo sguardo che finora era rimasto concentrato sui tovagliolini. «Addie, Travis è matto.»

«Lo so. Ma non vuol dire che tutto ciò che dice sia senza senso.»

«Addie.»

«Christina. Dimmi la verità. Sono una persona buona o sono troppo, diciamo, concentrata su me stessa?»

Lei ci ha pensato un momento. «Una cosa esclude l'altra?»

«Addio, mondo crudele.» Mi sono portata una mano al cuore e ho barcollato all'indietro.

Lei ha sorriso, pensando che fossi nella mia modalità pagliaccio. E forse era così. Ma in quel momento provavo anche un timore insolito che l'universo stesse cercando di dirmi qualcosa. Mi sentivo come se fossi in bilico sull'orlo di un abisso, solo che l'abisso era dentro di me. E io non volevo guardare in basso.

«Riprenditi» ha detto Christina, «arrivano i veterani!»

E infatti il furgoncino dei SilverSneakers, il programma di fitness per anziani, aveva appena accostato davanti all'ingresso di Starbucks, e l'autista stava aiutando con molta attenzione i passeggeri ad attraversare il marciapiede ghiacciato. Assomigliavano a una fila di insettoni ben imbacuccati.

«Ciao, Claire» ha detto Christina quando la prima della fila è entrata, facendo tintinnare la campanella all'entrata.

«Freddo freddissimo!» ha risposto Claire, togliendosi il berretto multicolore.

Burt è venuto dritto alla cassa e ha ordinato un americano rinforzato, e Miles, che l'ha raggiunto strascicando i piedi, ha osservato: «Non sarà un tantino troppo forte per te, amico?». Burt si è battuto il petto con il pugno. «Mi aiuta a mantenermi giovane. È per questo che le ragazze mi adorano. Non è vero signorina Addie?»

«Assolutamente» ho risposto, mentre mettevo in attesa l'universo e passavo una tazza vuota a Christina. Burt aveva le orecchie più grosse che avessi mai visto – forse perché aveva avuto ottanta e passa anni di tempo per farle crescere? – e mi chiedevo cosa ne pensassero le "ragazze".

Mentre la fila si allungava, io e Christina ci siamo divise

il lavoro come al solito nei momenti di folla: io prendevo le ordinazioni e stavo alla cassa, e lei faceva le sue magie con il tubo del vapore.

«Latte macchiato *grande*!» gridavo.

«Latte macchiato *grande*» ripeteva lei.

«Mocaccino di soia al toffee nocciolato senza panna!»

«Mocaccino di soia al toffee nocciolato senza panna.»

Era una specie di danza. Mi faceva dimenticare me stessa. L'abisso continuava a restare spalancato dentro di me, ma io potevo dirgli: "Mi spiace, amico, non ho tempo".

L'ultima della fila era Mayzie, con le sue trecce argentate e il sorriso estatico. Mayzie era una professoressa in pensione, un'esperta di folclore che si vestiva da hippy, con jeans strappati, maglione oversize a righe e una cascata di braccialetti di perline ai polsi. Mi piaceva il fatto che si vestisse più come una ragazzina che come una vecchia signora. Voglio dire, non è che avrei voluto vederla in jeans a vita bassissima con tanga in vista, ma insomma, era bello incontrare qualcuno che faceva a modo suo.

Dopo di lei non c'era più nessuno, così ho appoggiato le mani sul bancone e mi sono concessa un attimo di respiro.

«Ehi, Mayzie» le ho detto, «come va oggi?»

«A meraviglia, tesoro» ha risposto. Indossava orecchini viola a forma di campanellini da slitta, che tintinnavano ogni volta che muoveva la testa. «Oooh, mi piacciono un sacco i tuoi capelli.»

«Non assomiglio a un pollo spennato?»

«Oh, no, affatto. Ti si addicono perché hanno carattere.»

«Questo non lo so...»

«Lo so io, Addie. Hai passato troppo tempo a essere triste, ti ho osservata. È il momento di diventare la vera te stessa.»

Ed eccola di nuovo, la sensazione pungente di essere sull'orlo di un precipizio.

Mayzie si è fatta più vicina. «Siamo tutti imperfetti, mia cara. Tutti tutti. E tutti, credimi, abbiamo fatto degli errori.»

Le guance mi si sono infiammate all'istante. Possibile che i miei errori fossero così evidenti e risaputi che perfino i miei clienti sapevano tutto? E magari quelli di SilverSneakers la sera discutevano della mia scappatella con Charlie davanti alle cartelle della tombola?

«Devi solo guardarti dentro il più a fondo possibile, cambiare quello che deve essere cambiato e andare avanti, tesorino.»

Io ho sbattuto le palpebre con espressione ebete.

Lei ha abbassato la voce: «E se ti chiedi perché ti ho detto tutto questo, è perché ho deciso di cominciare un nuovo lavoro oggi: l'angelo del Natale».

Ha aspettato la mia reazione con gli occhi che le brillavano. Era strano che Mayzie parlasse di angeli dopo che io, Dorrie e Tegan ne avevamo discusso tutto quel tempo la sera prima, e per una frazione di secondo mi sono chiesta se non fosse tutto vero e lei non fosse davvero il mio angelo, venuto sulla Terra per salvarmi.

Ma poi la fredda, dura realtà è venuta a schiantarsi davanti a me con un tonfo, e mi sono odiata per aver ceduto alla stupidità. Mayzie non era un angelo; quello era solo il Giorno dei Lavori del Cavolo. E a quanto pare, a furia di cavolo, a nessuno di loro era rimasto molto sale in zucca.

«Non bisogna essere morti per diventare angeli?»

«Andiamo, Addie» ha risposto lei. «Ti sembro morta, per caso?»

Ho guardato Christina per vedere se stava ascoltando, ma era vicino alla porta a infilare un nuovo sacchetto nel bidone dei rifiuti.

Mayzie, vedendo che non rispondevo, si è sentita autorizzata a continuare. «È un programma chiamato Angeli Tra Noi. Non devi avere una laurea né niente del genere.»

«Non è vero che c'è un programma così, dai!»

«Oh, invece sì. È proposto dal Centro per le Arti Celesti di Gracetown.»

«Gracetown non ha un Centro per le Arti Celesti...»

«Senti, ci sono delle volte in cui mi sento un po' sola» mi ha confidato. «I SilverSneakers sono assolutamente fantastici, intendiamoci. Ma a volte sono un po'...» La sua voce si è ridotta a un sussurro. «Noiosetti.»

«Oooh» ho sussurrato anch'io.

«Quindi ho pensato che diventare un angelo fosse un buon modo di entrare in contatto con gli altri» ha proseguito. «Comunque, per guadagnarmi le ali devo soltanto portare in giro un po' di magia del Natale.»

Io ho brontolato: «Be', io non ci credo, alla magia del Natale».

«Ma certo che ci credi, altrimenti io non sarei qui.»

A quel punto ho battuto in ritirata, sentendomi un po' imbrogliata. Come avrei dovuto rispondere a una cosa del genere? Mi sono riscossa e ho adottato un'altra tattica. «Ma... Natale è passato.»

«Oh, no, il Natale non passa mai... a meno che tu non lo

voglia.» Si è chinata sul bancone e ha appoggiato il mento sul palmo della mano. «È uno stato mentale.»

Il suo sguardo si è abbassato sotto il livello del bancone. «Oh, buon Dio!» ha esclamato.

Ho guardato in basso anch'io. «Cosa?»

Un angolino del mio post-it ripiegato sbucava fuori dalla tasca dei jeans, e Mayzie si è sporta sul bancone e l'ha tirato fuori. Il suo gesto è stato così inaspettato che sono rimasta immobile e l'ho lasciata fare.

«Non dimenticare il maiale» ha letto Mayzie, dopo aver aperto il post-it spiegazzato. Poi ha inclinato la testa di lato e mi ha guardata come un uccellino curioso.

«Oh, cacchio!» ho detto.

«Cos'è questo maiale che non devi dimenticare?»

«Be'...» ho detto, con i pensieri che viaggiavano a mille. «È per la mia amica Tegan. Cosa posso servirti?»

Le mie dita smaniavano dalla voglia di slacciare il grembiule, così avrei potuto fare una pausa.

«Mmm» ha detto lei. Si è picchiettata il mento.

Io picchiettavo il pavimento col piede.

«Sai, a volte quando dimentichiamo di fare le cose per gli altri, come per questa Tegan» ha detto, «è che siamo troppo presi dai nostri problemi.»

«Sì» ho detto forte, sperando di dissuaderla dal continuare la discussione. «Allora, il solito mocaccino con sciroppo di mandorla?»

«Quando, invece, la cosa giusta da fare sarebbe proprio di dimenticarli, i nostri problemi.»

«Sono d'accordo, te l'ho detto. Con espresso singolo o doppio?»

Ha sorriso, come se starmi a guardare la divertisse. «Singolo, ma mescoliamo un po' gli ingredienti stavolta. Cambiare fa bene.»

«Se lo dici tu. Quindi?»

«Mocaccino al toffee nocciolato, da portare via, per favore. Andrò a prendere un po' d'aria prima che Tanner venga a riprenderci.»

Ho passato l'ordinazione a Christina, che nel frattempo era tornata dietro il bancone. Lei ha preparato il mocaccino in un batter d'occhio e poi me l'ha passato.

«Ricordati quello che ti ho detto, allora» ha concluso Mayzie.

«Non credo che me lo scorderò» ho risposto.

Ha fatto una risatina allegra, come se io e lei fossimo complici. «Ciao ciao! Ci vediamo presto!» mi ha salutato.

Appena se n'è andata, mi sono tolta il grembiule.

«Faccio pausa» ho detto a Christina.

Lei mi ha passato il bollitore della macchina del caffè. «Puoi risciacquarlo un attimo? Poi ti lascio andare.»

Capitolo 10

Ho messo il recipiente nel lavandino e ho aperto i rubinetti. Mentre aspettavo nervosamente che si riempisse, mi sono girata e mi sono appoggiata al bordo del lavandino. Ho tamburellato con le dita sul metallo.

«Mayzie sostiene che devo dimenticarmi di me stessa» ho detto. «Secondo te cosa vuol dire?»

«Non chiederlo a me» ha risposto Christina. Mi dava le spalle mentre faceva passare il vapore nel tubo, da cui si è sollevata una nuvoletta.

«E la mia amica Dorrie – te la ricordi? – be', lei dice la stessa cosa» ho continuato. «Dice che riferisco tutto sempre e solo a me stessa.»

«Be', non sarò io a dire il contrario.»

«Ah-ah» ho ribattuto. Ma non ero sicurissima. «Stai scherzando, vero?»

Christina si è voltata a guardarmi e ha emesso un risolino. Poi ha sgranato gli occhi come se avesse visto un fantasma e ha cominciato a gesticolare furiosamente. «Addie, il... il...»

Mi sono girata e ho visto che il livello dell'acqua aveva ormai superato i bordi del lavandino. Ho fatto un salto all'indietro, lanciando un «Aaaah!».

«Chiudi!» ha urlato Christina.

Io ho armeggiato con il rubinetto ma l'acqua continuava a scorrere, dentro e fuori dal lavandino.

«Non gira!»

Lei si è avvicinata e mi ha spinta da parte. «Prendi uno straccio!»

Io sono corsa nello stanzino sul retro, ho preso uno straccio e sono tornata indietro difilato. Christina stava girando la manopola, ma l'acqua continuava a scorrere.

«Visto?»

Lei mi ha guardata male.

Mi sono infilata tra lei e il lavandino e ho premuto lo straccio sul bordo del lavello. Ovviamente si è inzuppato nel giro di un secondo, e mi sono ricordata di quando avevo quattro anni e la vasca traboccava e io non sapevo come fermare l'acqua.

«Merda, merda, merda» stava imprecando Christina. Ha rinunciato a chiudere e ha provato a fare pressione sul rubinetto. L'acqua le è spruzzata tra le dita disegnando una specie di ombrello su di noi. «Non so che cosa fare!»

«Oddio… okay, uhm…» Ho guardato in giro nel locale. «John!».

Hanno alzato la testa in tre. Quando hanno capito cosa stava succedendo, sono corsi subito da noi.

«Possiamo venire dietro al bancone?» ha chiesto John Numero Due, perché Christina era molto rigida sul fatto che i clienti non dovessero mai passare dall'altro lato del bancone. Direttive starbucksiane.

«Certo!» ha gridato lei. Strizzava gli occhi perché l'acqua le era schizzata sulla faccia e sulla maglietta.

I John hanno preso in mano la situazione. Il Numero Uno e il Numero Due si sono avvicinati al lavandino, mentre il Numero Tre si è avviato a grandi passi verso il retro.

«Fatevi da parte, signore» ha detto John Numero Uno.

E noi ci siamo fatte da parte. Il grembiule di Christina era zuppo. Così come la sua faccia, la maglietta e i capelli. Ho preso una manciata di tovagliolini dal portatovaglioli. «Tieni.»

Lei li ha accettati senza dire una parola.

«Mmm... sei arrabbiata?»

Non ha risposto.

John Numero Uno si è accovacciato vicino al muro e ha armeggiato coi tubi come solo un uomo può fare. Il cappellino dei Tar Heels gli andava su e giù ogni volta che si muoveva.

«Io non ho fatto niente, lo giuro!» ho detto.

Le sopracciglia di Christina si sono aggrottate fin quasi a sfiorare l'attaccatura dei capelli.

«Okay, okay, sì, ho dimenticato di chiudere il rubinetto. Ma non sarebbe dovuto succedere *questo*!»

«Dev'essere stata la tempesta» ha detto John Numero Due. «Ha fatto esplodere uno dei tubi esterni.»

John Numero Uno ha emesso un grugnito per lo sforzo. «Ci siamo quasi... se potessi solo...» altri grugniti «chiudere questa valvola qui... *porca...!*»

Un getto d'acqua l'ha colpito in mezzo agli occhi, e io mi sono portata istintivamente una mano alla bocca.

«Mi sa che non ce l'hai fatta» ha osservato John Numero Due.

L'acqua ora usciva spruzzando dal tubo, e Christina sembrava sul punto di mettersi a piangere.

«Oddio, mi dispiace tanto!» le ho detto. «Per favore, di' alla tua faccia di tornare normale. Per favore...»

«Ah, ecco qua, guardate» ha detto John Numero Due.

Il gorgoglio pian piano si è arrestato. Una goccia d'acqua ha tremolato sull'orlo del tubo ed è caduta lentamente sul pavimento. Dopo, più nulla.

«Si è fermata» ho detto attonita.

«Ho chiuso il rubinetto centrale» ha detto John Numero Tre, di ritorno dal retro con un asciugamano.

«Davvero? Sei un mito!» ho esclamato.

Lui ha gettato l'asciugamano a John Numero Uno, che si è tamponato i pantaloni.

«Dovresti asciugare il pavimento, con quello» ha detto John Numero Due.

«L'ho già asciugato» ha risposto l'altro John. «Con i pantaloni.»

«Devo chiamare subito un idraulico» ha detto Christina. «E... Addie, credo sia meglio se fai pausa.»

«Oh» ho detto. «Ah, okay.... è quello che stavo per fare prima, ma poi è arrivato quel pazzo di Travis, e poi quella pazza di Mayzie...»

Lei mi ha indicato la stanza sul retro.

«Più che altro sei stata tu a chiedermi di restare. Voglio dire, chi se ne frega, sì... però...»

«Addie, per favore» ha detto Christina. «Forse questa volta non c'entri niente, ma la sensazione è quella. Ora vai.»

Ci siamo guardate un momento.

«Adesso.»

Ho sobbalzato e sono andata verso il retro.

«Non preoccuparti» mi ha detto John Numero Tre quando gli sono passata accanto. «Avrà sbollito prima che tu rompa qualcos'altro.» Mi ha strizzato l'occhio e io ho abbozzato un sorriso.

Capitolo 11

Mi sono sfilata la maglietta e ne ho presa una pulita dallo scaffale. Era quella dello Starbucks Doubleshot, il caffè in lattina, e c'era scritto sopra: DAI INIZIO ALLA TUA GIORNATA. Poi ho cercato il cellulare nel mio armadietto e ho premuto il tasto del numero di Dorrie.

«*Hola*, zuccherino!» ha detto, rispondendo al secondo squillo.

«Ciao» ho detto io. «Hai un minuto? Ho avuto una giornata assurda, e diventa sempre più assurda, e devo parlarne con qualcuno...»

«L'hai preso, Gabriel?» mi ha interrotto.

«Eh?»

«Ho detto: sei andata a prendere...» Si è bloccata. Quando ha ripreso a parlare la sua voce era esageratamente controllata. «Addie. Per favore, dimmi che ti sei ricordata di andare da Pet World.»

Il mio stomaco è precipitato all'altezza dei piedi, come un ascensore cui si sono spezzati i cavi. Ho richiuso immediatamente il telefono e ho preso il cappotto. Uscendo, ho sentito il telefono squillare. Sapevo che non dovevo rispondere, *lo sapevo...* ma ho ceduto e ho risposto.

«Ascolta» ho detto.

«No, ascoltami tu. Sono le dieci e mezza, e avevi promesso a Tegan di andare da Pet World alle nove in punto. Non hai scuse per essere ancora lì a cazzeggiare da Starbucks.»

«Sei ingiusta...» ho balbettato. «E se... e se un iceberg mi fosse caduto in testa facendomi entrare in coma?»

«Per caso un iceberg ti è caduto in testa e ti ha fatto entrare in coma?»

Ho stretto le labbra.

«Ah, be'. Ti chiedo solo questo: qualunque sia la ragione, ha qualcosa a che fare con te e una delle tue ridicole crisi?»

«No! Se invece di attaccarmi mi lasciassi spiegare tutte le robe strane che sono successe, capiresti.»

«Ma ti senti?» ha chiesto incredula. «Ti chiedo se si tratta di qualche nuova crisi e tu mi dici no, e a proposito, ti devo raccontare della mia nuova crisi!»

«Non ho detto questo!» *O sì?*

Lei ha sospirato: «Non va bene così, Addie».

Mi si è incrinata la voce. «Okay, hai ragione. Ma... eh... è stato un giorno davvero bizzarro, perfino per me. Volevo solo che lo sapessi.»

«E certo!» ha detto lei. «E naturalmente ti sei dimenticata di Tegan perché al centro ci sei sempre, sempre, *sempre* tu.» Ha emesso un verso spazientito. «E quel post-it che diceva di non dimenticarti il maiale? Non ti ha dato una mano a ricordartelo?»

«Me l'ha preso una vecchietta» ho risposto.

«Una vecchietta...» Si è interrotta. «Okay, chiaro, non sei tu che l'hai lasciato in giro, è la vecchietta che te l'ha rubato.

Benvenuti ancora una volta all'*Addie Show*, in onda a ogni ora su ogni canale.»

Questo mi ha fatto male. «Non è l'*Addie Show*. Sono solo stata dirottata su altre cose.»

«Vai da Pet World» ha concluso Dorrie con voce stanca. E ha riattaccato.

Capitolo 12

La luce del sole faceva luccicare la neve lungo la strada mentre andavo verso Pet World. I marciapiedi erano stati in gran parte ripuliti, ma c'erano punti dove i mucchi erano crollati, e quando li attraversavo i miei stivali facevano una specie di sbuffo, come quando si respira sotto sforzo.

Tra uno sbuffo e l'altro, tra me e me tenevo un animato monologo sulla questione *Addie Show* e sul fatto che *non* va in onda su ogni canale. Di certo non lo avrebbero dato sul canale dedicato agli automezzi fuori misura, o su quello del wrestling 24 ore su 24. E di certo non era nemmeno sullo stesso canale di quelle robe tipo *Tutti a pesca con Orlando Wilson*, mi dicevo. E lì sono stata tentata di chiamare Dorrie e dirglielo. "Si chiama forse *Tutti a pesca con Adeline Lindsey?*" avrei detto. "Eh, no, no che non si chiama così!"

Ma non le ho più telefonato, perché sicuramente avrebbe trovato il modo di trasformare anche quello in un esempio del mio egocentrismo. E il peggio è che probabilmente avrebbe avuto ragione. Il piano migliore era di avere prima il piccolo Gabriel nelle mie gelide manine e *poi* chiamare Dorrie, per dirle: "Visto? È tutto okay". E poi avrei telefonato a Tegan e avrei fatto grugnire il piccolino nel telefono o qualcosa del genere.

Anzi, no. Avrei chiamato prima Tegan, per goderci quel momento felice, e *poi* avrei chiamato Dorrie. E non avrei detto "ah-ah" perché ero superiore. Sì. Ero superiore al punto da ammettere i miei errori e da smetterla di tremare quando Dorrie mi rimproverava, perché la nuova me, ormai illuminata, non avrebbe avuto bisogno di rimproveri.

Il telefono ha squillato nella mia borsa, e io ho tremato. *Dannazione, ma questa legge nel pensiero?*

Poi una possibilità anche peggiore si è fatta strada nella mia mente: *E se fosse Tegan?*

E poi un'altra possibilità follemente migliore, smaniosa e tenace: *O forse è... Jeb?*

Ho cercato a tentoni nella borsa e finalmente ho preso il cellulare. Lo schermo diceva PAPÀ, e io mi sono sgonfiata come un soufflé. *Perché?*, ho imprecato in silenzio. *Perché non poteva essere...*

E poi mi sono interrotta. Ho fermato quella voce piagnucolosa a metà frase, perché ero stufa di sentirla e non mi faceva bene, e poi perché in fondo avevo o no l'ultima parola sulla miriade di pensieri che mi attraversavano la testa?

Nel cervello – *e* nel cuore – ho provato un'improvvisa assenza di elettricità. *Che bello.* Avrei potuto farci l'abitudine.

Ho schiacciato "ignora" sul telefono e l'ho lasciato cadere di nuovo nella borsa. Avrei chiamato papà più tardi, dopo aver risolto le mie faccende.

Una zaffata di *eau de cricet* mi è penetrata nelle narici non appena ho messo piede da Pet World, insieme all'inconfondibile profumo del burro d'arachidi. Mi sono fermata un momento, ho chiuso gli occhi e ho pregato che da lassù qualcuno mi desse la forza, perché mentre mi sarei aspettata l'*eau de cricet* in un negozio di animali, l'odore del burro d'arachidi poteva voler dire una cosa sola.

Mi sono avvicinata alla cassa e Nathan Krugle mi ha guardato masticando. Prima ha sgranato gli occhi, poi li ha socchiusi. Ha ingoiato il boccone e poi ha appoggiato il panino al burro d'arachidi.

«Ciao, Addie» ha detto in modo sprezzante, tipo Jerry Seinfeld che saluta la sua nemesi Newman, se avete presente la sit-com.

No. Aspetta. Questo vorrebbe dire che io ero il Newman della situazione. E io non lo ero affatto. Nathan era Newman. Nathan era un Newman brufoloso e striminzito, che amava indossare magliette strettissime con citazioni di *Star Trek*. Quella di oggi diceva: MORIRAI DI ASFISSIA NEL FREDDO GELIDO DELLO SPAZIO.

«Ciao, Nathan» ho risposto. Ho abbassato il cappuccio e lui ha visto i miei capelli. Ha emesso una specie di grugnito.

«Bel taglio.»

Stavo per rispondergli qualcosa, ma mi sono trattenuta. «Sono qui per un'amica, Tegan. La conosci, no?»

Ho pensato che nominare Tegan, con la sua dolcezza infinita, potesse distogliere Nathan dai suoi propositi di vendetta.

Invece no.

«Certo» ha detto con gli occhietti che brillavano. «Andiamo alla stessa scuola. La stessa *piccola* scuola. Di certo è difficile ignorare qualcuno in una scuola *così* piccola.»

Io ho sospirato. Rieccoci. Come se non fossero quattro anni che questa storia andava avanti e ancora dovessimo elaborare quell'unico penoso incidente. Che a quanto pare non era stato elaborato abbastanza. O meglio, anche se l'avevamo esaminato molte, molte volte, chiaramente l'unica ad averlo più che elaborato ero io.

«Ma aspetta un attimo!» ha continuato con la voce quasi robotica di un presentatore di pessime televendite. «*Tu* qualcuno sei riuscita a ignorarlo, pur in una scuola così piccola!»

«Eravamo in secondaaa mediaaaa» ho detto strascicando le parole, a denti stretti. «Molti, molti anni faaa.»

«Tu sai cos'è un Tribolo?» ha domandato lui.

«Sì, Nathan, me l'hai...»

«Un Tribolo è una creatura innocua e bisognosa di affetto, proveniente dal pianeta Iota Geminorum IV.»

«Non era Iota Gemi... *coso* V?»

«E non *troppi* anni fa...» ha inarcato le sopracciglia in modo che mi accorgessi dell'enfasi «io ero solo un povero Tribolo.»

Mi sono appoggiata all'espositore di snack per cani. «Non eri un Tribolo, Nathan.»

«E tu, come una guerriera Klingon dopo un addestramento speciale...»

«Per favore, non chiamarmi così. Lo sai che lo odio.»

«... mi hai *cancellato.*» Si è accorto del punto in cui era appoggiato il mio gomito e ha allargato le narici. «Ehi!» Ha schioccato le dita rivolto alla parte del mio corpo che gli stava arrecando offesa. «Giù le mani dalle Delizie di Fido!»

Io ho sobbalzato e mi sono raddrizzata. «Scusa, scusa!» ho gridato. «E scusa per aver ferito i tuoi sentimenti *quattro anni fa*. Comunque. Questa è una cosa importante. Mi stai ascoltando?»

«In termini galattici, quattro anni non sono che un nanosecondo.»

Ho emesso un lamento di esasperazione. «Non l'avevo ricevuto, il biglietto! Lo giuro su Dio, non l'ho mai visto!»

«Certo, certo. Sai invece io cosa penso? Penso che l'hai letto, l'hai buttato via e te ne sei subito dimenticata, perché aveva a che fare con i sentimenti di qualcun altro, quindi che importa, giusto?»

«Non è vero. Ascolta, non possiamo...»

«Dovrei forse declamare il contenuto del biglietto?»

«No, ti prego!»

Lui ha guardato in lontananza. «Cito: "Cara Addie, vuoi metterti con me? Chiamami per la risposta".»

«Io non l'ho mai ricevuto, Nathan.»

«Anche se non avevi intenzione di metterti con me, avresti dovuto almeno chiamarmi.»

«Ma l'avrei fatto, Nathan! Se avessi ricevuto il biglietto!»

«Il cuore di un ragazzo di seconda media è cosa fragile» ha detto in tono tragico.

La mia mano ha avuto l'impulso di avvicinarsi alle file ordinate di snack per cani e lanciargliene una confezione.

«Okay, Nathan. Ammesso che avessi ricevuto il biglietto – cosa che *non* è accaduta – non puoi lasciar perdere? La gente dimentica. Cresce. *Cambia*.»

«Oh, per favore» ha detto freddamente. Il modo in cui

mi guardava, come se valessi meno della carta intorno alle cannucce, mi ha ricordato che lui e Jeb erano amici. «Quelli come te non cambiano.»

La gola mi si è chiusa. Che perfino Nathan Krugle si accanisse su di me esattamente come tutto il resto del pianeta, era davvero troppo.

«Però...» ho cominciato, ma la parola mi è venuta fuori esitante. Ho proseguito e, con la voce che vacillava nonostante il mio sforzo di mantenerla ferma, ho detto: «Non vedete che ci sto provando?».

Dopo un lungo momento, è stato lui ad abbassare gli occhi per primo.

«Devo recuperare il maialino di Tegan» ho detto. «Puoi darmelo, per favore?»

Nathan ha aggrottato la fronte. «Che maialino?»

«Il maialino che è stato lasciato qui ieri sera.» Cercai di interpretare la sua espressione. «Quello piccino? Con un biglietto che diceva: "Da non vendere a nessuno che non sia Tegan Shepherd?".»

«Noi non *vendiamo* animali» m'informò secco Nathan. «Li diamo in adozione. E non c'era un biglietto, solo una ricevuta.»

«Quindi c'era anche il maialino?»

«Be', sì.»

«Un maialino davvero davvero piccolo?»

«Forse.»

«Be', doveva esserci un biglietto attaccato al trasportino, ma non fa niente. Puoi andare a prendermelo?»

Nathan ha esitato.

«Nathan... Oh, mioddio!» Mi sono immaginata Gabriel

abbandonato nel freddo della notte. «Per favore, dimmi che non è morto!»

«Cosa?! Certo che no.»

«E allora dov'è?»

Non ha risposto.

«Nathan, andiamo...» ho detto. «Io non c'entro. È per Tegan. Davvero vuoi punire lei perché sei arrabbiato con me?»

«Qualcuno l'ha adottato.»

«Scusa, come hai detto?»

«Una signora è venuta e ha adottato il maiale. È venuta circa mezz'ora fa e ha sganciato duecento dollari. Come potevo sapere che non era in vendita? Cioè... non era adottabile?»

«Perché c'era un biglietto, idiota!»

«Ma a me quel biglietto non è mai arrivato!»

Ci siamo resi conto nello stesso istante di quanto fosse ironica quella situazione.

Ci siamo guardati.

«Non sto mentendo» ha detto.

Non aveva senso insistere. Era accaduto qualcosa di terribile, terribile... e adesso dovevo capire come sistemare le cose, e non perdere tempo a infuriarmi con Nathan per qualcosa che ormai era troppo tardi per cambiare.

«Okay. Mmm. Hai ancora la ricevuta? Fammela vedere.» Ho allungato e aperto di scatto la mano.

Nathan ha dato un colpo al registratore di cassa per aprire il cassetto e ha tirato fuori un pezzo spiegazzato di carta rosa.

L'ho preso. «Un maialino nano, certificato e legalmente

autorizzato» ho letto ad alta voce. «Duecento dollari.» L'ho girato dall'altro lato e lo sguardo mi è caduto su una scritta a penna ben leggibile, in basso, che diceva: "Pagato. Da consegnare a Tegan Shepherd".

«Maledizione» ha esclamato Nathan.

L'ho rigirato, questa volta cercando il nome di chi aveva ricomprato il maialino di Tegan.

«Bob prende animali in continuazione» ha detto Nathan sulla difensiva. «Arrivano e io li do via in adozione. Sai com'è. È un negozio di animali.»

«Nathan, devo sapere a chi l'hai venduto.»

«Non posso dirlo. Sono informazioni riservate.»

«Sì, ma è il maiale di Tegan.»

«Be', glielo rimborseremo.»

Tecnicamente, eravamo io e Dorrie ad avere diritto al rimborso, ma non l'ho detto. Non mi importava nulla del rimborso!

«Dimmi a chi l'hai venduto, così posso andare a spiegare la situazione.»

Lui si è dondolato sulle gambe con l'aria di sentirsi atrocemente a disagio.

«Tu *sai* a chi l'hai venduto, vero? Hai il nome?»

«No» ha risposto lui. Il suo sguardo è andato per un attimo al cassetto aperto del registratore di cassa, da dove spuntava un pezzetto di una ricevuta della carta di credito.

«Anche se lo sapessi, non potrei fare proprio nulla» ha continuato. «Non posso rivelare i dettagli di una transazione con un cliente. E comunque il nome della signora non lo conosco... quindi... mmm...»

«Okay. Capisco. E… ti credo sul fatto che non hai visto il biglietto.»

«Davvero?» Sembrava sbalordito.

«Sì» ho risposto con sincerità. Voltandomi per andare via, la punta dello stivale mi si è infilata nell'espositore di snack per cani e ho dato uno strattone per liberare il piede. L'espositore ha ondeggiato per poi cadere, e le confezioni sono rotolate sul pavimento, aprendosi e rovesciando delizie canine dappertutto.

«Oh, no!» ho gridato.

«Oh, merda» ha fatto Nathan. Mi si è avvicinato aggirando il bancone, si è inginocchiato e ha cominciato a raccogliere le confezioni ancora intatte.

«Mi dispiace» ho detto. Mentre lui si allungava a raccogliere un biscotto per cani sperduto da qualche parte sul pavimento, io mi sono chinata sul bancone, ho tirato fuori dal cassetto la ricevuta che avevo visto, quella della carta di credito, e me la sono infilata in tasca. *Ora mi odierai anche di più.*

Lui si è fermato e si è raddrizzato, facendo leva con la mano sul ginocchio. Poi ha cominciato a fare qualcosa di strano con le labbra, come se stesse lottando contro qualcosa.

«Io non ti *odio*» ha detto alla fine.

«No?»

«Semplicemente credo che tu non ti accorga, a volte, dell'effetto che hai sulle persone. E non parlo solo di me.»

«E allora… di chi?» La ricevuta mi scottava nella tasca, ma non potevo andare via senza approfondire.

«Lascia perdere.»

«Eh no. Adesso me lo dici.»

Ha sospirato. «Non voglio che ti monti la testa, ma non sei sempre fastidiosa.»

"Be', grazie tante", avrei voluto dirgli, ma sono rimasta in silenzio.

«Hai questa specie di... luce» ha detto, arrossendo. «Fai sentire speciali le persone, come se anche loro avessero un po' della tua luce. Ma poi se non le chiami o... insomma, se baci un coglione alle loro spalle...»

La vista mi si è appannata, e non solo perché Nathan improvvisamente stava dicendo cose che invece di essere sgradevoli rischiavano di essere pericolosamente dolci. Ho guardato il pavimento.

«È crudele da parte tua, Addie. Insensibile.» Ha indicato una confezione di snack vicino al mio stivale. «Me la passi?»

Mi sono chinata e l'ho presa.

«Non voglio essere insensibile» ho detto goffamente. Gli ho passato il pacchetto. «E non sto cercando di giustificarmi.» Ho deglutito, sorpresa io stessa del bisogno che avevo di dire quelle cose a qualcuno che fosse amico di Jeb e non mio. «Ma a volte vorrei che qualcuno desse anche a me un po' della sua luce.»

I muscoli facciali di Nathan non si sono mossi. Ha lasciato la mia frase aleggiare tra noi, abbastanza a lungo perché il rimpianto cominciasse a farsi sentire. Ma poi ha sbuffato, e mi ha concesso: «Jeb non è esattamente uno che sa mostrare i suoi sentimenti».

«Lo credi anche tu?»

«Sì, ma rilassati. Tu l'hai proprio stregato.»

«Forse lo *avevo* stregato» ho risposto. «Ora non più.» Ho

sentito una lacrima, poi un'altra, farsi strada lungo la mia guancia. Che stupida. «Vabbè. Ora vado.»

«Ehi, Addie» ha detto Nathan.

Mi sono voltata.

«Se ci portano un altro maialino nano, ti chiamo.»

Io ho guardato oltre l'acne e la maglietta di Star Trek e ho visto solo Nathan, che a quanto pareva nemmeno lui era sempre fastidioso.

«Grazie» ho risposto.

Capitolo 13

Appena sono stata a tre metri dal negozio, ho tirato fuori la ricevuta sgraffignata. Alla voce "oggetto", Nathan aveva scritto "maiale". E sulla parte stampata con i dati della carta di credito c'era scritto CONSTANCE BILLINGSLEY.

Mi sono asciugata le lacrime col dorso della mano e ho fatto un profondo sospiro per calmarmi. Poi ho mandato un messaggio telepatico a Gabriel: *Non temere, piccino. Ti porterò da Tegan, a casa tua.*

Prima di tutto ho chiamato Christina.

«Dove sei?» mi ha chiesto. «La tua pausa è finita cinque minuti fa.»

«Ti chiamo per quello» ho detto. «Qui c'è una piccola emergenza, e prima che tu te lo domandi, no, non è una di quelle emergenze targate "Addie". Questa riguarda Tegan. Devo fare una cosa per lei.»

«Che cosa?»

«Be'… una cosa importante. Una questione di vita o di morte… cioè, non preoccuparti, non morirà nessuno…» Mi sono fermata un attimo. «A parte me, se non faccio quello che devo fare.»

«Addie» ha sospirato Christina. Il suo tono di voce faceva pensare che io le rifilassi scuse del genere in continuazione, il che non corrispondeva alla realtà.

«Christina, non ti sto prendendo in giro. E non sto facendo le scene solo per il gusto di farle. Te lo giuro.»

«Be', Joyce ha appena cominciato il turno» ha ribattuto lei, «quindi direi che possiamo cavarcela in due.»

«Grazie, grazie, grazie! Cerco di fare più in fretta possibile.» Stavo per riattaccare, ma ho sentito la voce metallica di Christina nel telefono che gridava: «Ferma… aspetta un attimo!».

Ho riportato il telefono all'orecchio, impaziente di tornare sulla mia strada. «Cosa c'è?»

«Qui c'è la tua amica coi dread.»

«Brenna? *Oddio.* Lei non è mia amica.» Poi mi è venuto un pensiero orribile. «Per caso è con qualcuno?»

«Non è con Jeb, se è quello che vuoi sapere.»

«Grazie, Dio. E allora perché me lo stai dicendo?»

«Ho pensato che ti potesse interessare. Ah, poi è passato tuo padre. Ha detto di dirti che prendeva l'Explorer.»

«Cosa?!» Mi sono voltata verso l'angolo nord del parcheggio. Nel posto dove avevo lasciato la macchina ora c'era solo un rettangolo di neve spappolata. «Perché? Perché mai doveva venire a prendersi la mia macchina?»

«La *tua* macchina?»

«La sua, o quello che è. Cosa aveva in mente?»

«Non lo so. Perché, ne avevi bisogno per la *cosa* che devi fare?»

«Sì, ne ho bisogno per quella *cosa.* E adesso non ho la più pallida idea di come…» Mi sono bloccata perché lamentarmi con Christina non serviva a niente. «Lascia perdere, me la caverò in qualche modo» ho detto. «Ciao.»

Ho chiuso la telefonata e ho chiamato il numero della mia segreteria.

«Hai tre nuovi messaggi.»

Tre? Avevo sentito il telefono squillare solo una volta, anche se in realtà quando sono caduti gli snack per cani c'era stata un po' di confusione.

«Addie, sono papà» diceva mio padre nel messaggio numero uno.

«Sì, papà, lo so» ho sussurrato tra me e me.

«Sto andando in città con Phil perché tua madre vuole che facciamo la spesa. Prendo l'Explorer, quindi non preoccuparti se guardi fuori e non la vedi. Passo di lì verso le due, così ti riporto a casa.»

«Noooo!» ho gridato.

«Messaggio successivo» mi ha informato la segreteria. Mi sono morsa il labbro, sperando che fosse mio padre che diceva: "Ah-ah! Ti ho fatto uno scherzo! Non ho preso la macchina! L'ho solo spostata! Ah-ah!".

Invece non era papà. Era Tegan.

«Ciao, Addins!» ha detto. «Allora, l'hai preso Gabriel? Dai, dai, dai!!! Non vedo l'ora di vederlo! Ho trovato una lampada a raggi infrarossi in cantina – ti ricordi quando mio padre si era fissato che voleva coltivare i pomodori? – e l'ho sistemata vicino al lettino di Gabriel, così starà al caldo. Ah, e mentre ero giù ho trovato le cose della mia vecchia bambola American Girl, compresa una poltroncina reclinabile che è esattamente della sua misura. Ho trovato anche lo zainetto, ma non credo che ne avrà bisogno… ma non si sa mai! Okay, senti… chiamami, eh? Chiamami *appena puoi*! Gli spazzaneve sono a un paio di strade da qui, quindi se non ti sento tra poco, vengo direttamente da Starbucks, okay? Baciii!»

Il mio stomaco è sprofondato fino alle dita dei piedi, mentre rimanevo lì impalata ad ascoltare il terzo e ultimo messaggio. Era di nuovo Tegan. «Ah, Addie» diceva. «Grazie. Grazie *davvero.*»

Ah, be', questo sì che mi faceva sentire meglio.

Ho chiuso il telefono, maledicendomi per non essere andata da Pet World allo scoccare delle nove, come avevo in programma di fare. Ma non potevo star lì a piagnucolare, dovevo agire.

La vecchia me sarebbe rimasta a compiangersi per ore, fino a farsi venire i geloni e perdere le dita dei piedi per il freddo, e a quel punto addio sandali col tacco dodici per la notte di Capodanno. Non che avessi un posto dove andare col tacco dodici la notte di Capodanno, ma comunque.

La nuova me, però, non era una piagnucolona.

Quindi. Dove la trovavo una macchina last minute per la mia missione salva-maialino?

Capitolo 14

Christina? No, inutile. L'aveva accompagnata al lavoro il fidanzato, come ogni mattina. E anche Joyce, la mia collega che aveva appena cominciato il turno, era senza macchina. Lei era il tipo che veniva sempre a piedi, con qualunque tempo, dotata di contapassi elettronico per tenere il conto esatto.

Mmm, mmm, mmm. Dorrie e Tegan erano fuori discussione, perché 1) le loro strade dovevano ancora essere sgomberate dalla neve (almeno, così speravo) e 2) non potevo certo rivelare loro il motivo per cui avevo bisogno della suddetta auto.

E neppure Brenna, Dio ci salvi. Se le avessi chiesto di portarmi nella parte Sud della città, lei mi avrebbe portato diritta a Nord, solo per farmi dispetto. Per di più mi sarei dovuta sorbire quella robaccia reggae-emo-fusion che piaceva a lei, e che a me sembrava la musica di mostri cannibali in overdose.

Mi restava soltanto un'opzione. Una persona crudele, affascinante e di una bellezza tale da essere quasi una maledizione. Ho dato un calcio a un mucchietto di neve, perché lui era davvero l'ultima persona *al mondo* che volevo chiamare.

Be', indovina che c'è?, ho detto a me stessa. *Devi mandar giù questo boccone, per il bene di Tegan. O così, o ciao ciao Gabriel per sempre.*

Ho aperto il telefono, ho cercato nella rubrica e ho schiacciato "chiama". Ho contratto le dita dei piedi dentro gli stivali mentre contavo gli squilli: *driiin* uno, *driiin* due, *driiin* tre...

«Ehi, *amiga*!» ha risposto Charlie. «Tutt'a posto?»

«Ciao» ho detto. «Ho bisogno di uno strappo in macchina, e lo chiedo a te solo perché non ho altra scelta. Sono da Pet World. Puoi venire a prendermi?»

«Oggi siamo un po' comandini, eh?» ha detto lui. Potevo *sentirlo* inarcare un sopracciglio. «Mi piace.»

«Come ti pare. Vieni?»

Ha abbassato la voce. «E tu cosa mi dai in cambio?»

«Un tè in omaggio» ho detto, secca.

«*Venti*?»

Mi si sono serrate le mascelle. Perfino il modo in cui aveva detto venti era viscido.

«Sì, va bene, un tè nella tazza più grossa che ho. Sei già uscito?»

Lui si è messo a ridere. «Un attimo, piccola. Sono ancora in mutande. Mutande misura *venti*, e non perché sono grasso... ma perché sono...» pausa ridicola ed enfatica «*venti*.»

«Senti, muoviti, okay?» Stavo per riagganciare, poi mi è venuta in mente un'ultima cosa. «Ah, e porta un elenco del telefono.»

Ho attaccato e mi sono scrollata di dosso la telefonata con un brivido. Mi sentivo così idiota a essere stata con un coglione simile. Sì, era sexy – in teoria – e un tempo l'avevo anche trovato simpatico.

Ma non era Jeb.

Una volta, a una festa – non *la* festa, ma una serata normale, prima della rottura – Dorrie aveva elencato le differenze tra i due. Io e lei eravamo stravaccate su un divano e stavamo dando i voti ai ragazzi che conoscevamo, individuando i loro punti di forza e le debolezze. Quando eravamo arrivate a Charlie, a Dorrie era sfuggito un sospiro.

«Il problema di Charlie è che è *troppo* fascinoso, e lo sa benissimo. Sa che può avere qualunque ragazza del nostro anno...»

«Non me» l'avevo interrotta, tenendo il bicchiere in equilibrio sul ginocchio.

«... ed è il tipico figlio di papà a cui i genitori hanno intestato un fondo fiduciario, hai presente?»

«Charlie ha un fondo fiduciario?!»

«Ma purtroppo» aveva continuato Dorrie «questo vuol dire che è una persona superficiale. Non ha mai dovuto lavorare o sforzarsi per ottenere qualcosa in vita sua.»

«Anch'io vorrei non dover lavorare» avevo detto con aria sognante. «Vorrei anch'io un fondo fiduciario.»

«No che non lo vuoi. Ma mi stai ascoltando, comunque?» Mi aveva tolto il bicchiere dal ginocchio, e io avevo protestato con un lamento.

«Prendi Jeb, ad esempio» aveva ripreso Dorrie. «Jeb diventerà uno di quegli uomini che trascorrono i sabati a insegnare al loro bambino ad andare in bicicletta.»

«O bambina» avevo detto io. «O gemelli! Forse avremo due gemelli!»

«Charlie, invece, li passerà a giocare a golf, mentre il *suo* bambino starà uccidendo un sacco di gente alla Xbox.

Charlie sarà un uomo sempre elegante e disinvolto, e comprerà a suo figlio qualunque idiozia, ma non sarà mai *vicino* a lui.»

«Che triste» avevo detto. Avevo reclamato il mio drink e bevuto un lungo sorso. «Quindi suo figlio non imparerà mai ad andare in bici?»

«No, a meno che Jeb non vada da lui e glielo insegni» aveva risposto Dorrie.

Ci eravamo messe a sedere. Per diversi minuti eravamo restate a guardare i ragazzi che giocavano a biliardo. La palla di Charlie aveva colpito il pallino, e lui aveva fatto un gesto di trionfo col pugno.

«Così si fa!» si era pavoneggiato. «Sono un miiiito!»

Jeb aveva cercato il mio sguardo dall'altro lato della stanza, e aveva increspato le labbra. Mi ero sentita felice e amata, in quel momento, perché il messaggio dei suoi occhi era "Tu sei mia e io sono tuo. E grazie perché non usi frasi tipo: sono un mito!".

Un movimento delle labbra e uno sguardo d'amore... cosa avrei dato per riavere tutto quanto. Invece, ho buttato via tutto per il ragazzo che in quel momento faceva rombare il motore del suo ridicolo fuoristrada grigio nel parcheggio davanti a me.

Ha accostato vicinissimo, spruzzandomi di neve.

«Ciao» ha detto, abbassando il finestrino. Ha indicato i miei capelli col mento e ha detto: «Ah-ah, oggi siamo *pink*!».

«Smetti di sorridermi» l'ho avvertito. «Anzi, non guardarmi proprio.» Ho fatto il giro verso il lato del passeggero e mi sono arrampicata dentro facendo un notevole sforzo coi quadricipiti. Mi sembrava di star scalando un carro armato, il che era più o meno quello che stavo facendo.

«Hai portato l'elenco del telefono?»

L'ha indicato col dito, e ho visto che era sul sedile accanto a me. Ho cercato la parte dei numeri di casa e ho scorso i nomi con la B. Baker, Barnsfield, Belmont...

«Sono contento che hai chiamato» ha detto Charlie. «Mi sei mancata.»

«Sta' zitto. E comunque non è vero.»

«Ti stai comportando in modo davvero odioso con uno che ti sta dando uno strappo» ha commentato. Ho alzato gli occhi al cielo. «Dico sul serio, Adds. Da quando hai rotto con Jeb – e comunque, mi dispiace – ho sperato che io e te... insomma, potessimo provarci.»

«È impossibile. E dico sul serio, sta' zitto.»

«Perché?»

L'ho ignorato. Bichener, Biggers, Bilson...

«Addie» ha continuato Charlie. «Ho mollato tutto per venirti a prendere. Potresti almeno parlarmi?»

«No, mi dispiace.»

«Perché?»

«Perché sei un *minchione*!»

Si è messo a ridere. «Da quando te la fai con JP Kim?» Ha chiuso l'elenco del telefono, e io a stento sono riuscita a tenere il dito nel punto dov'ero arrivata.

«Ehi!» ho gridato.

«Sul serio: perché non vuoi stare con me?» ha chiesto.

Io ho alzato la testa e gli ho lanciato un'occhiataccia. Di certo sapeva quanto rimpiangevo di averlo baciato e quanto odiavo essere con lui in quella macchina. Ma quando l'ho guardato in faccia, ho esitato. C'era per caso… Oh, mioddio. C'era per caso della *tristezza* in quegli occhi verdissimi?

«Tu mi piaci, Addie, e sai perché? Perché sei… *effervescente.*» Ha detto "effervescente" con lo stesso tono volutamente mellifluo di quando aveva detto "*venti*".

«Non dirmi effervescente, okay?» ho ribattuto. «Io non sono effervescente.»

«Invece lo sei. E baci da Dio.»

«Quel bacio è stato un errore. Era la versione di me stupida e ubriaca.» Ho sentito un groppo in gola, e ho dovuto girarmi dall'altro lato per rimettermi in sesto. Poi sono tornata a voltarmi verso di lui e gli ho chiesto, per cambiare argomento: «Comunque, che ne è stato di Brenna?».

«Brenna» ha detto in tono pensoso. Si è abbandonato contro il poggiatesta. «Brenna, Brenna, Brenna.»

«Ti piace ancora, non è così?»

Ha scrollato le spalle. «Be', sembra che lei abbia… qualcosa con qualcun altro, come sicuramente saprai. Almeno, così mi ha detto lei. Io, se vuoi sapere la mia, non li vedo proprio insieme.» Si è girato verso di me. «Se avessi la possibilità, tra me e Jeb, sceglieresti lui?»

«Senza un attimo di esitazione.»

«Ahia» ha detto lui. Mi ha guardata, e dietro la posa da duro ho intravisto di nuovo la tristezza. «Una volta Brenna avrebbe scelto me. Ma poi mi sono comportato da meschino.»

«Be', sì» ho detto cupa. «C'ero anch'io. E sono stata ancora più meschina di te.»

«Che è il motivo per cui saremmo fantastici insieme! Faremmo un ottimo succo di limone insieme.»

«Eh?!»

«I limoni saremmo noi.»

«Ah, ho capito... comunque...» Non ho finito la frase. Se l'avessi fatto, avrei detto qualcosa del tipo: "Non credevo che ti vedessi in questo modo. Aspro come un limone".

Lui aveva già cambiato argomento. «Allora che dici, Pink? Trixie dà una festa spaziale per Capodanno. Ci andiamo?»

Ho scosso la testa. «No.»

Mi ha messo una mano sulla coscia. «Lo so che è un momento difficile per te. Posso consolarti?»

L'ho allontanato. «Charlie, io sono innamorata di Jeb.»

«Questo non ti ha impedito di stare con me l'altra sera. E comunque Jeb ti ha mollata.»

Sono rimasta in silenzio perché tutto quello che aveva detto era vero. Ma io non ero più quella ragazza. Mi rifiutavo di esserlo.

«Charlie, non posso stare con te se sono innamorata di un altro» ho detto alla fine. «Anche se lui non mi vuole più.»

«Caspita!» ha detto lui, portandosi una mano al cuore. «Questo sì che è dare il due di picche!» Si è messo a ridere e in un batter d'occhio è tornato a essere il solito insopportabile Charlie. «E che ne pensi di Tegan, allora? È figa. Credi che lei verrebbe da Trixie con me?»

«Ridammi l'elenco» gli ho intimato.

Lui l'ha lasciato andare e io l'ho preso e me lo sono appoggiato in grembo. L'ho aperto e ho continuato a scorrere la lista dei nomi, finché... *eccola!*

«Billingsley, Constance» ho letto a voce alta. «Teal Eye Court, 108. Sai dov'è?»

«Boh» ha risposto lui. «Non temere, c'è Lola qui!»

«Ma perché i ragazzi devono sempre dare i nomi alle macchine?»

Ha inserito l'indirizzo nel navigatore. «Via più breve o autostrada?»

«Più breve.»

Ha premuto "seleziona" e una voce femminile sexy ha detto: «Potete partire seguendo il percorso indicato».

«Aaah» ho detto. «Ciao, Lola.»

«È la mia ragazza» ha detto Charlie.

Ha messo in moto il colosso che ha sobbalzato sui cumuli di neve, finché non ha raggiunto l'uscita del parcheggio. Su indicazione di Lola ha girato a destra, ha proseguito per mezzo isolato, e poi ha svoltato di nuovo a destra infilandosi in un vicoletto dietro la fila di negozi.

«Tra centocinquanta metri girare a sinistra» ha fatto le fusa Lola. «Girare a sinistra *adesso*.»

Charlie ha sterzato a sinistra, immettendosi in un minuscolo vicolo cieco ancora ingombro di neve.

Sì è sentito un *bip*, e Lola ci ha informato: «Avete raggiunto la vostra destinazione».

Charlie ha spento il motore. Si è voltato verso di me e ha inarcato le sopracciglia. «Avevi bisogno di un passaggio… per venire qui?»

Anche io ero piuttosto sorpresa. Ho allungato il collo per leggere l'insegna all'angolo del vicoletto e sì, diceva TEAL EYE COURT. A trenta metri c'era il retro di Starbucks. Il tragitto era durato, tipo, trenta secondi.

Charlie è scoppiato a ridere.

«Zitto!» ho detto, cercando di smettere di arrossire. «Anche tu non sapevi dov'era, sennò non avresti interpellato la tua Lola.»

«Dai, non dirmi che non sei effervescente» ha detto lui. «Sei effervescente con la E maiuscola!»

Ho aperto la portiera e sono saltata giù dal macchinone, andando a sprofondare in un mucchio piuttosto alto di neve.

«Vuoi che ti aspetti?» mi ha chiesto.

«Penso di riuscire a tornare da sola.»

«Sicuro? È lunga...»

Ho richiuso la portiera e mi sono avviata.

Lui ha abbassato il finestrino dal lato del passeggero. «Ci vediamo da Starbucks... vengo a prendermi quel tè!»

Capitolo 15

Mi sono fatta strada lungo il vicolo ricoperto di neve, diretta verso il complesso residenziale di cui faceva parte il numero 108 di Teal Eye Court, pregando che Constance Billingsley non avesse un figlio piccolo, perché non so se sarei stata in grado di portare via un maialino a un bambino.

Ho pregato anche che non fosse paralitica o cieca o nana, come quella signora che avevo visto su Discovery Channel che era alta solo novanta centimetri. Non avrei potuto sottrarre un maialino alto così a una signora alta così... no, non ce l'avrei fatta. Qualcuno aveva spazzato via la neve dal vialetto che portava ai singoli condomini, quindi ho scavalcato con un salto il cumulo di neve ammucchiata e sono atterrata sul marciapiede finalmente pulito. Centoquattro, centosei... *centootto.*

Ho tirato su le spalle e ho suonato il campanello.

«Oh, ciao Addie!» ha esclamato la donna dalle trecce argentate che è venuta ad aprire la porta. «Che bella sorpresa!»

«Mayzie?» ho balbettato sbigottita. Ho guardato la ricevuta della carta di credito. «Io... ehm... sto cercando Constance Billingsley.»

«Constance May Billingsley. Sono io» ha risposto.

I miei neuroni cercavano di capirci qualcosa. «Ma...»

«Pensaci un attimo» ha detto. «Se potessi scegliere, ti faresti chiamare Constance?»

«Eh...»

Si è messa a ridere. «Vedi? Su, vieni dentro ora. Devo farti vedere una cosa. Vieni, vieni!»

Mi ha portata in cucina, dove su una trapunta blu ripiegata diverse volte stava accoccolato il più adorabile maialino che avessi mai visto. Era rosa e nero e sembrava morbidissimo. Aveva un musetto buffo e umidiccio, e gli occhi vispi e curiosi. Il ricciolino della coda sembrava rimbalzare su se stesso come una molla, anche se nessuno lo stava tirando. E sì, era così piccino da poter stare dentro una tazza.

Il maialino ha grugnito, e mi sono sentita letteralmente sciogliere.

«Gabriel» ho detto. Mi sono inginocchiata accanto alla coperta e Gabriel si è alzato sulle zampe ed è venuto trotterellando verso di me. Ha annusato la mia mano, ed era così dolce che non m'importava che me la stesse inzaccherando con il suo muco. A parte il fatto che non era muco, era solo che Gabriel aveva il musino umido. Tutto qui.

«Come l'hai chiamato?» ha detto Mayzie. «Gabriel?»

Io ho alzato la testa e ho visto che sorrideva in modo strano.

«Gabriel» ha detto come per vedere che effetto faceva. Poi ha preso in mano il fagottino. «Come l'arcangelo Gabriele.»

«Eh?»

Ha fatto la faccia di chi sta per sciorinarti una citazione. «È giunta l'ora ormai di chiacchierar, di cose buone da mangiar, di cavoli o di re, di come il mare va in bollor, se i maiali san volar.»

«Okay, non ci ho capito niente.»

«Se i maiali san volar» ha ripetuto Mayzie. «Un maiale angelo, capisci? L'angelo Gabriele!»

«Non credo che la mia amica abbia fatto tutti questi ragionamenti» ho detto. «E per favore, non ricominciamo a parlare di angeli. Ti prego…»

«Ma perché, quando l'universo si diverte a farceli scoprire?» Mi ha guardato orgogliosa. «Ce l'hai fatta, Addie. Lo sapevo che ci saresti riuscita!»

Ho appoggiato le mani sulle ginocchia e mi sono tirata su. «Riuscita a fare cosa?»

«Hai superato il test.»

«Quale test?»

«Anch'io l'ho superato» ha continuato tutta entusiasta. «Almeno, credo. Lo scopriremo presto, credo.»

Ho sentito una specie di fitta nel costato. «Mayzie» ho detto, «sei andata a prendere Gabriel da Pet World *apposta*?»

«Be', non si compra un maiale per caso.»

«Hai capito benissimo cosa voglio dire. Hai letto il mio post-it, quello del maiale. Sei andata a comprare Gabriel solo per darmi una lezione?» Sentivo il labbro inferiore che tremava.

Lei ha sgranato gli occhi. «Tesoro, *no*!»

«Io sono andata da Pet World e Gabriel non c'era più… e tu non sai quanto mi sono agitata!» Ho cercato di ricacciare indietro le lacrime. «E ho dovuto vedermela con Nathan, che mi odia.» Ho tirato su col naso. «Anche se forse non mi odia più così tanto.»

«Ma certo che no» ha detto Mayzie. «Chi potrebbe mai odiarti?»

«E *poi* c'è stato anche Charlie, e credimi, questa parte è meglio se non te la racconto.» Mi sono asciugata il naso col dorso della mano. «Anche se, stranamente, me la sono cavata, direi.»

«Continua» ha detto Mayzie in tono incoraggiante.

«Be', credo sia più incasinato di me.»

Mayzie sembrava incuriosita. «Magari sarà la mia prossima missione.»

A quelle parole, "la mia missione", mi sono ricordata che Mayzie non era più mia amica, se mai lo era stata. Era solo una svitata che aveva preso il maialino di Tegan.

«Hai intenzione di restituirmi Gabriel?» le ho chiesto con la voce più piatta possibile.

«Oh, ma certo. Non ho mai pensato di tenerlo.» L'ha sollevato in modo da averlo muso contro bocca. «È stato bello averlo qui, in questo appartamento solitario, anche se per poco.» Se l'è sistemato nell'incavo del braccio e gli ha dato un bacino sulla testa.

Ho arricciato le dita dei piedi dentro gli stivali. «Quindi me lo restituisci *oggi*?»

«Oh, buon Dio! Ti ho fatto arrabbiare, non è vero?»

«Non importa, basta che mi dai Gabriel.»

«Ecco, io pensavo che saresti stata contenta di avere un angelo tutto per te. Non era quello che volevi?»

«Basta con gli angeli! Non sto scherzando. Se l'universo

mi ha dato *te* come angelo custode, allora ho diritto a un risarcimento.»

Mayzie ha ridacchiato. Lei *rideva* e io avrei voluto strangolarla.

«Adeline, tu ti complichi la vita molto più di quanto dovresti» ha detto. «Stupidina, non importa quello che l'universo dà a noi. Importa quello che *noi* diamo all'universo.»

Ho aperto la bocca per dirle quanto stupida e finta e da creduloni new age fosse quella frase... ma mi sono fermata perché qualcosa si è mosso dentro di me. Una specie di smottamento, una valanga cui non ho opposto resistenza. Era un sentimento così grande, mentre io ero così piccola...

Così, ho lasciato correre. Mi sono sottomessa a quel sentimento e ho lasciato correre... ed è stata una sensazione meravigliosa. *Così* meravigliosa che non riuscivo a capire perché avevo resistito fino a quel momento. *Così* meravigliosa, anzi, che ho pensato: *Cavolo, possibile che in tutto questo tempo non l'avessi mai provato? Uno stato d'animo che non sia ristretto e imprigionato e traboccante solo di me, me, me?* Perché era una sensazione maledettamente bella. E maledettamente pura. Allora, forse, potevo davvero emanare la mia luce, come aveva detto Nathan, e lasciare che quella luce vivesse e splendesse, e mandare a farsi friggere tutte quelle stupide idee *mi fa schifo tutto – la vita è uno schifo – io sono uno schifo – nessuno mi ama – nessuno mi vuole.* Era possibile, in questa esistenza? Io, Adeline Lindsey... sarei riuscita a cambiare?

Mayzie mi ha accompagnata alla porta. «Penso che adesso dovresti andare.»

«Ah... sì» ho detto. Ma mi sono avviata di malavoglia,

perché non mi sentivo più arrabbiata nei suoi confronti; anzi, mi dispiaceva doverla lasciare tutta sola. Volevo che si sentisse il cuore allargato come me, ma temevo che sarebbe stato difficile lì da sola, e tra breve senza nemmeno un maialino.

«Ehi» ho detto. «Posso venire a trovarti qualche volta? Ti prometto che non sarò barbosa.»

«Non credo che potresti esserlo, neanche se ti ci metti d'impegno» ha detto Mayzie. «E sarei felicissima se venissi a trovarmi ogni tanto.» E poi, rivolta a Gabriel: «Vedi com'è brava Addie?».

Mi è venuta in mente un'altra cosa. «Ah, e cercherò di farti restituire i soldi da Pet World. Spiegherò a Nathan questo casino pazzesco.»

Lei ha ridacchiato. «Se qualcuno può, quella sei tu.»

«Allora... be'» ho detto, «vengo a portarti i soldi, e ti porto anche quei biscotti ricoperti di cioccolato che ti piacciono. E berremo il tè, okay? Anzi, ci vedremo per il tè ogni settimana, come delle vere signore. O per il caffè. Che te ne pare?»

«Mi pare una splendida idea» ha detto Mayzie. Mi ha passato Gabriel, e lui ha scalciato con le sue zampette, in cerca di appoggio. Ho respirato il suo profumo dolcissimo. Sapeva di panna.

Capitolo 16

Mi sono avviata lungo il vicolo, facendomi strada nella neve, mentre Gabriel teneva il musetto premuto nel mio giubbotto. Ho sperato che comparisse miracolosamente il furgoncino dei SilverSneakers e mi desse un passaggio, anche se avevo sedici anni e non settantasei. Comunque, almeno potevo contare sulle mie gambe per scavalcare i cumuli di neve. Se avessi avuto settantasei anni… mi sa di no.

Gabriel ha emesso un gridolino, e io gli ho detto: «Tieni duro, piccolino. Manca poco».

Girato l'angolo verso Starbucks, ho visto la Civic di Tegan ferma a un semaforo, un paio di isolati più in là. Oddio! Le ci sarebbero voluti solo due minuti per arrivare. Ho affrettato il passo perché volevo assolutamente essere dentro prima che Tegan varcasse la porta. Volevo sistemare Gabriel dentro una tazza – da tè o da caffè – perché… be', perché sarebbe stata la cosa più dolce e irresistibile del mondo.

Ho aperto la porta spingendola col fianco, e Christina ha alzato lo sguardo dalla macchina del caffè. Joyce, l'altra collega, non si vedeva.

«Finalmente!» ha gridato Christina. «Puoi prendere le ordinazioni dei ragazzi?»

Ha indicato un ragazzo e una ragazza alla cassa, e io ci ho messo un attimo a rendermi conto di chi avevo davanti.

«Stuart!» ho esclamato, perché si trattava di Stuart Weintraub del duo Stuart & Chloe, anche detto Cuore Spezzato per Sempre. Ma la ragazza con lui non era Chloe; anzi, diciamo che era l'opposto di Chloe, con quel caschetto corto e occhiali a occhi di gatto carinissimi. Mi ha sorriso un po' intimidita, e questo è bastato a farmi sciogliere. Perché quella ragazza aveva un'aria così dolce e gentile, e teneva la mano di Stuart, e non aveva un etto di rossetto rosso acceso sulle labbra, e insomma non sembrava il tipo di ragazza che si chiude nei bagni con ragazzi che non sono il suo.

«Ciao, Addie» ha detto Stuart. Poi ha aggiunto: «Ti sei tagliata i capelli».

D'istinto mi sono portata una mano alla testa; con l'altra continuavo a tenere Gabriel, il cui nasino cercava di emergere dalle pieghe del mio giubbotto. «Ah, sì.» Ho fatto un cenno del capo alla ragazza. «E lei chi è?» Forse l'ho detto in maniera un po' brusca, ma... santo cielo! Per una volta Stuart non solo era senza Chloe, ma non aveva neanche i suoi soliti occhi tristi. Voglio dire, gli occhi li aveva ancora, ma adesso erano allegri. E lo rendevano davvero carino.

Evviva, Stuart, ho pensato. *Evviva perché alla fine almeno un miracolo di Natale è successo!*

Stuart ha sorriso alla ragazza e ha detto: «Lei è Jubilee. Jubilee, questa è Addie. È a scuola con me».

Ooooh, ho pensato.

Non era delizioso che Stuart uscisse con una ragazza che aveva il nome di un dolce di Natale? Anche lui aveva avuto il suo squisito dessert natalizio, anche se era ebreo o qualcosa del genere.

«Grazie per avermi presentato» ha detto Jubilee rivolgendosi a Stuart. Era arrossita. Poi si è girata verso di me e ha detto: «Sì, lo so, è un nome strano. Ma ti giuro che non faccio la spogliarellista».

«Oh. Okay» ho annuito.

«Puoi chiamarmi Julie.»

«Ma no... a me piace Jubilee» ho risposto. Dire il suo nome a voce alta mi ha fatto balenare un vago ricordo. Tegan... le piccole vigilesse dei baci... un ragazzo che non era Jeb che alzava il pugno in aria...

«Magari prendi l'ordinazione?» mi ha interrotto Christina, facendo svanire quel che stavo per ricordarmi. Pazienza: Stuart era con una ragazza deliziosa di nome Jubilee, che non era una spogliarellista. E questo era l'importante.

«Magari... adesso?» ha incalzato la mia superiore.

«Uh... sì!» ho risposto con foga. Forse troppa. «Tra un secondo, okay? Devo solo fare una cosa velocissima...»

«Addie» mi ha messa in guardia Christina.

Alla mia destra, Tobin si è rigirato nella poltrona viola. Si stava svegliando adesso? Mi ha guardato sbattendo le palpebre e ha bofonchiato: «Cavolo. Ti chiami Addie?».

«Sì, Addie» ho risposto, pensando: *Vedi? Lo sapevo che non te lo ricordavi.* Intanto facevo la contorsionista per continuare a tenere Gabriel nascosto sotto il giubbotto, ma in quel momento si è lasciato scappare un rumorino buffo, una specie di singhiozzo. «Adesso corro un momento sul retro e...»

Gabriel ha emesso un altro singhiozzo. Questa volta più forte.

«Addie» ha detto Christina, tentando di mantenere calma la voce, «che cos'hai sotto il giubbotto?»

«Aaaaadd!» ha chiamato in quel momento Charlie, dal bancone del bar. «Allora, questo tè?» Aveva un gran sorriso sulle labbra, e ho capito perché quando mi sono accorta che aveva un braccio intorno alle spalle della ragazza accanto a lui. Oddio, era davvero la fabbrica dei miracoli di Babbo Natale.

«Ciao, Addie» si è voltata verso di me la malefica Brenna. «Bel taglio.»

Forse aveva condito il suo commento con un sorriso di scherno, ma a dir la verità non ne ero certa, anche perché non sembrava poi così malefica. Quel giorno sembrava più raggiante che sprezzante. Forse per via del braccio di Charlie?

«Davvero» stava dicendo Tobin, «ti chiami Addie?» Ha dato una gomitata leggera a Angie, che si è svegliata strofinandosi il naso. «Lei si chiama Addie» le ha spiegato. «Credi che sia *quella* Addie?»

«*Quella* Addie?» Di che stava parlando? Stavo per approfondire, ma in quel momento ho visto Tegan che entrava nel parcheggio con la sua Civic. Dorrie era accanto a lei sul sedile del passeggero, e teneva una mano sulla spalla di Tegan mentre parlava tutta concentrata. Potevo solo immaginare quale fosse l'argomento. Qualcosa tipo: "Ora, ricordati che stiamo parlando di Addie. Quindi devi mettere in conto che potrebbe aver avuto una delle sue solite crisi e non essere andata a prendere Gabriel".

«Adeline...» ha detto Christina. «Quello non è... un maiale, vero?»

Ho guardato in giù e ho visto la testolina di Gabriel che

spuntava dalla lampo del mio giubbotto. Ha emesso un nuovo singhiozzo e ha cominciato a guardarsi intorno.

«Be'» ho attaccato a spiegare, orgogliosa, visto che ormai il maiale era per così dire uscito allo scoperto. Gli ho grattato le orecchie. «Questo non è un maiale qualsiasi. È uno splendido esemplare della rarissima razza dei maialini nani.»

Jubilee ha guardato Stuart e ha sorriso. «Nella tua città la gente va in giro portandosi dietro dei maialini grandi come uno gnomo?» ha detto. «E io che pensavo che la *mia* vita fosse strana.»

«Non come uno gnomo. Come una tazza da tè» l'ho corretta. «A proposito, avrei bisogno di una delle nostre tazze natalizie, Christina, se non è un problema. La puoi detrarre dal mio stipendio.» Sono andata verso lo scaffale dov'erano in esposizione, ma Tobin mi ha fermata prendendomi per un braccio.

«Tu sei la Addie che sta insieme a Jeb Taylor?» ha chiesto.

Mi ha spiazzato. Tobin non conosceva il mio nome, ma sapeva che uscivo con Jeb?

«Io... be'...» Ho deglutito. «Perché?»

«Perché Jeb mi ha dato un messaggio per te. Merda, mi ero completamente dimenticato.»

Il cuore mi batteva all'impazzata. «Ti ha dato un messaggio per me? Che messaggio?»

Tobin si era girato verso Angie. «Sono un idiota totale. Perché non me l'hai ricordato?»

Lei ha sorriso, con l'aria assonnata. «Che sei un idiota? Okay: sei un idiota.»

«Fantastico, grazie mille» ha detto lui. Lei ha ridacchiato.

«Il messaggio?» sono riuscita a dire.

«Giusto!» ha fatto lui, tornando a parlare con me. «Il messaggio era che è rimasto bloccato.»

«Da una mandria di cheerleader» ha aggiunto Angie.

«Scusa?»

«Cheerleader?!» ha esclamato in quell'istante Jubilee, con una strana eccitazione nella voce. Lei e Stuart si sono avvicinati. «Oddio, ha detto cheerleader!»

«Sì, erano con lui su un treno che è stato bloccato dalla neve» ha spiegato Tobin.

«Su quel treno c'ero anche *io*!» ha urlato Jubilee. Stuart ha riso, come si ride quando qualcuno che ami fa qualcosa di buffo e un po' pazzo. «E hai detto... Jeb? Io gli ho offerto una pizza surgelata!»

«Gli hai offerto una... cosa?»

«Per via della tormenta?» si è intromesso Charlie.

Mi sono voltata verso di lui, ormai in stato confusionale. «Per via della tormenta lei ha dato a Jeb una pizza surgelata?»

«Ma no» ha risposto lui. È sceso dallo sgabello, tirandosi dietro Brenna. Si sono uniti a noi nella zona poltrone viola. «Chiedevo se il treno è stato bloccato dalla tormenta, *minchiona*.»

A quella parola Tobin ha alzato la testa e ha guardato Charlie come se avesse visto un fantasma. Poi si è ripreso e ha detto: «Ah, sì. Esatto. E poi le ragazze hanno rapito Jeb, perché sai com'è... hanno le loro esigenze».

Charlie si è messo a ridere. «Giustamente!»

«Non *quel* genere di esigenze!» ha replicato Angie.

«Infatti» ha aggiunto Brenna. Ha dato un colpetto nel costato a Charlie.

«Che… che genere di esigenze, allora?» ho domandato con la mente sempre più annebbiata. Una qualche parte del mio cervello ha registrato il rumore della portiera di un'auto che si chiudeva, poi di un'altra. In un angolo del mio campo visivo si sono materializzate Dorrie e Tegan che si affrettavano verso il negozio.

«Eh» ha fatto Tobin, rispondendo alla mia domanda. Ormai quello sguardo introverso lo conoscevo, e voleva dire che non sarebbe mai arrivata una risposta.

«Be', ha detto altro?» ho chiesto, cercando una via alternativa.

«Altro?»

«Jeb, nel suo messaggio!»

«Ah» ha detto Tobin. «Sì! Sì, ha detto qualcos'altro!» E dal movimento delle mascelle sembrava più che determinato a dirlo, ma qualche secondo dopo ha perso lo slancio. «Oh, accidenti» ha detto soltanto.

Angie si è impietosita. La sua faccia, finora solo divertita, aveva assunto un'espressione gentile.

«Ha detto anche che stava arrivando» ha spiegato. «Ci ha assicurato che tu avresti capito cosa voleva dire.»

Ho avuto un tuffo al cuore, e il chiassoso rumore di sottofondo di Starbucks a un tratto è svanito. Era come se qualcuno avesse tolto l'audio al mondo. O forse era quello che stava succedendo dentro di me a sovrastare tutto il resto. *Ha detto che stava arrivando?* Jeb stava arrivando?!

Un tintinnio ha fatto breccia nel mio mondo ovattato, e pur nell'ottundimento in cui mi trovavo sono riuscita a formulare un pensiero: *Quando suona una campana, un angelo mette le ali.* Poi una folata d'aria gelida mi ha riportata alla realtà, e mi sono resa conto che a tintinnare era solo la campanella dell'ingresso.

«Addie, sei qui!» ha gridato Dorrie, facendosi avanti a grandi passi con il suo berretto rosso acceso.

Accanto a lei, Tegan sorrideva raggiante. «E anche *lui* è qui! Lo abbiamo visto nel parcheggio.»

«Ma sono *io* che l'ho visto per prima» ha osservato Dorrie. «Ha l'aria di uno che è stato in mezzo ai boschi per giorni, quindi preparati. Detto tra noi, la prima cosa che ti viene in mente a vederlo è uno yeti, ma...» Si è interrotta, essendosi appena accorta di Stuart e Jubilee. «Stuart è con una ragazza» ha sussurrato a voce abbastanza alta da buttare giù una casa.

«Lo so!» le ho sussurrato di rimando. Poi ho sorriso a Stuart e Jubilee, che erano diventati rossi come il berretto di Dorrie.

«Ciao, Dorrie» ha detto Stuart. «Ciao, Tegan.» Ha messo un braccio intorno alle spalle di Jubilee, dandole dei colpetti con la mano, un po' per l'imbarazzo e un po' con un gesto di pura e semplice dolcezza.

«Gabriel!» ha squittito Tegan. Si è precipitata verso di me e ha preso il maialino dalle mie braccia, ed è stato un bene perché i muscoli mi stavano venendo meno. Tutto il corpo mi stava venendo meno, perché la campanella sulla porta aveva suonato di nuovo,

ed era Jeb,

ed era messo malissimo,

e io sono stata scossa dai singhiozzi ma anche dalle risate, perché davvero assomigliava a uno yeti con i capelli arruffatissimi e le guance screpolate dal vento e la mascella volitiva coperta dalla barba lunga di due giorni.

I suoi occhi neri hanno vagato tra i presenti, per poi posarsi su di me. Si è avvicinato a grandi passi e mi ha stritolato tra le sue braccia. L'ho abbracciato con ogni particella del mio essere. Ogni singola cellula del mio corpo ha cantato un alleluia.

«Oddio, Addie, sono stati due giorni assurdi» mi ha mormorato all'orecchio.

«Davvero?» ho chiesto, del tutto immersa nella realtà gloriosa e tangibile della sua presenza.

«Il mio treno si è bloccato. Poi c'erano quelle cheerleader, e siamo finiti in una Waffle House e continuavano a chiedermi di aiutarle con le piramidi umane e robe simili.»

«Le piramidi umane?» Ho spinto la testa all'indietro per guardarlo meglio, ma senza sciogliermi dall'abbraccio.

«E *tutte quante* avevano lasciato il cellulare sul treno per potersi concentrare sullo *spirito*, o qualcosa del genere. E io ho cercato disperatamente di usare il telefono del negozio, ma il responsabile continuava a ripetermi che "No, no, non si può usare. È la procedura nei momenti di emergenza".»

«Ahi» ha detto Tobin con una smorfia di sofferenza.

«Vedi che succede quando si ha la fissa delle cheerleader?» ha osservato Angie.

«Anche se non è giusto pensar male di *tutte* le cheerleader» è intervenuta Jubilee. «Solo di quelle un po'... esibizioniste, vero, Stuart?»

Stuart sembrava divertito.

Jubilee ha salutato Jeb con la mano. «Ciao.»

«Julie» ha detto lui. «Che ci fai qui?»

«Non si chiama Julie, ma Jubilee» gli ho spiegato in un sussurro.

«Jubilee?» ha ripetuto Jeb. «*Accipicchia.*»

«Fermi tutti» si è intromessa Christina. Tutti ci siamo girati a guardarla. «*Accipicchia* lo dico io, e lo dico adesso.»

Nessuno ha fiatato, quindi alla fine io ho detto: «Be', sì. Però dai, non è mica un nome *così* assurdo».

Lei ha assunto un'espressione quasi addolorata. «Addie, per favore, rispondi: hai portato un maiale in questo negozio?»

Aaaah. Ma certo.

Un maiale in negozio. C'era un modo di spiegarlo?

«Ma è davvero un maialino carino, no?» ho detto. «Se questo può servire a qualcosa...»

Christina ha indicato la porta: «Il maiale deve sparire da qui. Adesso.»

«Va bene, va bene. Devo solo dare a Tegan la tazza per portarlo via».

«Secondo te quelli di Flobie prima o poi cominceranno a fare anche le tazze?» ha chiesto a mezza voce Stuart nell'orecchio di Jubilee.

«Scusa?» gli ho domandato.

Ridendo, Jubilee ha dato una gomitata a Stuart e ha detto: «Ignoralo, per favore».

Dorrie si è fatta più vicina. «Sei stata brava, Addie» ha detto. «Ho dubitato di te, non avrei dovuto... e tu hai fatto la cosa giusta.»

«Grazie.»

«Pronto?» ha detto Christina. «C'è nessuno? Avete sentito quando ho detto che *il maiale deve sparire*?»

«A qualcuno del servizio clienti serve una bibita per calmare i bollenti spiriti» ha osservato Tobin.

«Forse Don-Keun può dare una mano?» ha detto Angie.

Christina li ha guardati male, e Tegan ha fatto un passo indietro, verso la porta. «Io vado, io vado!»

«Aspetta» ho gridato. Ho lasciato l'abbraccio di Jeb, ma solo per prendere una tazza coi fiocchi di neve dallo scaffale e darla a Tegan: «Per Gabriel».

«Se il responsabile di zona passa di qua e trova il maiale, sono licenziata» ha detto Christina, che stava perdendo le speranze. «I maiali non sono contemplati nella politica aziendale di Starbucks.»

«Eccoti qui, amore» ha detto Tegan, dando un colpetto al maialino in modo che si trasferisse nella tazza. Lui ha grattato un po' le pareti, poi si è reso conto che ci stava perfettamente e che la tazza, dopotutto, era una casetta niente male. Si è messo comodo sul posteriore e ha grugnito, e tutti ci siamo sdilinquiti in un «oooooh» di tenerezza. Perfino Christina.

«Fantastico» ha detto Dorrie. «E adesso andiamo, prima che Christina faccia *plotz.*»

Ho sorriso a Jeb, che mi ha sorriso di rimando. Poi il suo sguardo si è spostato sui miei capelli, e ha inarcato un sopracciglio.

«Ehi» ha detto. «Hai cambiato taglio di capelli.»

«Già» ho risposto. Mi sembrava una storia vecchissima, ormai. Quella ragazza bionda e piagnucolosa, che aveva passato il Natale a compatirsi e avercela con se stessa... ero davvero io?

«Ti stanno bene, così» ha osservato Jeb. Ha accarezzato

una ciocca, tenendola tra l'indice e il pollice. Poi con le nocche è scivolato un po' più giù, fino a sfiorarmi la guancia.

«Addie, io ti voglio» ha sussurrato, e io sono avvampata. Davvero l'aveva appena detto? Che mi voleva, proprio qui, da Starbucks?

Poi ho capito cosa voleva dire. Stava solo rispondendo a quello che gli avevo scritto nella mail, la parte in cui dicevo: "Se mi vuoi, sono tua".

Le mie guance erano ancora infuocate, e in quel momento ho pensato: *Meno male che nessuno in questo negozio può leggere nel pensiero*, perché il mio era il classico equivoco da troppa concentrazione su me stessa. Comunque, se anche qualcuno di loro avesse saputo leggere nel pensiero – e in ogni caso, come avrei mai potuto appurarlo? – questa volta non ero certo in crisi.

Mi sono sollevata sulle punte dei piedi e gli ho gettato le braccia al collo.

«Sto per baciarti» l'ho avvertito, perché sapevo che non gli piacevano le effusioni in pubblico.

«No» ha detto in tono gentile ma risoluto. «*Io* sto per baciarti.»

Le sue labbra hanno toccato le mie, e uno scampanellio ha risuonato dentro di me, allegro, argentino e puro. Probabilmente era solo la campanella sulla porta, che tintinnava mentre Dorrie e Tegan uscivano. Ma io ero davvero troppo impegnata per controllare.

Indice

Finito di stampare nel mese di ottobre 2019
presso Grafica Veneta S.p.A.
Via Malcanton 2 – Trebaseleghe (PD)